ドーナツ事件簿④

エクレアと死を呼ぶ噂話

ジェシカ・ベック　山本やよい 訳

Evil Éclairs

by Jessica Beck

コージーブックス

EVIL ÉCLAIRS
by
Jessica Beck

挿画／てづかあけみ

楽観主義者と悲観主義者の違いは滑稽だ。楽観主義者はドーナツに目を向け、悲観主義者はドーナツの穴に目を向ける!

——オスカー・ワイルド

エクレアと死を呼ぶ噂話

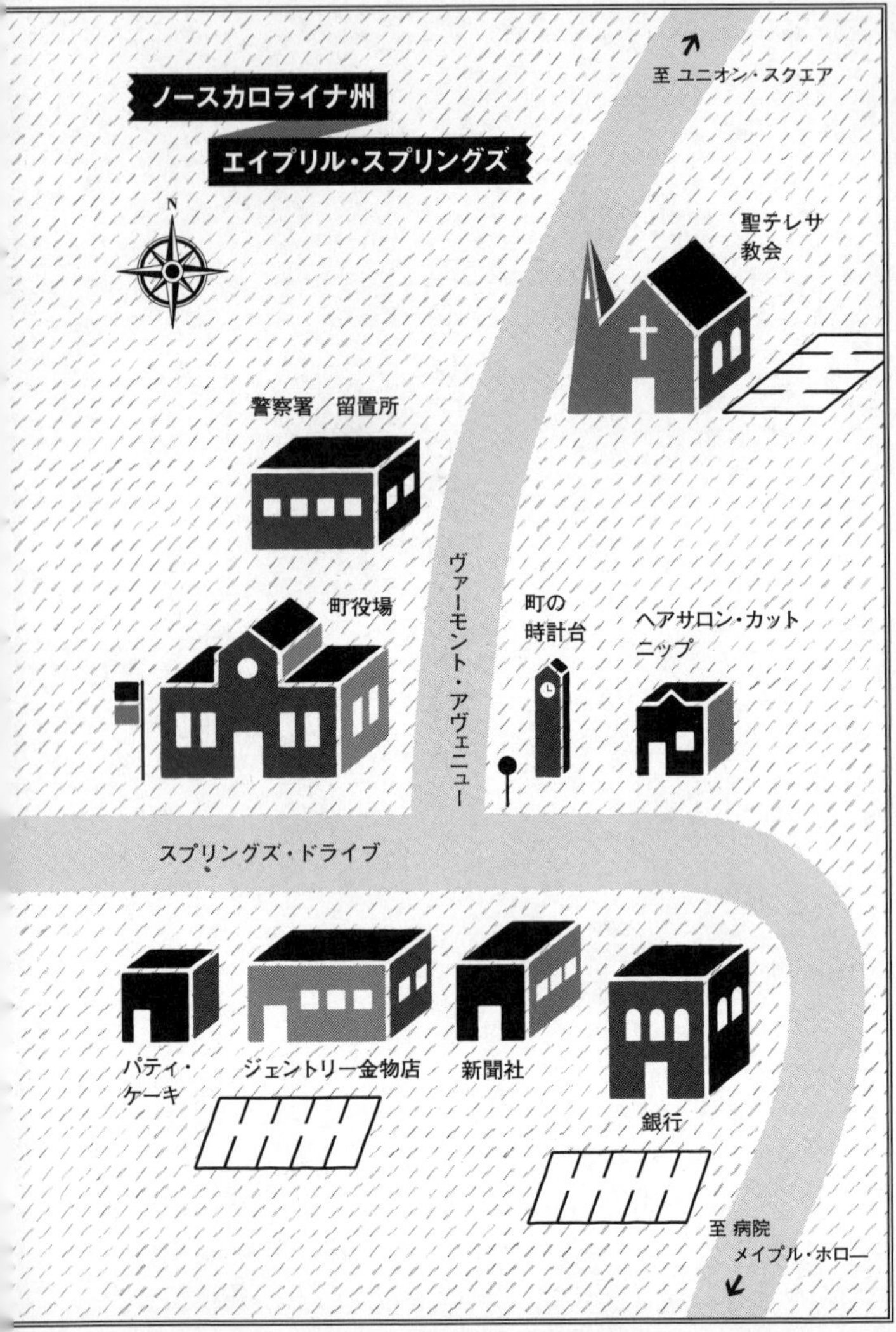
ノースカロライナ州
エイプリル・スプリングズ
N
至 ユニオン・スクエア
聖テレサ
教会
警察署／留置所
ヴァーモント・アヴェニュー
町役場
町の
時計台
ヘアサロン・カット
ニップ
スプリングズ・ドライブ
パティ・
ケーキ
ジェントリー金物店
新聞社
銀行
至 病院
メイプル・ホロー

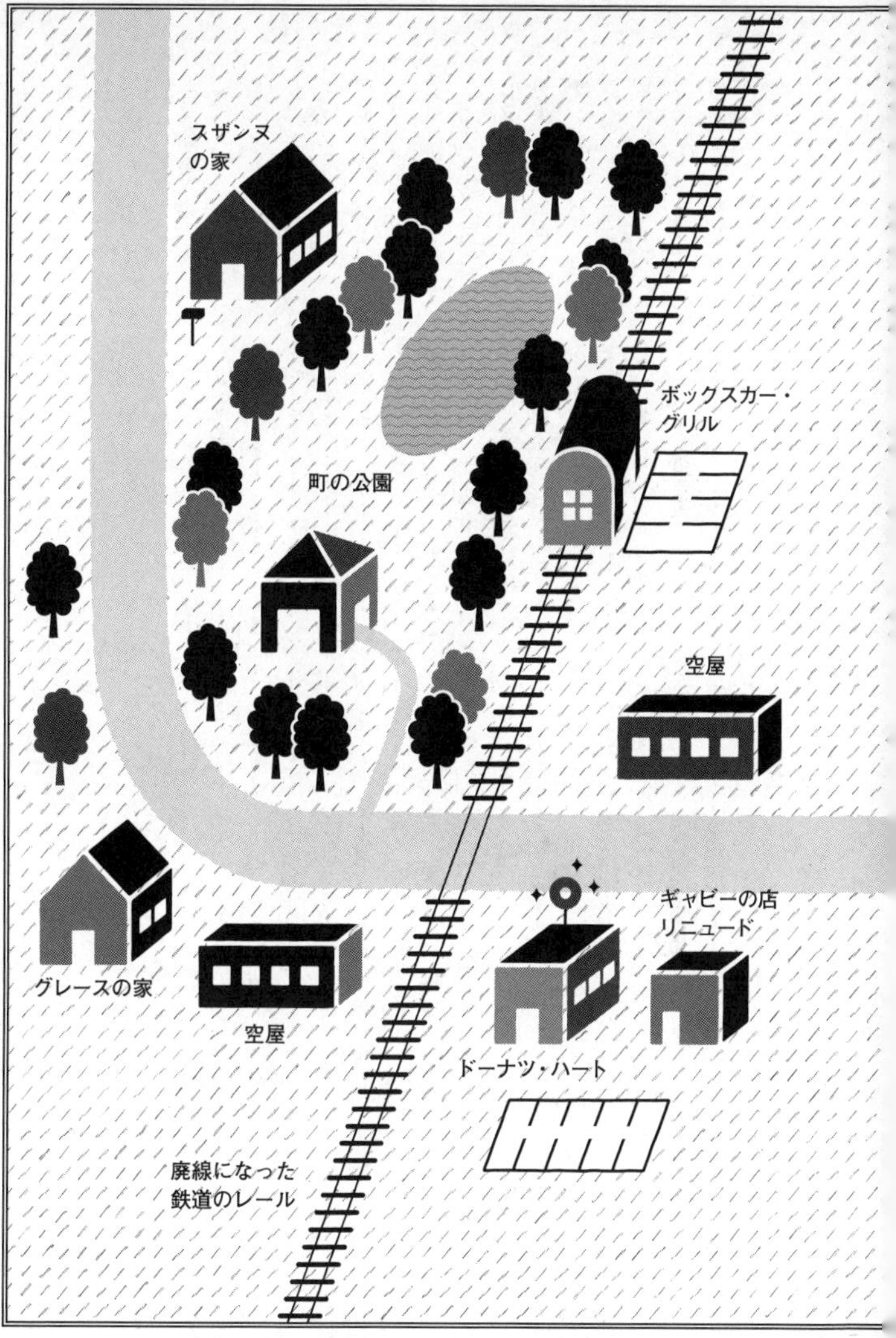
スザンヌ
の家
ボックスカー・
グリル
町の公園
空屋
ギャビーの店
リニュード
グレースの家
空屋
ドーナツ・ハート
廃線になった
鉄道のレール

主要登場人物

スザンヌ・ハート……………………………〈ドーナツ・ハート〉のオーナー
ドロシー・ハート……………………………スザンヌの母
ジェイク・ビショップ………………………州警察捜査官。スザンヌの恋人
マックス・ソーンバーグ……………………スザンヌのもと夫。俳優
グレース・ゲイジ……………………………スザンヌの親友。化粧品販売員
エマ・ブレイク………………………………〈ドーナツ・ハート〉のアシスタント
ジョージ・モリス……………………………もと警官。裁判所廷吏
フィリップ・マーティン……………………地元警察の署長
レスター・ムアフィールド…………………地元のラジオ局のキャスター
カーラ・シアター……………………………レスターのアシスタント
ナンシー・パットン…………………………レスターの妻
レイシー・ニューマン………………………料理家
キャム・ハミルトン…………………………町長
シェリー・ランス……………………………町会議員
ヴァーン・ヤンシー…………………………建設業者

1

ドーナツショップのオーナーとして店をやっていくのは、根性のない者にはぜったい無理。毎日午前一時に起きる前に最低六時間の睡眠を確保しようと思ったら、毎晩七時にはベッドに入らなきゃいけない。

今夜は寝るのがひどく遅くなってしまった。明日の朝、起きるのに苦労することだろう。じつは夜の八時少し過ぎにうとうとしかけたとき、うちのドーナツショップの名前がラジオから流れてきたのだ。変ねえ。特製ドーナツとコーヒーの店を宣伝したくても、ラジオ局の安い広告料さえ、わたしには払う余裕がないというのに。

そのとき、〈ドーナツ・ハート〉に関するコメントに好意のかけらも含まれていないことに気づいた。地元ラジオ局WAPSのニュースキャスター、レスター・ムアフィールドがまたしてもあくどい非難攻撃をしている最中で、今夜の標的は明らかにわたしだった。レスターの番組は午前中だが、夜も〈エディトリアル〉というコーナーでコメントをしている。

「ドーナツというのは、わたしたちがいかにして自分の命をじわじわと縮めているかを示す好例です。ほんの一例を挙げますと、けさ、わたしが〈ドーナツ・ハート〉の向かいに車を止めて観察したところ、一時間のあいだに、太り気味の人々や、紛れもなき肥満体の人々が唇に粉砂糖をつけ、どんよりした表情で、つぎつぎと店から出てきました。スザンヌ・ハートは麻薬の売人のごとく、得意客にこの不健康な食べものを提供し、客の卑しき渇望を満たしているのです。エイプリル・スプリングズの住民のみなさん、そして、ノースカロライナ州でこの放送をお聴きのみなさん、今後一週間にわたって、この店を、そして、同業の店々をボイコットし、おいしそうではあっても命に危険をもたらす食品でわれわれを奴隷にしようと企む者たちに、立ち向かおうではありませんか」

わたしは突然、はっきり目をさました。

階下のラジオのそばに母がすわっていた。その表情からすると、レスターの非難攻撃をひとつ残らず聴いていたようだ。わたしは一瞬のうちにスウェットパンツと古いTシャツに着替え、階下へ駆けおりていった。

「あの男は社会における脅威ね」母が言った。「誰かが黙らせなきゃ」母は華奢《きゃしゃ》な身体つきで、背も百五十センチちょっとしかないが、強靭な精神力によって、充分すぎるぐらいそれを補っている。

「今度ばかりは、あの男もやりすぎたわね」わたしはランニングシューズを履きながら、母に同意した。この格好じゃ、ベストドレッサー賞はとれそうもないが、こんなときに服選びなんかに時間をかけてはいられない。

「何してるの？」母が訊いた。

「見ればわかるでしょ」勝手にもつれてしまった片方の靴紐と格闘しながら、わたしは言った。「あの男に会いにラジオ局へ行ってくる」

「スザンヌ、無茶なことはやめなさい」

「なんで？」わたしは訊いた。ナイフをとってきて靴紐を切ってやろうと思ったそのとき、紐のほうで自発的にほどけはじめた。「無茶な行動に出るしかない場合もあるのよ」

母が立ちあがってわたしを見た。「ママが若いころに学んだことがひとつあるわ。弁護士や、暴言を吐ける立場にいる人間とは、ぜったい喧嘩しちゃだめ。ママだってあなたに劣らず頭にきてるけど、このまま放っておけば、レスターも明日にはつぎの犠牲者に襲いかかり、あなたは商売を続けていくことができるのよ」

やっと結び目がほどけた。「ママ、あの男に無条件降伏する人間はたくさんいるわよ。でも、わたしは違う。向こうが喧嘩を売ろうというなら、喜んで買ってやる」

ジャケットをつかんで玄関へ向かった。いまは四月の初め、夕方になると冷えこむが、日中の暖かさがまだわずかに残っている。

母が立ちあがり、自分のコートに手を伸ばした。

わたしはあわてて足を止めた。「どこへ行くの？」

「一緒に行くのよ。決まってるでしょ」質問されて、母は明らかに戸惑っていた。

「ママ、わたしは心からママを愛してるけど、これはわたしの戦いなの。ママには関係ないわ」

この言葉が母を少々傷つけたかもしれないが、言うしかなかった。マックスとの離婚後、実家に帰ったせいで、わたしは自立した生き方をかなり放棄してしまった。ときたま、昔の自分に戻っていることに気づくことがある。でも、この件だけは自力でやらなきゃ。わたしは一人前の女、自分の戦いは自分一人で進められる。

母のコートがフックに戻され、わたしはショックを与えた埋めあわせをするのに必死になった。

「ママの心を傷つけるつもりはないのよ。でも、これは一人でやらなきゃいけないことなの。わかってくれる？」

「たしかにそうね。あなたがもう子供じゃないってことを、ママはときどき忘れてしまうの」

「心の奥ではいつも、小さなころのように甘えてるのよ。ママだってわかってるでしょ？」

わたしの意見を聞いて、母はうれしそうな顔になった。「早く行ったほうがいいわ。現行犯でつかまえなきゃ。子犬の排泄のしつけと同じよ。その場で叱ってやらないと、ぜったい学習しない」

「あいつが粗相《そそう》した場所に鼻をこすりつけてやるわ」わたしはニッと笑って言った。「幸運を祈ってて」

母も笑顔を見せた。「幸運が必要なのはあなたじゃなくて、レスターのような気がするけど」

「たしかにね」

わたしはジープに乗りこみ、エイプリル・スプリングズの町はずれにあるラジオ局へ向かった。町を通り抜ける途中、グレース・ゲイジの家の前を通りかかった。グレースとわたしは幼なじみで、小さいころから大の仲良し。仲の良さはいまも変わらず、年月を経ても友情の絆で固く結ばれている。

やがて〈ドーナツ・ハート〉の前まできた。古い駅舎を改装した店を夜のこんな時刻に見るのは妙な気分だった。店を見ると、いつも胸がキュンとする。マックスと離婚したあとすぐに、ふとした思いつきで店舗を買いとったのだが、これがわたしの人生で最高の幸運となった。店のおかげで忙しく働き、生き生きと暮らし、周囲の世界とのつながりを保つことができる。また、結婚がこわれたあとの自分を哀れんでいる暇がなくなった。忙しすぎて、そこまで頭がまわらなかった。

町の時計台を通りすぎるとすぐに、警察署が見えてきた。署の建物を見たとたん、ジェイク・ビショップのことが心に浮かんだ。ジェイクは州警察の捜査官で、最近、彼の履歴書に

〝スザンヌのステディな恋人〟という項目が加わった。つきあいはじめたときから、危なっかしい瞬間が何度かあったが、去年のクリスマス以来、そのほとんどを克服した。奥さんを亡くした悲しみを彼が必死に乗り越えようとしたことは、わたしにもわかっていた。新たな人生に踏みだす準備が整うまで忍耐強く彼を待ちつづけた自分を、褒めてやりたい気持ちだった。

ジェイクは待つだけの価値のある男だった。

ほどなく、地元ラジオ局WAPSの駐車場に入った。一瞬、レスターは毎朝生放送をやっているので、〈エディトリアル〉のほうは録音ではないかという不安に駆られたが、幸いにも、駐車場に彼の車が止まっていた。そばにもう一台。きっとアシスタントの車だろう。わたしはけっしてレスターのファンではないが、アシスタントのカーラ・ラシターのことは大好き。前にレスターと揉めたとき、カーラが助けてくれた。だから、正直なところ、今回の件を彼女が警告してくれなかったことが意外だった。

ドアをノックすると、ドアの上の防犯カメラが回転してこちらを向くのが見えた。

「カーラ、スザンヌよ」

ドアがビーッと鳴ってひらき、わたしは建物のなかに入った。

三歩も行かないうちにカーラが迎えてくれた。「スザンヌ、あなたに警告できればよかったんだけど、レスターが今夜は誰を串刺しにする気でいるのか、まったくわからなかったの。

あなたに電話できるころには、たぶん手の打ちようがなかっただろうし、おまけに、わたしがクビにされてしまったかもしれない」

「いいのよ、気にしなくても。レスターはどこ？」

カーラは小さな局のなかを見まわした。

「知らない。さっきまでここにいたけど。今夜の仕事はもう終わりだと言って」

わたしはスタジオをのぞき、つぎに、狭いが整頓の行き届いた彼のオフィスをのぞいた。そこも無人だった。「あら、どこへ行ったのかしら」

「わたしに推理しろと言うなら、たぶん、煙草を一服やりに外へ出たんだわ」

わたしは自分がいまきたほうをふりかえった。「出ていく姿は見なかったけど」

「レスターはスタッフ用の出入口を使ってるの。スザンヌ、あの男と対決しても勝ち目はないわ。わかってるでしょ？」

「かもしれない。でも、このまま黙ってひっこむつもりはないわ」

ドアのほうへ向かった。「一緒にくる？　目撃者になれるわよ」

カーラはにっこり笑った。「行きたいのはやまやまだけど、あなたに罵倒されるレスターの姿を見てたことがばれたら、わたしは間違いなくクビにされてしまう」

「それもそうね。防犯カメラで見るって手もあるかも」

ドアから外に出ると、なるほど、レスターがいた。火のついた煙草を手にして、彼の車にもたれている。近くに街灯があるおかげで、その姿がよく見えた。背が高くて痩せ形、とがった鼻と、いかなるものも見逃さない鋭い目をしている。髪は整髪剤でうしろへなでつけてあり、何年も前に流行遅れになったスーツを着ていた。

わたしを見てもまったく驚いた様子がないのはなぜ？

もちろん、わたしのジープがすぐ横に止まっているからだ。

レスターの顔から得意げな表情を消してやれるなら、何を差しだしても惜しくないと思った。レスターが言った。

「わたしの放送を聴いてくれただろうかと思っていたところだ。ご感想は？」

「臆病で卑劣な男ね。あんなこと言うんだったら、訴訟を起こして、有り金残らず巻きあげてやる」わたしは冷静な声を崩すまいとしたが、できそうもなかった。でも、わめき声にはなっていない。少なくともいまのところは。

わたしの返事を聞いて、レスターの顔に笑みが浮かんだ。

「思いきり狙い撃ちするがいい。こっちは言論の自由を保証する憲法修正第一条に守られてるからな」

「偽りを述べた場合はだめよ」わたしはレスターにじりじりと近づいた。いまにも癇癪《かんしゃく》玉が破裂しそうだった。

「あのコメントのなかで、真実でないことをわたしが何か言ったかね？」彼の声がとがっていた。こちらの反応をもはやおもしろがっていないことは明らかだった。よしよし、これであいこだ。「スザンヌ、きみは死を商っていて、自分でもそれを承知している。この国では、心臓発作は大量殺人鬼のようなものだ。きみはそれがはびこる原因のひとつとなっている」

「本気なの？　心臓発作がわたしの責任だって、本気で言ってるの？」

「わたしの前で罪なき人間のふりはやめてくれ。問題を助長してるくせに」レスターはそう言いながら、煙草をナイフか何かのようにわたしに突きつけた。「わたしは嘘などついていない。今日、きみのところの顧客層がどんな連中か見せてもらった」

「ドーナツは人を殺したりしないわ」わたしはどなった。「毎日食べちゃいけないことは、わたしも真っ先に認めるけど、ときたまおやつに楽しむのはべつに悪くないわ。うちの店には痩せた人だってくるのよ。今日もたくさんきてたわ。あなた、その人たちを見たのに、見なかったことにしたの？　それとも、ほんとにうちの店の前にいたの？」

「太ったやつらは、みんな、桁はずれの肥満体だったぞ」レスターはふたたびわたしに煙草を突きつけた。

「その煙草はどうなのよ？　それも人の命を奪うものだと思わない？」

「いまはドーナツの話をしてるんだ。忘れたのかね？　降参したほうがいいぞ。さっきのコメントを撤回するつもりはないからな」

わたしはレスターに詰め寄った。「まだ終わってないわ」

一メートルほど向こうからカーラの声が聞こえた。えっ、いつからそこに立ってたの？　消えてしまいたいと言いたげな様子で、カーラが言った。

「レスター、ミスター・マクドナルドから電話よ」

レスターの注意がそちらに向いた。「用件は？」

「聞いてません。あなたは休憩中だって、わたしから言っておく？」

レスターは煙草を投げ捨て、靴のかかとで火を消した。

「心配しなくていい。電話に出るから」

「三番よ」カーラは言った。

レスターが建物のなかに姿を消すと、こわばっていたカーラの表情がゆるんで笑顔になった。

「フーッ、あなたがレスターをひっぱたく気じゃないかと思ったわ」

「見てたの？」突然、怒りを爆発させたことが気恥ずかしくなった。結局どんな収穫があったというの？　こちらから脅しをかければ、レスターが番組で発言を撤回し、謝罪するとでも思ったの？　やっぱり、母を連れてきたほうがよかったかも。母がいれば、わたしの暴走を止めてくれたかもしれない。どなりこもうと考えたこと自体、わたしが怒りに我を忘れたことを示すいい証拠だ。母が理性の声になってくれれば、わたしも自分の立場に気をつけることができる。

でも、もしかしたら、母が先に立って突撃したかもしれない。そのときは、さらに悲惨な事態になっていただろう。

「最後の場面だけ見たのよ」カーラは認めた。

「電話の件をでっちあげてくれてありがとう」

カーラは首をふった。「でっちあげじゃないわ。ミスター・マクドナルドはラジオ局のオーナーなの。ほかにも十人以上出資者がいるけどね」

わたしはカーラに笑顔を向けた。

「もしかしたら、その人、ドーナツが大好きで、レスターを解雇してくれるかも」

カーラが急いで建物に戻るあいだに、荒れ狂うのはここまでにしておこうと決めた。腕時計を見ると、もう九時近かった。起床時刻までわずかな時間しかない。こんな騒ぎのあとで眠れるかどうかわからないが、とにかく眠るしかない。

ジープで家に向かいながら、ラジオでの攻撃がいかに個人的なものだったかについて考えた。レスターがわたしのファンでないことは知っているが、そこまで嫌われてるなんて思いもしなかった。あのささやかな非難攻撃はレスターが自分で思いついたこと？　それとも、誰かほかの人間にそそのかされたの？　わたしだってエイプリル・スプリングズの何人かを敵にまわしているが、小さな町というのはだいたいそんなものだ。人間はときどき、これといった理由もなしに誰かを嫌悪することがある。わたしもきっと、何人かから嫌われているだろう。でも、レスターに対して大きな影響力を持ち、わたしへの露骨な攻撃をさせられるような人間が、そのなかにいるだろうか。

探りださなくては。早いに越したことはない。

あっというまに目覚まし時計に叩き起こされた。レスターとの対決の様子をかいつまんで母に語ったあと、なかなか寝つけなかったのだ。今日の仕事が終わったら、しばらく昼寝できるだろう。ラジオから流れたレスターの非難攻撃を考えると、今日どれだけお客がきてくれるのか不安だった。でも、うちのお客の何人ぐらいが地元ラジオ局の放送に、それも夜の番組に耳を傾けていただろう？　レスターが提唱している〈ドーナツ・ハート〉のボイコット運動がどれだけ効果をあげたかは、時間がたたないとわからない。

ようやく店に着いたのは午前二時五分過ぎ。いつものわたしからすれば遅い時間だった。コーヒーマシンのそばを通りすぎるさいにスタートボタンを押し、つぎに、フライヤーのスイッチを入れた。最初のドーナツを揚げるため、油の温度をまず百五十度にするのだが、それにはしばらく時間がかかる。店に入ったらすぐフライヤーのスイッチを入れることを、わたしは早いうちに学習した。

わがアシスタントであり、友人でもあるエマ・ブレイクは、あと三十分ほどしないと出てこない。これはわたしが彼女に出した唯一のボーナスで、費用は一セントもかかっていない。

三十分よぶんに寝られれば、バイト料をどんなにあげてもらうよりもうれしいと、本人も言っている。留守電をチェックし、レスターのボイコット運動でお客が激減した場合を考え、大口の注文が入っていないかと期待したが、メッセージはひとつもなかった。いつもなら、大量のドーナツを急ぎで注文するお客には不満たらたらのわたしだが、いまだったら、突然の注文でも大喜びで受けるだろう。

スタートが遅かったのを埋めあわせるために、少しペースをあげなくてはならなかったが、それでも、ケーキドーナツの生地を作り、イーストドーナツに移り、発酵させ、開店までにすべての準備を整える時間は充分にありそうだった。低めの温度で揚げるドーナツから始めて、徐々に温度を高くし、イーストドーナツで終わることにしている。

ケーキドーナツに関しては、定番になっているドーナツをメニューからはずす気はないが、ときたま新商品を工夫してみるのも楽しいものだ。たとえば、ピーナツドーナツとか。基本的なレシピで作ったケーキドーナツにグレーズをかけてから、砕いたピーナツをまぶすというもの。でも、ピーナツと相性のいい何かほかの材料を組みあわせてみたいと思っている。現在試しているのは、ピーナツバター&ジャムのドーナツ。若い世代に受けるかもしれない。ピーナツバターをベースにした生地を使い、グレープジャムをトッピングしてはどうかと思っているが、いまのところ、自信を持って店に出せそうなものは生まれていない。

本日のケーキドーナツの生地作りを終えたところにエマが入ってきて、目をこすりながらエプロンをつかんだ。若くて小柄。抜群のスタイルが羨《うらや》ましいが、わたしにはまねできそうもない。それから、赤毛と、そばかすと、淡いブルーの目の持ち主でもある。

「おはよう」エマが言った。

「コーヒーがあるわよ」バネ仕掛けのドロッパーにプレーンなケーキドーナツの生地を流しこみながら、わたしは挨拶に応えた。

エマはうなずいた。「コーヒーね。うん。うれしい」

エマがコーヒーを飲みにフロントのほうへ行ったので、わたしはドロッパーを振り子みたいに宙でふって、生地を底に沈めた。そこから直接、ドーナツの輪を油に投入する。揚がりはじめたとたん、ドーナツが完璧な円形になるのを見ると、いつも感心する。油に落とす最適の高さをつかむまでに、しばらくかかった。油に近すぎると穴がほとんどできないし、逆に、落とすときの位置が高すぎると、円形からほど遠い形になってしまう。

プレーンなケーキドーナツを揚げおえて、ストロベリーケーキドーナツにとりかかろうとしたとき、エマがコーヒーを飲みに行ったきり、ドアから顔を出しもしないことに気がついた。

水洗いしたドロッパーを脇に置いて、何をぐずぐずしているのかと、フロントのほうをのぞいてみた。

呆れたことに、エマはカウンターでぐっすり眠りこんでいた。前に置いたマグには口もつけていない。

わたしの笑い声に、エマがハッと目をさました。

顔をあげ、目をこすりながら、「どうしたの？」と訊いた。

「居眠りしてたわよ。一日休みをとりたいなら、店のほうは、今日はわたし一人でなんとかなるわ」

エマは立ちあがって伸びをした。「ううん、あたしのことは心配しないで。平気、平気」

「こっちは本気で言ってるのよ。大丈夫だってば」

「スザンヌ、休みをとるつもりなら、夜中の二時に起きようなんて思わないわ。あたしはお店に出てきたし、目もバッチリさめました。さ、始めましょ」

「二、三分待ってね。ケーキドーナツをもう少し作ってしまいたいから」

「じゃ、こっちで掃除でもしてるわ」

わたしは本日のケーキドーナツ作りを終え、最近考案したばかりのピーナツバタードーナツを六個、フライヤーに投入した。揚がるのを待つあいだにドロッパーを水洗いし、それからエマに大きな声をかけた。「アイシングにとりかかってくれていいわよ」

エマは厨房に入ってくると、ローフパンを手にして、わたしが作ったケーキドーナツにグレーズをかける作業を始めた。貯蔵容器のグレーズをすくってかけていく。わたしは長いトングでピーナツバタードーナツをひっくり返し、両面が揚がったところでとりだした。

そのわずかなドーナツにエマが目を向けた。「また試作品?」

「わたしがどういう人間か知ってるでしょ。最高のものでないと満足できない性分なの」粗熱をとるためにラックにのせると、エマがそちらにもグレーズをかけはじめた。

「グレーズは三個だけにしてね」わたしは言った。「あとの三個はそのまま」

「仰せのままに」エマは深く息を吸った。「一個を半分に分けて食べてみる?」

「まだグレープジャムのグレーズを作ってないのよ」

それを聞いて、エマは鼻にしわを寄せた。

「どうしてよけいな手間をかけるの? このままお店に出して反応を見ればいいじゃない」

わたしはグレーズをかけおえたドーナツを一個とり、少しちぎって食べてみた。

エマの言うとおりだ。ジャムは必要ない。

わたしが店に出すつもりでいたピーナツバター&ジャムのイメージからは離れているが、すでに商品化しているピーナツをまぶしたドーナツとはまったく違う味わいだ。うちのお客のなかにピーナツ・アレルギーの人がいないよう願いたい。

ジョージ・モリスのために一個とっておくことにした。ジョージは十年以上前に警察を退職していて、わたしの仲良し、店の常連でもある。頭が薄くなりかけた六十代の男性で、以前わたしが素人探偵をやったときに大いに協力してくれた。

「残りの分にもグレーズをかけてちょうだい。いいえ、プレーンタイプのを一個、ジョージのためにとっておいて」

「一個だけ？」

「ウェストラインのことでジョージが最近ぼやいてるから、無料サンプルで誘惑しすぎないよう気をつけてるの」

「あのスタイルならオーケイだと思うけど」

「ジョージがきたら、そう言ってあげて。きっと喜ぶわ。店にきたらの話だけど」

「こないわけないじゃない」最後のケーキドーナツをのせたラックをアイシング用の台からはずしながら、エマは言った。

「ゆうべ、レスター・ムアフィールドにさんざん非難攻撃されたから、今日誰かが店に入ってきたら、それこそ驚きだわ」

エマは困惑の表情を浮かべた。「何があったの？　レスターになんて言われたの？」

わたしはラジオ局の駐車場でレスターと対決したことまで含めて、一部始終をエマに語った。エマは厨房の奥に置いてあるラジオのほうへ手を伸ばした。

「何してるの？」

「再放送をやってないかと思って」

時計にちらっと目を向けたが、エマを止めようとするのはやめた。ＷＡＰＳはまだ放送時間外。レスターの番組が始まる朝の六時までこのままだ。

「ノイズしか聞こえない」エマが言った。

「いいわよ、たいしたことを聞き逃したわけじゃないから。レスターのボイコットの呼びかけが功を奏さなかったよう願うのみだわ」

エマはわたしの腕を軽く叩いた。

「あまり考えないほうがいいわ、スザンヌ。お客さんはうちを気に入ってくれてるんだから、背中を向けるわけないわよ。レスター・ムアフィールドがボイコットを叫んでるのなら、とくに」

「だといいけど」

レスターの攻撃で、わたしは自分で認めたくないぐらい動揺し、自信を失いかけていた。ドーナッツがどっさり売れた日でも、〈ドーナッツ・ハート〉は大儲けなんかしていないし、請求書の支払いをすませてわずかな利益を手にするか、はたまた、日々の運転資金に必要な額を稼ぎだすのに失敗するかは、まさに紙一重だ。収入を増やす方法をいくつか考えてみたが、これぞと思うものはまだ見つかっていない。友人の一人で、ヒッコリーでわたしと同じくドーナッツショップをやっている男性は、ビストロを併設して、ドーナッツ作りが一段落した時間帯にランチとディナーを出すようになったが、彼がもともと腕のいいシェフだったのに対して、わたしのほうは平凡なドーナッツ職人に過ぎない。収入を増やそうと思ったら、ドーナッツの世界という枠のなかでやるしかない。

五時半、ドーナツができあがったので、陳列ケースにきれいに並べ、二種類のコーヒーを淹れ、ついでに、わたしの特別レシピを使ったホットココアも用意した。

このあと必要なのは、お客が一人か二人。

正面ドアのロックをはずしたとき、パトカーが店に近づいてくるのを見てびっくりした。警官とドーナツが昔からジョークの種にされているため、われらが町の警察署長はうちのドーナツショップに近づこうともしないが、何人かの警官はときどき店に寄ってくれる。とくに、その一人のスティーヴン・グラントとは友達づきあいをするまでになった。もっとも、部下の警官がわたしと親しくするのをマーティン署長がこころよく思っていないことは明らかだが。

幸い、やってきたのは、仲良しのそのグラント巡査だった。しかし、巡査がパトカーをおりた瞬間、わたしは彼が早朝のドーナツを買いにきたのではないことを知った。

何か厄介なことが持ちあがったのだ。彼の表情からすると、またしてもわたしがその渦中に投げこまれてしまったようだ。

2

「どうかしたの？」

ドアから入ってくるグラント巡査に、わたしは訊いた。近づくにつれて、彼の渋面がひどくなってくる。突然、わたしの心に不安が芽生えた。

「まさか、ジェイクに何かあったんじゃないでしょうね？」

わたしの恋人は目下、ノースカロライナ州東部の町ニューバーンにいて、極悪人どもを逮捕するため、ＦＢＩのおとり捜査に協力している。彼に何かあったらどうすればいいのか、わたし自身にもわからない。まだそれほど長いつきあいではないが、彼を失うなんて、考えただけで耐えられない。

「ジェイクなら無事だよ。ぼくの知るかぎりでは」グラント巡査は渋面を驚きの表情に変えた。「どうしてそんなこと訊くんだい？」

「あなたがあまりうれしそうな顔じゃないから」安堵に包まれて、わたしは答えた。「ジェイクのことじゃないとすると、いったいなんなの？　何かあったんでしょ？」

「スザンヌ、一緒にきてくれないか」

わたしは一秒ほど彼を見た。「いますぐは無理よ。開店したばかりで、お店を空けるわけにいかないの」

グラント巡査は首をふった。「わかってないな。いまのは頼みごとじゃないんだ。署長がきみに会いたがってる。それも、すぐに」誰もいない店内を見まわした。「しばらくならエマ一人で大丈夫だろ。そう思わないか？」

せめて理由を尋ねないことには、マーティン署長の呼びだしに応じる気になれない。

「何が起きてるのかわからないかぎり、どこへも行く気はないわ」

グラント巡査はうなずいた。「きみがすなおについてくることはないだろうと、署長も言ってた。きみに直接関係がある件だってことだけは、ぼくから伝えてもいいそうだが、いまのところ、許可されたのはそこまでなんだ」ここでふと思いついたようにつけくわえた。「ぼくを信用してくれ。重要な事柄でなかったら、きみを力ずくで連れていこうとするわけがない。わかってくれるね？」

わたしはうなずいた。「横柄に命令されるのがいやなだけなの」

「よくわかってますよ」

わたしはジャケットをつかんで、それから言った。

「出かける前に、エマにことわってくるわ」エマはいまも奥にいて皿洗いの最中だ。わたしの推測があたっていれば、iPodが最大の音量になっているはず。

わたしがエマの注意を惹くと、エマは片方のイヤホンをはずしてこちらに視線を向けた。

「ちょっと出かけてくるわ」

エマはわたしのほうを見ずに笑った。「どこへ？　踊りに？」

「エマ、まじめな話なのよ。警察署長から呼びだしがかかって、拒否できそうもない感じなの。フロントのほうをお願いね」

エマは洗剤液から手を出した。

「あなたが戻ってくるまで、うちの母に手伝いを頼んだほうがいい？」

これまでも、誰かの手を借りる必要が生じると、エマの母親に手伝いにきてもらったが、今日はそう長く留守にするとは思えないので、わざわざきてもらう必要はなさそうだ。

「ううん、そこまで大変じゃないと思う」

「だといいけど。でも、三十分たっても戻ってきそうになかったら、母を呼ぶことにする」

「いいわよ。苦もなく時間厳守できるよう願うのみだわ」

エマが手をゆすいでから、二人で一緒にダイニングエリアのほうへ行った。

「きみだけでいいんだが、スザンヌ」グラント巡査が言った。

「大丈夫よ。お二人がどこへ行くのか知らないけど、一緒に行きたいなんて思ってもいないから。お店の番をするだけで手一杯」エマが言った。

「すぐ帰るからね」わたしはそう言って店を出た。途中でグラント巡査のためにドーナツを一個とろうかと思ったが、あわてて考えなおした。地元の法執行機関の人間に賄賂《わいろ》を使ったなどという非難を受けては大変。

ジャケットを持ってきてよかった。外はまだ肌寒く、太陽が顔を出すまで本当に暖かくはならないだろう。

車で店をあとにしながら、わたしは訊いた。

「ねえ、どこへ連れてくつもり？」

グラント巡査は考えこむ様子だったが、やがて言った。

「そろそろ教えてもかまわないだろう。ＷＡＰＳへ行くんだ」

レスター・ムアフィールドの図太い神経が、わたしには信じられなかった。個人的な口論にどうして警察をひきずりこむの？

「わたし、レスターには指一本触れてないわよ！　暴力をふるわれたとでも言ってるの？　嘘よ。カーラに訊いてみて。口論の様子を見てたんだから！」

「レスターはひとことも言ってない」

「じゃ、どうしてあの男に会いにいくの？」

グラント巡査は大きく息を吐き、それから言った。

「ゆうべ遅く、何者かがレスターを殺害したんだ、スザンヌ。凶器として、きみのところの菓子が使われたらしい」

この言葉がわたしには信じられなかった。かつて経験した悪夢がよみがえったような感じだった。「毒が仕込んであったの？」

「いや、これまでにわかったかぎりでは、その菓子に怪しいところはまったくない」

「じゃ、どういうわけで凶器に？」

「スザンヌ、レスターはそいつを喉に詰まらせて窒息したらしい。休憩室に六個入りの箱が置いてあった」

わたしはしばらく沈黙し、考えこんだ。

「じゃ、どうして署長がわたしに会う必要があるの？　うちの店の品を誰かがガブッと食べたって、わたしにはどうしようもないことでしょ。いったん売ったあとは、何が起きようと、わたしの責任だなんて言わないでもらいたいわ」

グラント巡査は顔をしかめ、それから言った。

「ぼくから聞いたんだってきみが誰かに言っても、ぼくは否定するからね。発見された時点では、エクレアが被害者の喉に押しこまれているように見えた。それで気道がふさがれ、呼吸できなくなったのだろう。それ以後何が判明したのか、ぼくにはわからない。署長がエクレアを見たとたん、きみを連れてくるよう、ぼくに命じたから」

なんて悲惨な死に方なの。窒息が安らかな死に方だとは思えない。しかも、うちの商品が殺人に使われたなんて……。吐き気がこみあげてきた。それが表情に出てしまったに違いない。

グラント巡査が訊いた。

「大丈夫か。向こうに着くまで、きみには何も言わないほうがよかったかもしれないな」

「大丈夫よ。窓を少しあけてもかまわない？　冷たい空気にあたったら楽になるかも」

「それがいい」

わたしは窓をあけて風を入れた。しばらくすると、ようやく吐き気がおさまった。危ないところだった。窓を閉めるあいだに、車はラジオ局の駐車場に入っていった。わたしはゆうべもここにきている。夜明けまでまだ一時間あるが、まばゆい照明が駐車場の周囲に設置され、あたりを真昼のように明るく照らしていた。レスターがゆうべもたれていた車が目に入った。乾きかけた泥のなかに残ったタイヤ痕を、警官の一人が写真に撮っていた。わたしのジープのタイヤと一致するのかしらと不安に思わずにはいられなかった。

車が止まった瞬間、わたしは遺体を目で探し、エクレアを喉に詰まらせたレスターの姿を見ずにすむよう願った。とりあえず、遺体だけは運びだされていた。

願いは叶ったものの、無罪放免とはならなかった。

マーティン署長が車のドアの外で待っていた。ここ何年かでずいぶん体重が増えたようだが、目下、痩せるために署長が必死に努力しているのは明らかだった。ドーナツを食べなくなったことは、わたしも知っている。まあ、以前からけっしてうちの上得意ではなかったけど。痩せようと必死なのは、離婚にこぎつけるのに苦労してることと何か関係があるのかしら。町の噂だと、ずいぶん前から奥さんと別居してるとか。公式な話は何も出てないけど。小さな町の暮らしって、そんなものだ。たいてい、噂話のほうが新聞記事より正確だし、伝わるのも速い。わたしはときどき、エマのお父さんはなぜ《エイプリル・スプリングズ・センティネル》の発行に情熱を燃やしているのかと、不思議に思う。

わたしがパトカーをおりて一歩も進まないうちに、署長がわたしの目の前に証拠品袋を突きつけた。

「あんたの店のか」

署長が雑談をする気分でないのは明らかだった。わたしはエクレアの残骸に目を向けて、なかのカスタードと、皮にかかった艶やかなチョコレートをじっくり見た。「わたしの意見をお求めなら、イエスと答えるでしょうけど、そうでない可能性もあるわ」

「ほかに作れるやつがいるか？」署長はふだんからわたしに無愛想だが、今日はとくに、礼儀のかけらもない。

「誰かが自宅のキッチンで作ったのかもしれない。ロケット工学みたいにむずかしいものじゃないから。専門家の意見がほしくてわたしを呼んだの？　それとも、わたしがゆうべレスターと口論したことが署長さんの耳に入ったの？　まさか、わたしがやったなんて思ってたないでしょうね」

「意見なんかどうでもいい、スザンヌ。事実に関心があるだけだ」

「あら、ずいぶんなお言葉ね。ジェイクに電話する必要があるかも」

マーティン署長とわたしの恋人は、仕事のうえではけっこういい関係を保っている。ただし、わたしという存在がなければの話。二人は仲間意識を持っているが、ジェイクがわたしと交際しているせいで、ときどきそこに緊張が生じる。

「ジェイクはたしか、よそで捜査をしていると思ったが」

ジェイクがニューバーンへ出張中なのを忘れていた。

「じゃ、弁護士に電話したほうがいい？」

「好きにすればいいが、あんたを逮捕しようとは思ってない。とりあえず、いまのところは」署長はグラント巡査を手で追い払い、それから声をひそめた。「いいかね、レスターがやつの番組で町の連中をどれだけ罵倒してきたか、わたしは誰よりもよく知っている。あのラジオ番組でエイプリル・スプリングズの人間が攻撃されたのは、きみが初めてだと思ってるのかね？」

「ううん、でも、わたしが最後になったわけよね」

署長はうなずいた。「鋭い指摘だ。町の連中があれこれ噂するのは、わたしにも止めようがないが、捜査には極力影響が及ばないようにする」

「ありがと。感謝するわ」署長ったら、珍しく人間らしくふるまうつもり？

「ところで、あんた、ゆうべの十時から二時までのアリバイはあるかね？」

このほうがわたしのイメージする署長に近い。「レスターと口論したあと、九時半ごろ家に帰って、三十分ほど母にその話をしてから、睡眠を四時間とり、午前二時を少しまわったころ店に出ました」

署長はうなずき、それから訊いた。「間違ってたら訂正してもらいたいが、いつもはもっと早く仕事に出るんじゃないかね？」

「なかなか起きられなかったの」わたしは認めた。「あとでちょっと昼寝しなきゃ」不意に気づいた。「わたしの行動を調べたの？」

それに答えたときの署長は、すまなそうな表情も見せなかった。

「うちの警官がダウンタウンを夜間パトロールしててね、その一人から、ふだんなら二時前には厨房に煌々と明かりがともってるはずなのに、まだ暗かったという報告があったんだ」

「へーえ、けさ、たまたまそんな報告を受けたわけ？」

「いや、わたしがそいつに質問したんだ、スザンヌ。わたしは目下、殺人事件を捜査している。それがわたしの仕事だ。答えを手にするまで質問してまわる。それから、うちのパトロール巡査に殴りかかるのはやめてくれ。パトロールのおかげでレスターが見つかったんだから」

わたしは署長の返事に眉をひそめた。筋の通った返事ではあるが、それでも、誰かに行動を調べられたのかと思うと気分が悪い。

「レスターは他人の手にかかって死んだんじゃなくて、エクレアを勝手に喉に詰まらせただけかもしれないのに、どうしてそれを否定できるの？」

「グラントのやつ、しゃべりすぎたな」マーティン署長は部下に目を向けた。「エクレアがあんたの店のかと質問した理由を、わたしはあんたにいっさい言ってないぞ」

「グラント巡査を責めないで。わたしがどれだけ無慈悲な人間になれるか、署長さんもご存じでしょ」

「たしかにそうだ。とにかく、警察では窒息死の線を除外した。偶然にしろ、故意にしろ。死因はエクレアではなかった」

これを聞いてわたしが安堵したのはいけないこと？

「じゃ、正確に言うと、どういうことだったの？」

「エクレアは余分な飾りみたいなものだ、スザンヌ。レスターは背後から首を絞められ、そののちにエクレアを口に押しこまれた」

わたしは不意に、これまで撃退しつづけていた疲労感に打ちのめされた。レスター・ムアフィールドに好感を持ってはいなかったが、それでも、彼が死んだことを喜ぶ気にはなれない。犯行現場にうちの店の品が残されていたせいで、疲労感がさらに大きくなった。「質問はもうおしまい?」

「いまのところはな。ちょっと待っててくれ。誰かに言って、あんたの店まで送らせる」

用がすんだのなら、犯行現場でこれ以上待たされるなんて、考えただけでぞっとする。

「お気遣いなく。誰かに電話して迎えにきてもらうから」わたしは言った。

署長はわたしのことなどもうどうでもいい様子で、ラジオ局のなかへ戻っていった。

誰に電話すればいいかしら。ジェイクはあと何日かしないと戻ってこない。それに、これまでの経験からわかったことだが、FBIと連携して逮捕に踏み切るというようなややこしい作戦のときは、ジェイクの携帯の電源は切ってある。グレースに電話しようかとちらっと考えた。でも、まだ六時を過ぎたばかりだし、あと一時間は起きてこないだろう。

マックスを呼びだすという手もあるが、よほど切羽詰まった場合でないかぎり、別れた夫に電話をかける気にはなれない。

残るは母だけ。

もう起きているはず。たぶん、キッチンのテーブルにつき、コーヒーを飲みながら、《センティネル》のわずかな紙面に目を通しているだろう。

でも、母の質問攻めにあうのはいやだし。

このまま歩いて帰ることにしようか。

あと一時間よぶんに睡眠をとっていれば、そうしていただろう。でも、いまは母に頼むしかなかった。町にひとつだけあったタクシー会社はずっと前に廃業してしまった。

予想どおり、母は起きていて、最初の呼出音で電話に出た。

「ママ、車が必要なの」

「スザンヌ、ドーナッショップにいるんじゃなかったの？　途中でジープが故障でもしたの？　いえ、家を出たのは何時間も前だから、そんなわけないわよね」

説明なしですませることはできそうもなかったが、ラジオ局の駐車場で説明するなんて無理。それでも、母に何か情報を渡しておく必要があった。

「レスター・ムアフィールドが死んだの。でね、誰かがうちのお菓子を現場に残して、わたしに罪をなすりつけようとしたの。いまは、くわしい話はやめておく。ラジオ局まできてくれない？」

「五分で行くわ」

母を待っていると、署長がふたたび外に出てきた。

「すまん、長くかかりそうだ。わたしの車で送っていこうか」

「せっかくだけど、母が迎えにきてくれるから」

それを聞いて、署長は背筋を伸ばした。母の姿はまだどこにも見えないのに署長がおなかをひっこめるのを、わたしは見てしまった。署長はうちの母に恋心を抱いていて、それは二人の高校時代までさかのぼる。以来、恋の炎が大きくなるばかりなのは、町に住む誰の目に

なかった。

「おはよう、ドロシー」母のほうへ帽子を傾けて、署長は言った。

「あら、フィリップ」

「ちょっと話ができないかと思ってたんだが」

「こんな時間に？　スザンヌを店まで送らなきゃいけないんだけど」

しかし、署長のほうには、拒絶を受け入れる気はなかった。「時間はかからん」

母はシフトレバーをパーキングの位置に入れた。「わかった。すぐすむのなら」

母が車をおりたので、わたしは二人のあとを追おうとした。

でも、それは母が許さなかった。

「車のなかで待ってて、スザンヌ。すぐ戻るから。約束する」

署長が何を話すつもりなのか、聞きたくてたまらなかったが、母の声の調子からすると、それは無理だった。車まで歩き、無言でシートにすわった。盗み聞きができなくても、二人を見ることまで禁じられたわけではない。署長が母に何か言うと、母は眉をひそめて首をふり、車のほうに戻ろうとした。署長が焦った様子で何かを言い、母は一瞬足を止めてふりかえり、最後に何かひとこと言った。

母が車に乗りこんだとき、わたしは二人がどんな重大な会話をしていたかを知りたくてうずうずしていた。

「話ってなんだったの?」

「レスターに何があったのか聞きたいんだけど」母が言った。

そんなことでごまかされるわたしではない。

「二人が話してる様子を見たわよ。月の満ち欠けを議論してるわけじゃなさそうだった。署長は何が言いたかったの?」母が答える暇もないうちに、わたしはあわててつけくわえた。「わたしがママより頑固だってことは、この世の誰よりもママがいちばんよく知ってるでしょ。無駄な抵抗はやめて、どんな話をしたのかすなおに白状したら?」

母は三十秒ほど考えこみ、わたしはそのあいだ、口を閉じたままでいた。ここで何か言えば、母に反駁《はんばく》の材料を与えることになり、すべてを台無しにしかねない。

「わかったわ」ついに母は言った。「家を出て、離婚訴訟を起こしたそうなの。奥さんのほうも離婚を望んでて、さっさと手続きをすませるために、ネヴァダへ行くことにしたんですって」

「じゃ、噂はほんとだったのね。話はそれだけ?」

「充分でしょ?」

わたしは二人の会話の様子を心のなかで思いかえした。

「ほかにも何か言われたでしょ？　ママ、あんまりうれしそうな顔じゃなかったわよ」

「スザンヌ、ママをスパイしてたの？」

わたしは母に明るい笑顔を向けた。「当然でしょ。ほかに何を言われたの？」

「どうしても知りたいのなら言うけど、食事に誘われたの」

母はわたしの反応を期待していたようだが、こっちは反応を示す気なんてなかった。

しばらくしてから、母が訊いた。「何もコメントする気はないっていうの？」

「そうよ、ママ」わたしは一瞬黙りこみ、それから言った。「でも、質問がひとつあるわ」

母は大きく息を吸い、わたしが質問する前に言った。

「ことわったわ。誰も意外には思わないはずよ」

「そんなに急いでことわらなくてもいいのに」

母はわたしの返事にショックを受けたようだった。

「あなたが警察署長の大ファンになってたなんて、ママ、知らなかった」

「署長とわたしはつねに意見が一致するわけじゃないけど、ママ、デートに出かけるぐらいかまわないんじゃない？　署長のことが気に入らなきゃ、ほかに誰か見つければいいんだし。そろそろパパのことを忘れる潮時じゃないかしら」

母が〈ドーナツ・ハート〉の前で車を止めると、店内ではエマが大忙しの様子だった。本当なら、車から飛びだして手伝いに駆けつけるべきだが、いまは母のほうが大事だった。

母の頬を伝ってたのは涙？　母があわてて頬を拭ったので、本当に涙を見たのかどうか自信が持てなくなった。

「忘れられればいいのにって、ときどき思うけど、やっぱり無理だわ」母は柔らかな口調で言った。

わたしは母の腕に軽く触れた。

「パパを裏切ることにはならないわ。ママがそれを心配してるのなら。もう一度、自分のために生きなきゃ。わかるでしょ？」

母は顔をしかめた。「ママのことは心配しないで。いまだって充分幸せなんだから」

「ほんと？　で、充分な幸せってどの程度？」

母はしばらく考えこむ様子だったが、やがて、首をふった。

「お客さまがたくさんきてるでしょ。お店に入ったほうがいいわよ」

「わたしにはママのほうが大事なの。お客さんには待ってもらえばいいわ」

「でも、ママは待てないの」母は答えた。話しあいは終わったということだ。「今日はスケジュールがびっしりだから、そろそろ行かないと」

わたしは車をおりながら言った。「レスターのことを話すって、ママに約束したわよね。お望みなら、ここに残ってくわしく話してもいいけど」

「だいたいのことは知ってるし、残りは町の噂を聞けばわかると思う。お昼までしっかり働きなさい、スザンヌ」母がわたしから、そして、いまの会話から離れたがっているのは明らかだった。反論したところで始まらない。

「ママもね」車のドアを閉めながら、わたしは言った。車で家に向かう母に手をふったが、母のほうは、たとえ気づいていたとしても、手をふりかえしてくれなかった。母を苦しめる気はないけど、母がわたしのことを心配するのと同じぐらい、こっちも母のことが心配でたまらない。マックスと離婚したあと実家に戻ったのが、母とわたしのどちらにとっても重荷だったことはわかっているが、以後おたがいに妥協点を見いだして、たいていの日は仲良くやっている。

でも、ジェイクとの仲が進展したらどうなるだろう？　母をふたたび一人にできる？　いまのままだと、どんな理由があれ、母を見捨てることはできない。だから、わたしが母にデートを勧めるのは、ある意味では利己心のあらわれなのかもしれない。

でも、要するに、わたしは母に幸せになってもらいたい。

3

「わたしは何を見逃したのかな？」

〈ドーナツ・ハート〉の店内に戻ると、ジョージ・モリスに訊かれた。警察に勤務していたという彼の経歴を考えれば、町に住むほかの誰よりも事件を早く嗅ぎつけることぐらい、わたしも予想しておくべきだった。彼自身がよく言っているように、夜ベッドに入るときに警察無線をオンにしておき、万一に備えて、エイプリル・スプリングズで何が起きているかに耳を傾けているそうだ。

「ちょっと待ってね」わたしはカウンターの奥からエプロンをとった。「その話は混雑が一段落してから」

「あっちにいるから、手が空いたらきてくれ」ジョージはカウンターの向こう端を指さした。

「つぎはどなた？」並んで待っている人々にわたしは訊いた。

エマはわたしを見て大いに安堵したらしく、いまにも泣きそうな顔になった。

接客をほぼ終えたあとで、エマが言った。「スザンヌさえかまわなきゃ、あたし、裏でお皿洗いの続きをやりたいんだけど」

「いいわよ。あ、待って、エマ」

「なに？」

「ピンチヒッターをやってくれてありがとう」

「どういたしまして」エマは急いで厨房に戻っていった。エマがいなかったらどうやって店をやっていけるだろうと、またしてもわたしは思った。

こちらの予想どおり、ジョージは辛抱強く待っていた。わたしはけさ試作したドーナツを一個とりながら、これを作ったのがほんの数時間前だったことに驚いた。数日前ではない。この試作品に挑戦したあと、あれこれありすぎた。

「くわしい話をする前に、これを食べてみて」ジョージにドーナツを差しだした。

ジョージはドーナツをじっと見てから、ふたつに割り、つぎに匂いを嗅いだ。

「ピーナツバターだな」

「正解。でも、味はどう？」

「ピーナツバターは好きじゃないんだ」ジョージはしかめっ面で言った。

「わ、じゃ、食べなくていいわ」わたしはドーナツをとりもどそうとした。

しかし、ジョージのほうがすばやかった。

「ちょっと待て。味見する気がないとは言わなかったぞ」

「ピーナツバターが好きじゃないのなら、正当な評価は無理だわ。そうでしょ？　かまわないわ。開店以来、わたしのためにずいぶんドーナツを試食してくれたんだもの。たまにはパスしていいわよ。こっちにちょうだい」

ジョージはドーナツをよこしかけたが、最後の瞬間に、ひとかけらを口に放りこんだ。

「食べなくていいのに」

「ミルク」うめくような声でジョージは言った。

わたしは冷蔵庫から紙パックのミルクをとりだし、ジョージに渡した。ジョージはパックの口をあけて大量に飲んだ。しばらく考えてから、「そんなにまずくない」と言った。

「でも、おいしくもない。そうね？」

「よくわからん」ジョージはさらにひと口かじり、前と同じくミルクで流しこんだ。「いまも言ったように、そんなにまずくない」試食を終えてから訊いた。「まだ残ってるかい？」

「好みじゃないと思ってたけど」

「おいおい、男にだって心変わりする権利はある。違うかね？」

わたしは我慢しきれずに噴きだした。「愉快な人」

ジョージはナプキンで手を拭き、残りのミルクを飲みほし、それから言った。

「試食はもう充分だ、スザンヌ。何があったのか話してくれ」

「けさ、グラント巡査がやってきて、わたしを連れだし――」

ジョージがさえぎった。「最初からだ。まず、ゆうべのことから。ラジオのコメントのことをどうやって知ったんだ？」

「あなたも聴いてたの？」

「BGMがわりにいつもラジオをかけてるんだが、レスターがこの店の名前を出したとたん、耳をそばだてた」

「わたしも同じよ」

「あんたのことだから、猛烈に頭にきただろうな」かすかな笑みを浮かべて、ジョージは言った。

「いいえ、とっても冷静に対処したつもりよ」

ジョージは笑い飛ばした。「わかったよ。あんたがそう言うのなら」

信じてくれてない。仕方がないけど。「はいはい。怒り心頭でした。でも、それを聞いて驚く人がエイプリル・スプリングズにいるかしら。レスターはうちの店を攻撃しただけじゃなくて、わたしと、わたしの生計の手段をつぶそうとしたのよ」

おだやかな口調でジョージは言った。「レスターを懲らしめたい理由が、あんたにはたくさんあったわけだ。署長がまだあんたを留置場に放りこんでいないのが意外だな」

「署長が親切にしてくれるのには、秘められた動機があるかもしれない」駐車場で署長が母と話していたのを思いだして、わたしは言った。

「どういう意味だ？」

この件をジョージと本気で話しあうつもり？

「いいえ、いまのは忘れて。ゆうべ、レスターにめちゃめちゃ腹を立てたのは認めるけど、わたしは殺してない。殺したいなんて思いもしなかったわ」

「どんな罰を考えたんだい？」ジョージの顔にゆっくりと笑みが広がった。

「レスターの全身にハチミツを塗りたくって、アリ塚のそばの杭《くい》に縛りつけたらどんなに楽しいかしらって思ってたの」わたしは正直に言った。「でも、そこまで甘くしても、ああいう男はやっぱり、食えないやつよね」わたしったら、死んだ人のことをこんなに悪く言うなんて、どうしちゃったの？　そんな非常識な人間じゃないはずなのに。急に自分が恥ずかしくなった。「犯人はわたしではないという前提で話を進めましょう」

ジョージはカウンターに視線を落とすと、人差し指で表面の模様をしばらくなぞり、それから言った。

「スザンヌ、われわれの手でこの事件を調べることにしよう。どうだね？」

わたしはまだ息をつく暇もなかったが、事件を追う以外に選択肢のないことはわかっていた。犯行現場にうちの店のエクレアがあったのが偶然に過ぎないとしても、レスターを殺した犯人がつかまらないかぎり、わたしは一生涯疑惑のまなざしを向けられることになる。

「ほかに方法はなさそうね」

ジョージは肩をすくめた。「署長は気に入らんだろうが」

「気に入ってくれたことがあった？　署長を怒らせないよう精一杯気をつけるけど、なんの約束もできないわ。かまわない？」

「わたしはかまわん」ジョージは立ちあがって、財布から一ドル札を何枚かとりだし、カウンターに置いた。

わたしはジョージのほうへそのお金を押しやった。「店のおごりよ」

「なんで？」

彼にニッと笑ってみせた。「また手伝ってもらうから。お礼に出せるのは、コーヒーとミルクとドーナツだけ。それでもいい？」

ジョージは紙幣を拾いあげて財布に戻した。「正直に言うと、ご機嫌な条件だ」

「いまからどこへ？」

「調査を始める時間だ」

「お昼に戻ってきて。そしたら、一緒に作戦を立てられるから」

「よし、決まり」

ジョージが出ていったあと、レスターの死を望んでいたのは誰だろうと考えた。わたしのほかにという意味。どこから始めればいいかわからない。いやいや、そうともかぎらない。ラジオ局でプロデューサーをしているカーラなら、いい情報源になってくれるかも。レスターの秘密と、彼を殺す動機のある人間を知っている者がいるとすれば、まずカーラだ。彼女に電話してアポイントをとるのは悪い考えじゃないかもしれない。ランチに誘い、〈ボックスカー・グリル〉へ行くことにしようか。

ラジオ局の番号をダイヤルしかけたが、そこで受話器を置いた。新たなお客の波が押し寄せてきたため、レスター殺しの調査は先へ延ばすしかなくなった。わたしには仕事がある。それはドーナツを売ること。事件の調査はあとまわし。

さまざまなドーナツを何十個か売ったあと、時間のあるうちに電話をしておこうと決心した。

ホッとしたことに、四度目の呼出音で本人が出た。

「もしもし、カーラね。スザンヌ・ハートよ。ランチを一緒にどうかと思って。ご馳走するわ」

「無料のランチにはノーって言えないわね。さっき知ったばかりだけど、ミスター・マクドナルドがわたしの解雇を真剣に考えてるみたい」

「まあ、大変」

「予期してなかったわけじゃないけどね。これからどうすればいいのやら。新しいタレントを見つけて、なんとかやっていくしかなさそう」

「ランチは完全に無料とは言えないのよ」良心の痛みに負けて、わたしは白状した。「レスターのことで少し質問させてほしいの」

「ゲッ。答えなきゃだめ？　わたし、朝からずっと、警察署長の尋問に答えてたんだけど」

「もちろん、無理にとは言わない。どっちにしても、ランチはおごらせてね。十二時十五分に〈ボックスカー〉でどう？」

「バッチリよ。じゃ、あとで。そうそう、スザンヌ、質問には真剣に答えるわ。あなた、事件に巻きこまれてるんでしょ？」

「望みもしないのに」

時計の針が正午に近づいたのでそろそろ閉店しようと思っていると、道化師の衣装に身を包んだがっしりタイプの男性がドアから入ってきた。あざやかなオレンジ色のウィッグ、ドーランを塗った顔、赤いゴムボールの鼻、そして、派手な衣装。パタパタ揺れる特大の赤い靴を履いて店のほうにやってくる男を見た瞬間、わたしは背筋が寒くなった。

「すみません。ドーナツはもう売り切れです」向こうが注文する前に、わたしは言った。

「おいおい。陳列ケースにずいぶん残ってるじゃないか」男は不機嫌な声で言った。衣装についたバッジを見ると、〝オフィサー・ジッピー〟という名前が書いてあった。「差別はやめてもらいたいね。たとえ相手が道化師だろうと」

わたしはカウンターの奥にかかっているプレートを軽く叩いて、男のために読みあげた。

「〝当店ではお客さまのご希望に沿えない場合もございます〟」

「道化師のどこが気に入らんのだ?」

わたしは四歳の誕生パーティのとき、この男の同胞から死ぬほど怖い思いをさせられたのだが、それは言わないことにした。グレーズドーナツを一個とり、袋に入れてから、男のほうへ差しだした。「はい、どうぞ。でも、ここで食べるのは遠慮してね」

男は見るからにムッとした様子で首をふったが、それでも、袋を手にして出ていった。店の客がどう反応するか心配だったが、ジッピーがいなくなったとたん拍手が湧いたので、ホッとした。

「申しわけありません」わたしは言った。

「何言ってんだ」がっしりしたトラック運転手が言った。「あの道化師が腰をおろしたら、おれはさっさと出てくつもりだった。ああいう連中には、なんかイライラさせられる」

ほかの客が言った。「パーティか何かに雇われた道化師ではないと思うよ。面白半分であんな格好をしてるだけさ」

喧噪に誘われて、エマが奥から出てきた。

「どうしたっていうの? あたし、何か見逃しちゃった?」

「ううん、べつに。どこかの道化が入ってきてドーナツを買おうとしただけ」わたしは言った。それを聞いて、店のあちこちから笑い声があがった。

エマは戸惑いの表情になった。「何がそんなにおかしいの? 道化ならこの店にたくさんきてるじゃない」

わたしは思わず唇をほころばせた。「わたしの言う道化はね、本物の道化師。メーキャップ、ウィッグ、そして、赤い鼻。追いだしてやったわ」

エマの顔に失望がありありと浮かんだ。

「どうしてそんなことしたの？　あたし、道化師が大好きなのに」

エマの言葉を聞いていっせいにブーイングが起き、エマはやれやれと言いたげに首をふりながら、ふたたび厨房に姿を消した。彼女が厨房にいるほうを好むのも無理はない。エマにとっては、厨房での人生のほうが納得できるのだろう。人生の楽しみをずいぶん逃しているように思うけど。

閉店の準備をするころには、ドーナツはたいして残っていなかった。袋に入れてエマに渡した。「お父さんに持ってってあげたら？」

「きっと大喜びだわ。ただね、母にまたダイエットさせられてるの」

わたしもよぶんなカロリーは必要ない。グレーズをかけたばかりの揚げたてドーナツを食べたいという誘惑はあまりにも大きい。家に持ち帰ったらもう大変。わたしがひとつ残らず食べてしまうまで、袋のなかのドーナツたちが誘惑の声をあげつづけるだろう。

「わかった。じゃ、ジョージにあげることにするわ」

「ジョージに何をあげるって？」聞き慣れた声がして、ジョージが店に入ってきた。

「悪魔の噂をすれば、悪魔があらわれるってやつね」わたしは笑顔で言った。

「その喩《たと》えは気に入らないな」カウンターに腰をおろしながら、ジョージが言った。

「これ、お詫びのしるし」わたしはドーナツの袋を彼のほうへすべらせた。

ジョージはなかをのぞいて、それから笑みを浮かべた。

「考えなおした。なんでも好きなものに喩えてくれ。スザンヌ、少し時間はあるかい？」

「少しだけね。話は仕事をしながらでいい？　掃除しなきゃいけないし、カーラとランチの約束だし。レスターのことで、カーラから情報がとれないかなと思って」

「わたしもそれを提案するつもりだった。名案だ」わたしはジョージがドーナツの袋に視線を戻すのを見た。

ニッと笑って、コーヒーを出してあげた。「遠慮なく食べて」

「では、ひと口だけ」エクレアをちぎりながら、ジョージは言った。今後エクレアを食べる気になれるかどうか、わたしは自信がないが、ジョージのほうは、気にしているとしても顔には出さなかった。

わたしはドアをロックし、少なくとも今日の分のドーナツが完売したことを世間に知らせるために、サインを裏返した。「エマ、掃除機をかけてテーブルの上を片づけてくれたら、あとの皿洗いはわたしがやるわ」

「了解」エマは言った。「どっちにしても、洗いものはもうそんなに残ってないけど」

「助かる。また明日ね」

「早朝に」

ジョージとわたしは厨房に姿を消した。皿洗いを全部やっても、カーラとのランチの約束に間に合いそうだ。

「わたしが片づけてるあいだに早く話をしたいんだったら、何が見つかったのか、喜んで聞かせてもらうわ」

わたしがシンクに水を入れはじめると、ジョージは言った。

「認めるのはいやだが、これまでのところ、あまり運に恵まれてない」

「いいのよ。時間も足りなかったことだし」

ジョージは不満そうな顔をした。「そういう問題じゃない。われらが警察署長はどうやら、わたしがきみの調査を手伝うつもりでいるのを察したらしい。わたしが警察に出入りするのを禁じてしまったんだ、スザンヌ。署長に締めだされる前に突き止めたのは、レスターには数えきれないぐらい敵がいたということだけだが、そんなのはとっくにわかってることだしな。もっと調べるつもりだったが、探りを入れる前に追い払われてしまった」

ジョージは見るからにがっくりしていた。これまでわたしに協力するたびに、いったいどれだけ代償を払ってくれたのだろう？「ほんとにごめんなさい」

ジョージは肩をすくめ、コーヒーを飲みおえて言った。「あんたのせいではない」

「わたしのせいだってことは、おたがいにわかってるじゃない。今回はひっこんでることにしたら？　ある程度の調査ならわたし一人でできるし、グレースも喜んで手伝ってくれると思う」

ジョージは首をふった。「署長のことはどうにもできんが、わたし自身の情報源もいくつかある。今回は前より少々骨が折れるだろう。それだけのことさ」

調査から手をひいてくれるよう、さらに強く言おうとしたが、ジョージの目を見ただけで、そんなことを言うのは間違いだと悟った。警察を退職して以来、彼が昔の仕事をさまざまな面でなつかしんでいることは、わたしも知っている。舞台裏で何が起きているかをつかむことに、人は惹かれるものだ。ジョージはこれまでいつも、コネを気前よく使ってわたしのために情報集めをしてくれた。

「じゃ、署長に攻撃されないよう気をつけて。いつものように署内で情報集めをするのは無理だとしても、わたし、あなたの洞察力と推理力を大いに頼りにしてるのよ」

ジョージは片方の眉をあげて、わたしをじっと観察した。

「スザンヌ、わたしをうれしがらせるつもりだな」

「何言ってるの？　こっちは本気よ。前科を調べたり、ファイルをこっそり見たりできるかどうかはべつにして、あなたは勘の鋭い人だから、それに期待してるの」

「もっと役に立つために、わたしに何ができるか、考えておこう」ジョージは時計にちらっと目をやった。「カーラとのランチの約束は何時だい？」

わたしは視線をあげた。「いますぐ出ないと遅刻だわ」数分前にエマが出ていくのを耳にしていたので、帰してしまったことを後悔した。汚れた皿をカウンターやシンクに放りっぱなしにしておくのは大嫌いだが、いまはどうにもならない。布巾をカウンターに放ると、ジョージが拾いあげた。

「行っといで。遅刻したくないだろ。皿のことなら心配ご無用。わたしが洗っておく」

「そんなことさせられないわ」

「いいんだよ、スザンヌ。つぎの手を考える時間ができるし、きみの手伝いができるなら、こんなうれしいことはない」

わたしはジョージの頬にキスをした。「できれば説得してやめさせたいところだけど、わたし、いまは心ここにあらずなの」彼にスペアキーを渡した。「出ていくとき、ドアのロックをお願いね」

「幸運を祈る」

「ありがと」

ジャケットをとろうとしたが、夜明け前にパトカーに乗ったときに比べて気温がぐんとあがっていることに気づいた。線路伝いに〈ボックスカー・グリル〉まで行くのは浮き浮きすることだった。古い駅舎を改装したわたしの店も、このダイナーも、鉄道線路のそばにあり、線路は遠い昔に忘れ去られていまではレールが草に埋もれてしまっているので、この自然の小道をゆっくり歩けば〈ボックスカー〉にたどり着ける。鉄道が走っていたころ、どんな人が列車で旅をしたのだろうと、わたしはよく想像する。昔から列車の旅に憧れていて、ドーナツショップを二週間ほど休みにしてカナダへ飛び、バカンスを楽しみたいと、いつも思っているが、それは夢のまた夢。カナディアン・ロッキーを通るすてきな列車の旅もあるけど、叶わぬ夢だってことはわかっている。常識と理性を備えた人間なら週のうち一日は店を休むだろう。でも、わたしにはそれすらできず、一人で休みなしに営業し、アシスタントには一日だけ休みをとらせている。二週間も仕事を離れるなんてとうてい無理。マックスと結婚したとき、新婚旅行はカナダにしたかったのに、マックスはハリウッドのほうに興味を持っていた。愚かなわたしは彼の希望に合わせることにしたが、ハリウッド滞在中に彼がオーディションをふたつ受ける計画だったことを知るに至った。〝偉大なる役者さん〟にまただまされたってわけ。結婚生活に最初からケチがついていたことになぜ気づかなかったのかと、自分でも不思議だった。たぶん、そのときはまだ、恋でバラ色に染まった世界を見ていたのだろう。いま考えてみると、自分がそこまで世間知らずだったことがどうにも信じられない。

「さっきから誰かがお待ちかねよ」

〈ボックスカー・グリル〉に入ると、トリッシュ・グレンジャーが言った。トリッシュとはグレースと同じぐらい古いつきあいだ。ほっそりとスタイルがよく、金色の髪をいつものようにポニーテールにきちんとまとめている。この何年かのあいだに、髪をふわっと垂らしたことも何度かあり、わたしはそのたびに、トリッシュの印象が変わって別人のような雰囲気になることに驚いたものだった。

「やっぱりね。わたし、人気者だから」長いカウンターと、ずらっと並んだブース席を見渡しながら、わたしは言った。ブースの大部分とカウンターの数席が埋まっていた。カーラを見つけるのにしばらくかかった。

「メニュー、ほしい？」カーラのいるブースへ向かおうとするわたしに、トリッシュが訊いた。

「ほしいって言ったことがある？」ニッと笑って、わたしはトリッシュに尋ねた。

「チーズバーガーのほかにもいろいろ出せるんだけど」

「わたしには関係ないわ」

狭い店内を進みながら、何度か「こんにちは」と挨拶した。生まれも育ちもエイプリル・スプリングズなので、知人はかなりいるつもりだが、〈ドーナツ・ハート〉を始めたおかげで、驚くほどたくさんの人と知りあいになった。グレースはわたしを説得して市長選に立候補させようと企んでいる。でも、店を経営し、トラブルに巻き込まれないようにするだけで精一杯。町のトラブルまで抱えこむなんてとんでもない。

席につきながら、わたしは言った。「きてくれてありがとう、カーラ」

カーラは微笑した。「何言ってるの？　わたしにとってはすごい贅沢《ぜいたく》よ。自由に出かけることがあまりないから」

「きっとそうね」わたしも笑顔になった。「わたしに会うのを贅沢だと思ってくれるのなら」

「謙遜しないで、スザンヌ」カーラはメニューをとってしばらく目を通し、やがて、わたしの手にメニューがないことに気づいた。「一緒にどう？」

「ううん、せっかくだけど。自分の分は自分で頼むわ」

「メニューのことを言ったのよ」

「わかってる。いまのは単に、ひねくれたユーモアよ。わたし、メニューを見る必要がないの。毎回、同じものを頼むから」

カーラはうなずき、メニューをテーブルに置いた。「じゃ、わたしも同じもので」

「ワオ、大胆なご意見。イカのサンドイッチだったらどうする？」

「メニューには出てなかったけど、わたし、いまは本気で危険に挑みたい気分なの。それに、お金を払うのはあなただし」

わたしは笑った。カーラとランチをするのが楽しくなった。彼女がレスターをこころよく思っていなかったことは知っているが、それでも、ランチのときにどんな雰囲気になるか、予測がつかなかったのだ。カーラは神経がたかぶっている様子だった。死を身近に見ると、人はときとしてそうなる。人生が本当はどんなに貴重なものかを悟るからだ。

トリッシュがオーダー用のメモ帳を手にしてやってきた。「決まった？」

「いつものを二人分」

トリッシュはうなずき、それからカーラを見た。

「あなた、スザンヌをいい気にさせるだけよ。わかってる？」

トリッシュがオーダーを伝えるために去ったあとで、わたしはカーラの顔に不安の影が射すのを見た。いまから質問攻めにしようというときに緊張されては大変だ。

「ご心配なく。いつもチーズバーガーとポテトとコークなの」

カーラは安堵の表情になった。「おいしそうね」ランチョンマットの位置を直して、テーブルの端の線と完璧に平行になるようにした。「さて、レスターについてどんなことを知りたいの？」

「食べてからにしましょ」

カーラは首をふった。「あなたさえかまわなきゃ、話は早くすませたほうがいいわ。食事を楽しみたいから」

「それもそうね。レスターに関して、わたしの知らないことを何か話してもらえないかしら」

「自慢ばかりしたがる癖のほかに？」ずいぶんな言い方だと、カーラ自身も気づいたに違いない。「ごめんなさい。これまでレスターのことで愚痴ばかり言ってきたから、死んだ人のことをそんなふうに言うのは礼儀に反するってことを、つい忘れてしまうの」

トリッシュが飲みものを運んできた。彼女が立ち去ったあとで、わたしは声を低くした。

「そういう罪悪感をしばらく抑えてもらえると助かるんだけど」

カーラはうなずいた。「オーケイ、わかった。さてと、もとボスに関して何を言えばいいかしら。癇癪持ちだったけど、それはわざわざ言うまでもないわね。それから、何よりも好きだったのが、〈エディトリアル〉のコーナーで人を攻撃すること」

「具体的には誰が攻撃されてたの？　わたし、レスターの大ファンじゃなかったし、あのコーナーの時間には、たいていベッドに入ってたから」

「冗談言ってるの？　あなたが最新のターゲットにされたばかりでしょ。過去四日間にレスターが攻撃したのは、町長と、女性町会議員の一人と、ハドソン・クリークに住む胡散《うさん》臭い建設業者だった。この三人に比べれば、あなたへの攻撃なんておとなしいものだったわ」

「そのなかの一人が、レスターの死に何か関係してると思う？」〝殺人〟と呼ぶことに、わたしはまだ抵抗があった。

カーラはストローをしばらく弄《もてあそ》び、それから言った。「正直なところ、よくわからない」

「すると、容疑者リストの候補には不自由しないわけね」

「レスターにひどい目にあわされて、償いをさせてやりたいと思ったことのない人たちをリストにするほうが、簡単かもしれない」

わたしはコークをひと口飲んでから尋ねた。「災いを招くおそれのありそうなことをレスターがほかに何かやっていなかったか、心当たりはない？」

カーラはしばらく考えている様子だったが、やがて答えた。

「死んでほしいと願ってたかもしれない人なら、ほかにもう一人心当たりがあるわ。奥さんよ」

「ええっ？」わたしは危うくコークをこぼしかけた。「レスターって結婚してたの？」

カーラはうなずいた。「わたしも初めて知ったときは驚いたわ。十年前から別居なんだけど、何か理由があるらしくて、離婚はしてないの。一度、奥さんからラジオ局に電話がかかってきたことがあったわ。レスターが心臓発作を起こすんじゃないかと思った」

「奥さんのことを何か知ってる？」

カーラは顔をしかめた。「それほどは……。名前はナンシー・パットン、ユニオン・スクエアに住んでる。わたしは一度も会ったことがないけど、レスターを激怒させてたことはたしかよ。わたしがこの事件を調査するとしたら、奥さんから話を聞くでしょうね」

「レスターの身に起きたことをわたしが調べるつもりだなんて、どうして思うの？」わたしの行動って、世間の誰から見てもそんなにわかりやすい？

カーラは首をふった。「隠さなくていいのよ。あなたがレスターのことを気にかける理由がほかにあって？　あ、非難してるわけじゃないのよ。わたしだって、レスターはただのボスに過ぎなかったけど、その死を願ってたなら、誰がかわりに殺してくれたかを、たぶん自分で突き止めようとするでしょうね」

興味深い意見だ。「あなたは毎日レスターと仕事をしなきゃいけなかった。警察はきっと、あなたのことも容疑者とみなすでしょうね」

カーラは眉をひそめた。「まさか。でも、考えが甘いかな。署長にいろいろ質問されたわ。だけど、レスターのおかげでわたしはお給料をもらえたのよ。ラジオ局と同じぐらい稼げる仕事を見つけるのに、これから苦労しそうだわ。レスターの身に災難が降りかかるのをわたしが願うわけないでしょ。それに、事件が起きたと思われる時刻には、わたしは局にいなかったのよ。家で子供たちと遊んでたの。会えるのは月に一度だから、せっかくの時間を無駄にしたくないの」

「だったら、疑われる心配はないわね」

バーガーとポテトが運ばれてきたので、楽しく食事をするために話題を変えた。レスターのことにはいっさい触れないようにしてランチを楽しんだあと、わたしが勘定書きを手にとり、別れぎわにカーラが礼を言った。

支払いをすませてトリッシュに「じゃ、またね」と挨拶していたとき、いきなり、この世でいちばん会いたくない人物に行く手を阻まれ、外に出られなくなった。

4

「こんなとこで何してるの、マックス？」

この前聞いた噂によれば、もと夫の〝偉大なる役者さん〟ことマックスは、全国コマーシャルでさらに華々しい活躍をすべく、この町をあとにして、カリフォルニアへ出かけたはずだった。昔わたしと知りあった瞬間から、当人は本格的俳優だと主張していたが、わたしが彼の演技を見たのは、三十六秒のコマーシャルのなかだけ。あいかわらずハンサムだ。いずれ何かの祟《たた》りで、いっきに老けこむなんてことにならないかしら。いまのところ、そんな幸運は訪れそうもない。

「おいおい、おれに会えてうれしくないのかい？」

マックスがニッと笑いかけた。昔なら、これだけでわたしのハートがとろけてしまっただろう。でも、いまはもう無理。

「国税庁に調べられたときと同じぐらいのうれしさね。どいてくれない？　それとも、あなたの身体を突き抜けなきゃだめ？　わたしはどっちでもいいけど」

マックスの微笑がやや薄れた。「せめて友達どうしになれないかな？　いまやビショップがきみの命なのは知ってるけど、だからって、おれたち二人が仲良くしちゃいけないわけではない」

「はいはい。じゃ、友達どうしね」

マックスは動かなかった。かわりに片手を突きだし、わたしに笑いかけた。

「友達になった記念に握手しよう」

トリッシュがわたしの横にきた。「大丈夫、スザンヌ？　カウンターの奥に新品のテーザー銃が置いてあって、装塡《そうてん》してあるんだけど。一度使ってみたくてうずうずしてるの」

マックスは手をひっこめ、降参のしるしに両手をあげた。

「暴力はやめましょう、ご婦人方。わかりましたよ。どくからさ。テーブルについてもかまわない？」

「お行儀よくしてくれれば」トリッシュは渋面を和らげて笑顔に変えた。

「約束できないな」マックスが答えた。満面の笑みが戻っていた。

彼が離れたあとで、わたしはトリッシュに言った。

「ごめんね。あの男って、いつもわたしの最悪の面をひきだすみたい」

「別れた夫にそれ以外の用途があって？　謝る必要なんかないわよ。マックスが関係してるときはとくに」

わたしは〈ボックスカー〉を出て、歩いて店に戻りながら、ジェイクはどうしているだろうと思った。会えなくて寂しいけど、仕事がジェイクにとってどれだけ重要かは、わたしにもわかっている。捜査のために遠くへ出かけることが多すぎるが、わたしの恋人は悪党どもを文字どおり退治しているのだから、愚痴は禁物。わたしのやっていることと違って、彼は世界を救う人だもの。いえ、ドーナツだって、人々の暮らしにささやかな喜びをもたらしてはいるけどね。おいしいお菓子の持つパワーを過小評価するつもりはない。でも、嘘はつけない。わたしのドーナツのおかげで人生が変わる人なんて、どこにもいない。

ジョージの皿洗いがすんだかどうかたしかめようと思って店の前まで戻ったとき、見覚えのある車が表に止まっているのが見えた。

運転席にグレースがすわっていたので、姿を見たとたん、うれしくてたまらなくなった。グレースはわたしの親友であるばかりか、これまで犯罪が起きるたびにわたしと組んで、警察署長のレーダーにひっかからないようにこっそり調査を進めてくれた。いまのわたしには、これまでにも増してグレースが必要だ。

わたしに気づいたとたん、グレースが車から飛びおりて、抱きしめてくれた。

「あなたってトラブルをひき寄せる磁石ね、お嬢さん」わたしから離れながら言った。

「向こうがすり寄ってくるみたい。けさ、レスターのことを知ったんだけど、すぐ電話しなくてごめんね」

「許してあげる。どっちみち、連絡はとれなかったでしょうけど。町を留守にしてたから」

「仕事で？」

「遊びじゃなかったことはたしかね。アッシュヴィルに住む従業員がいて、その子が短期間でシェイプアップしてくれないと、クビにせざるをえないの。管理職がこんなに大変だなんて想像もしなかった。わたしの自由時間まで大幅に奪われつつあるのよ」

「サンフランシスコ行きの話を受ければよかったのに」グレースに思いださせた。

「あれこれ考えあわせれば、こっちにいるほうがいいわ。たとえ頭痛がしようとも。ねえ、町の噂だと、あなた、レスター・ムアフィールドの喉にエクレアを押しこんだそうね。アリバイが必要？　それとも、通し番号になってない紙幣で一万ドルと他人名義のパスポートのほうがいい？」

「どれかひとつでも用意できるの？」わたしは笑顔でグレースに訊いた。

グレースは財布をとりだした。しばらくしてから言った。

「七十三ドルと、とっくに期限切れの古い運転免許証じゃだめ？」

「遠慮しとく。でも、あなたに手伝ってもらいたいの。仕事のほうが超ご多忙でなければ」

「あのね、わたし、いまではボスなのよ。覚えてる？　仕事なんてどうにでもなるわよ。何を手伝えばいいの？」

「さっき知ったばかりなんだけど、ユニオン・スクエアにレスター・ムアフィールドの奥さんが住んでるんだって。会いにいく必要あり。一緒にくる？」

「何ぐずぐずしてるのよ？」グレースが言った。これがわが親友のいちばんすてきな点のひとつ。わたしが彼女を必要とすれば、かならず助けてくれる。質問抜き、無条件で。頼みごとをするたびに、「いいわよ」と即答してくれる。

「まず、店のなかの様子を確認しておかないと」わたしは言った。「ちょっと入ってくれない？」

「あなたが店のなかにいるあいだに、ここで電話をかけることにする。予定をいくつか変更しなきゃ」

わたしは突然、グレースの時間を大幅に奪うことを申しわけなく思った。

「バカ言わないで。何か無分別なことをする口実をずっと探してたの。大歓迎よ」

「あなたに迷惑はかけられないわ、グレース」

わたしは〈ドーナツ・ハート〉に入り、厨房へ直行した。皿がタオルの上に並べられ、ジョージのメモが置かれていた。

〝先に帰って申しわけない。ランチで収穫があったことを祈っている。わたしは何かべつの手を考えてみる。あとで連絡する。ジョージ〟

友人たちに守られていることを実感し、うれしくなった。レスターの死の知らせがすでに町じゅうに広まっているとしても、今日の売上げに影響はなかった。もっとも、エクレアの売行きが悪かったのは仕方がないけど。

少なくとも、客に見捨てられずにすんだ。

いまのところは。


わたしのジープでユニオン・スクエアへ向かう途中、グレースが訊いた。

「厳密に言うと、ゆうべ何があったの?」

「どこで噂を聞いたの?」

グレースは笑みをよこした。「あのね、スザンヌ、エイプリル・スプリングズがどんなに狭い町かってことは、このあたりに住むほとんどの人よりあなたのほうがよく知ってるでしょ。ラジオ局の外であなたがレスターにわめき散らすのを誰一人目にしてないなんて、本気で思ってるの?」

レスターと対決したわたしの姿が人目にさらされていたことに、自分では気づかなかった。

「カーラが口論の一部を耳にしたことは知ってるけど、耳をそばだててる人がほかにいた様子はなかったわ。カーラがしゃべってまわってるの?」

「ううん、わたしはケイト・ベイラーから聞いたの。犬を散歩させてて、あなたがレスターに食ってかかったときに、たまたま通りかかったんだって。拍手喝采したかったけど、モネとドガを驚かせちゃいけないと思ったそうよ。あの二匹、臆病だから」

誰かがわたしの痛烈な攻撃を目にしていても不思議ない。

「この町じゃ、何をしてもばれてしまう運命なの？」

「そう思ったら、もっと慎重にふるまえばいいのに、あなたには無理なようね。今回はどういう触れこみでいく？　スパイなんてどうかしら。わたし、謎めいた役が好きなの。ぜったい上手に演じられると思わない？」

わたしは笑った。「やれる人がいるとすれば、それはあなたね。でも、わたしはシンプルな方法でいこうと思ってたの。〝お悔やみ申しあげます〟とかなんとか言って。慰めの言葉をかけたあとで、亡くなった夫について質問する」

グレースはこの方法が見るからに気に入らない様子だった。いつもわたしの味方になってくれるが、こちらの思いつきすべてに賛成するわけではない。まあ、無条件で賛成されてもつまらないけど。「奥さんがわたしたちに話をするはずないでしょ。尋問するための理由を考えなきゃ」

しばらく考えてみて、グレースの意見ももっともだと思った。ときには口実を使ったほうが、人の信頼を得やすいものだ。

「また新聞記者に扮《ふん》してもいいわね」わたしは言った。

「いやよ、すでにやったじゃない。新聞社で働くのは二度とごめんよ」

わたしは笑った。「じっさいに記事を書くわけじゃないのに」

「もう少し魅力的な職業にしましょうよ。わたしが言いたいのはそれだけ」

不意に名案が浮かんだ。「《ラジオ・ワールド》という雑誌の記者ってことにしたら？　つぎの号にレスターの追悼記事を出す予定なので、経歴その他を教えてほしいって言えばいいのよ」

グレースは何秒間か考えこんだ。「ほんとにそんな雑誌があるの？」

「いまはインターネットの世の中だから、ばれやしないわよ。スタートしたばかりのメルマガってことにしておけば、嘘かどうか、誰にもわからないわ」

「わかった。でも、記者役はあなたがやってね」

「そちらはなんの役？」わたしは訊いた。

グレースはバッグに手を突っこんで、小型のデジカメをとりだした。

「今回の取材のために雇われたカメラマン」

「そんなもので？　たいしたカメラじゃなさそうだけど」

「デジタルなの。高性能だからびっくりするわよ」

「それは疑ってないわ。わたしはただ、見た目がいまいちって言ってるだけ」

「大丈夫、あちらは何も気づかないから」

なんとかうまくいくかもしれない。本物のライターやカメラマンがどんな格好をしているのか、二人ともあまりくわしくないが、〝インタビュー〟の相手のほうもくわしくないことを願うしかない。

ユニオン・スクエアに入ったあたりで、グレースが訊いた。

「その女性をどうやって見つければいいの？　勤め先とか知ってる？」

「いい情報源があるから、それを使いましょ」レストラン〈ナポリ〉の前に車を止めて、わたしは言った。長年贔屓《ひいき》にしている店で、ジェイクとの初めてのデートもこのイタリアンだった。

「電話帳を調べるの？」

「もっといい方法があるのよ。ユニオン・スクエアの住人のことにくわしい人間がいるとすれば、それはデアンジェリスの一家。アンジェリカとお嬢さんたちを、わたしは大いに頼りにしてるの」

グレースはうなずきながら車をおりたが、店のドアに近づくと同時に言った。「残念、開店前だわ」

「わたしはそう簡単にはあきらめないわよ」ドアをガンガン叩くと、一分ほどたったころ、娘の一人のマリアが出てきた。「すみません、営業時間外なので……あら、スザンヌ、元気？」マリアは母親や姉妹と同じくオリーブ色の肌をした美女で、彼女に会うのをわたしはいつも楽しみにしている。

マリアと抱きあったあとで、わたしは言った。「元気よ。お母さんは元気？」

「目下、怒り狂ってるけど、とりあえず標的はわたしじゃないから」マリアは笑顔になった。「わあ、グレース」わが友人のほうへ視線を向けて挨拶した。

「こんにちは、マリア。いきなり押しかけてごめんなさい」

マリアは微笑した。「友達と気晴らしはいつでも大歓迎。何かご用だったの?」

わたしたちはすでに店内に足を踏み入れていた。外のショッピングモールから離れて、きらめく噴水と、深紅のカーペットと、古色蒼然たる真鍮《しんちゅう》の照明金具の世界に入りこんだ。窓には分厚いカーテンがひかれ、まばゆい四月の太陽を完全にブロックしている。

「このユニオン・スクエアに住む人物について、情報を集めているところなの」わたしは言った。

マリアはうなずいた。「ママに訊いたほうがいいわ。このあたりに住む人のことなら、一人残らず知ってるから。奥へどうぞ。厨房にいるわ」そう言いながら、テーブルのあいだを縫うようにしてわたしたちを案内し、スイングドアを通り抜けた。

雰囲気が一変した。厨房はまばゆいぐらい明るくて、どこを見てもステンレスばかり。天井の強力な照明が厨房を手術室のごとく照らしている。わたしたちが入っていくと、アンジェリカが娘の一人を叱りつけていた。二人で大理石の作業台にかがみこんでパスタの生地を作っている。もう一人の娘、アントニアがそばで見ている。アンジェリカは末娘にパスタ作りを教えているのだ。

「ソフィア、生地をこねるときは優しくね。作るときの気分が出来あがりを左右するのよ」

「ただのパスタじゃない」ソフィアが言い、わたしはマリアとアントニアの両方がすくみあがるのを目にした。

アンジェリカが突然、両手で丸めてこねていた生地を台の上に落とした。

「ただのパスタ？ これがうちの看板なのよ。これがなかったら、ただの平凡なレストランになってしまう。うちの店は――」そこで、アンジェリカはわたしたちに気づき、お説教を中断した。「まあ。ようこそ。何か作りましょうね」

「こんにちは、アンジェリカ。ランチにきたんじゃないのよ。ちょっと教えてほしいことがあって」

「勝手に言ってなさい」グレースが言った。「わたしはおなかがペコペコ」

「グレース」わたしはきびしくたしなめたが、アンジェリカは笑っただけだった。

「食事と話を同時にすればいいのよ。ねっ？ 何が食べたい？」

「あなたの作るものならなんでも」答えるあいだに、わたしのおなかがグーッと鳴った。たらふく食べたあとでも、アンジェリカに会えばかならず空腹になる。

アンジェリカはあたりを見まわし、パスタ生地に視線を戻した。

「いつもは乾燥させるんだけど、今日は生パスタにしましょう」

「すてき」調理台の横の椅子にすわりながら、わたしは言った。グレースもすぐさますわった。

「話は生地を作りながらでもいい？」アンジェリカが訊いた。娘たちの美貌が誰の遺伝かは、見ただけで明らかだ。長年のあいだ、ほっぺたが落ちそうなおいしい料理を作って試食を続けてきたというのに、アンジェリカはいまも娘たちの服を楽に着ることができる。

小麦粉の分量を量り、塩少々を加えたあとで、アンジェリカはこんもりと山を作り、卵二個を割り入れた。粉のなかに卵を練りこみながら、わたしのほうを向いた。

「質問があるならどうぞ。作業をしてても話はできるから」

「ナンシー・パットンを捜してるの」わたしは言った。

いつも陽気なアンジェリカの顔が暗く翳《かげ》った。

「ごめんなさい。何か悪いことを言った？」

「あの女は毒物だわ」卵をさらに完璧に練りこみながら、アンジェリカは激した口調で言った。満足のゆくまで練りこんでから、小さじ一杯の冷水を加え、ふたたびかき混ぜ、冷水をほんの少し足した。それも完全に混ざりあったところで、娘のほうを見てうなずいた。「これが完璧な仕上がりよ。わかる、ソフィア？」

「はい、ママ」三人の娘が暗記しているかのように声をそろえて言った。

アンジェリカは一人一人にじっと目を向け、母親をからかっているのかどうか見きわめようとしたが、娘たちがいつもの習慣で返事をしたに過ぎないことをすぐに悟った。

「どうして毒物なの？」わたしは訊いた。

「自分は世の中に対して貸しがある、それをすべて返済させるのが自分の義務だ――そう思いこんでる女なの。町で委託販売店をやってて、あらゆる種類の品が置いてあるわ。ついてる値段が高すぎるし、店の手数料が規定より多すぎるって思ってる人が、このあたりに何人もいるのよ」

「あなたから彼女に何か委託したことはある？」

生地作りを進めるアンジェリカの熟練の手さばきに見とれながら、わたしは訊いた。アンジェリカは首を横にふり、丸めた生地を作業台にピシャッと叩きつけてから、カエデ材のめん棒で伸ばしはじめた。わたしが以前持っていためん棒に似ている。殺人犯からわたしの命を守るために、だめにしてしまったけれど。かわりのめん棒を五、六本買ってみたが、だめにしたやつに比べると、どれも使い勝手が悪い。充分に使いこめば、前のと同じように手になじんでくるのかもしれないが、それもかなり疑問。

厚さも肌理《きめ》も満足できるところまでいくと、アンジェリカはパスタマシンをとりだして、ローラーの幅を最大にした。クランクをまわしながら生地を入れると、肌理がさらに細かくなった。生地を通しおえてから、ふたつに折り、半回転させて、ふたたびマシンに通した。

「わたしたち、あの女には近づかないことにしてるのよ」アンジェリカは言った。それから娘たちのほうを向いて尋ねた。「あなたたちのなかに、ナンシー・パットンと何か関わりを

「あの人がこの店にきて、料理の出てくるのが予想より三分遅かったから食事代を無料にしろって騒いだこと以外に？」アントニアが訊いた。

「それは数に入れないで」アンジェリカが言った。

「ボニー・プレスコットの冷蔵庫を新品だと言って売りつけようとし、代金を自分のふところに入れるつもりだったことは？」ソフィアが訊いた。

「事実なの？」

「ううん」ソフィアはしぶしぶ認めた。

「じゃ、証拠はないのね」アンジェリカがマシンの目盛りを変えると、ローラーを通るたびに生地がどんどん薄くなっていった。納得のいく薄さになったところで、マシンのヘッドを交換し、細長くカットした。それをめん棒にゆるく巻きつけてから、沸騰中の鍋のところへ行き、湯のなかへパスタをそっとすべらせた。「ちゃんと見てた、ソフィア？」目を皿のようにして見ていた娘に訊いた。「パスタを鍋に入れるとき、どんなに丁寧に扱ったかを」

「はい、ママ」ソフィアは答えた。ふと見ると、あとの二人の娘も同じ言葉を口にしていた。もっとも、今回は声を低くして、母親に聞こえないようにしていたが。

「茹《ゆ》で時間は三分」アンジェリカが言うと、マリアとアントニアとソフィアはいっせいに行動に移って、カウンターに本物のバターとパルメザンチーズを出し、皿六枚とワイングラス六個を並べた。

アンジェリカはパスタを鍋から出して、湯を切り、オリーブオイルをほんの少しと、バター少々と、オレガノを加え、いっきに混ぜあわせた。全員にたっぷり行き渡るだけの量があり、パスタが皿にとりわけられるあいだに、マリアがみんなにワインを注いでくれた。

こんなおいしい食事は生まれて初めてと言ってもよかった。

食事がすむと、アンジェリカが愛情あふれる笑みを娘たちに向けた。

「ね、こうやって作るのよ」

ソフィアがうなずいた。母親に向けた視線に、理解したことを示す光が浮かんでいた。

「このすばらしい食事の代金を受けとってもらえないかしら」立ちあがりながら、わたしは頼んだ。

アンジェリカが傷ついた表情になった。「友情にお金を払おうというの？　だめだめ。このレストランではおことわり」

「あら、わたしのほうは、あなたにうちの店にきてドーナツを食べてもらうことができないのに。フェアとは言えないわ。そうでしょ」

アンジェリカは考えこんでいるように見え、しばらくしてから言った。

「たしかにそうね。いつか喜んでお誘いに応じるわ」

「近いうちにね」

「近いうちに」

グレースと一緒にドアのところで足を止めて、わたしは訊いた。

「その委託販売店って、どこにあるの？」

「見落としっこないわ」アンジェリカが答えた。「〈おばちゃま《アーンティ》のアンティーク〉と理髪店のあいだよ。店名は〈第二幕〉。変わった名前でしょ」

「いろいろありがとう」

「またいつでもきてね。あのすてきな男性も一緒にどうぞ。食べっぷりを見てると惚れ惚れするわ。いい人にめぐりあえたわね」

「わかってます。でも、彼には言わないで。いいわね？」

アンジェリカはわたしに笑みをよこした。「向こうもきっと、いい人にめぐりあったと思ってるわよ。あまり日を置かずに、またきてちょうだい、スザンヌ。あなたもよ、グレース」

ジープに戻ったあとで、グレースが言った。

「あんなおいしいものを食べたのは初めてだわ」

「小麦粉と卵とひとつまみの塩を使って魔法を生みだす人だもの」

「あなただって、捨てたものじゃないわよ」

「お世辞はけっこう」

「よかった。お世辞を言わなくてもいいのね。でも、あなたたち二人が同じ材料を使ってるなんて信じられない。ナンシー・パットンにタックルする準備はできた？」

いまのところ、まだ自信がなかった。「すてきなランチの余韻を消してしまうのは、なんだかもったいないわね。わたしの言う意味、わかる？　それにしても、レスターと結婚し、二人が一緒に暮らしていけなくなったとすると、きっと、ひどい女だわね」

「遺憾ながら、それを知る方法はひとつしかなさそうよ」

何ブロックかジープを走らせてダウンタウンの中心部まで行くと、教えられたとおりの場所に〈第二幕〉があった。

わたしは深く息を吸い、ジープを止めながらグレースのほうを向いた。

「忘れないでね。わたしは雑誌記者、そして、あなたはカメラマン」

「了解」グレースがカメラを手にして、二人で店の入口まで歩いた。

予想外に若い女性が店のデスクの向こうにすわっていた。可愛いというよりキリッとしたタイプで、唇は薄く、鼻は低めだが、この世の誰よりも有能な女というイメージを作りあげている。レスターと一緒にいる彼女の姿はどうにも想像できないが、考えてみれば、何がきっかけで人が一緒になるのかは誰にもわからない。

店内を見まわし、雑多な商品に目を走らせて、どうやって採算がとれているのだろうと不思議に思った。ざっと見たときは、屋内でガレージセールを開催中かと思ったが、もう少し丹念に見ていくと、がらくたのなかにかなりの値打ちものが混じっているのがわかった。なかでもとくにわたしの目を奪ったものがあった。それは正真正銘の〈ハウプト〉のドーナツカッター。わたしが持っているのとはべつのタイプだ。豆の缶詰ぐらいのサイズのアルミ製円筒をとりまくように抜き型が並んでいて、木のハンドルを持って生地の上をころがすだけで、楽々とドーナツの形にカットすることができる。わたしが現在持っているのより使いやすそうなので驚いた。グレースと二人でもっともらしい作り話を用意しておいたが、それは即座に捨て去ることにした。新たな作戦を思いついた。価格がほどほどなら、新しいドーナツカッターを購入することにしよう。

グレースのほうを向いて片目をつぶってから、カッターを手にとった。値札は六十五ドル。高いのか安いのか、正直なところ、よくわからない。女性のほうへカッターを掲げてみせて、「値段を交渉する余地はあるかしら」と訊いた。

「持ってきて」女性が命じた。

言われたとおりにすると、女性がわたしの手からカッターをとった。ハンドルについている暗号めいたコードを調べたあとで言った。「適正価格ね。でも、一割引きにしておくわ」

わたしはどう見ても適正価格とは思えないと言いそうになったが、そこで分別が芽生えた。金払いのいい客を演じれば、向こうは好感を持ってくれるはず。

「まあ、気前がいいのね。お言葉に甘えることにするわ」

彼女は了解のしるしにうなずき、帳簿に記入を始めた。カッターの販売を委託した客に代金を支払うためだろう。

「どこかで見たようなお顔ね」記入を続ける彼女に、わたしは言った。「前に会ったことがあるかしら」

彼女はちらっと視線をよこした。「ないと思うけど」

最高に温かな返事とは言えないが、とにかく、わたしは片手を差しだした。

「スザンヌ・ハートよ。エイプリル・スプリングズでドーナツショップをやってるの」

「聞いたこともないお店ね。わたし、ドーナツは食べないから」彼女は冷たく答えた。

あらあら、わたしの生計の手段をそんなに褒めてくれるなんて、感激で胸がいっぱい。

そろそろ嘘をつく時間だ。わたしは指をパチンと鳴らして、いきなり言った。

「思いだした。レスター・ムアフィールドと一緒にいた人だわ。彼と親しかったの？」

彼女は肩をすくめた。返事をしようともしない。グレースと二人で練りあげた作戦を捨てたのは間違いだったかも。でも、もう手遅れだ。いえ、ほんとにそう？　修正すれば、なんとか使えるかも。

カッターの代金をカウンターに置き、彼女のほうへすべらせながら、わたしは言った。

「わたし、フリーのライターもやってて、ほうぼうの雑誌に記事を書いてるのよ。じつは、レスターのことを何か書くよう頼まれてるの」一か八かやってみることにした。結果を心配するのはあとでいい。「ねえ、ご夫婦だったんでしょ？」

彼女のペンが領収証の上で止まり、少なくともこの瞬間、わたしは彼女の注意がこちらに向いたことを知った。「〝だった〟じゃないわ。いまもそうよ」

その口数の少なさときたら、ひとこと言うたびにわたしにお金をとられると思っているかのようだ。

わたしが何か言おうとしたそのとき、すぐうしろでグレースが言った。「えっ、まさか。誰も知らせをよこさなかったなんて信じられない。お気の毒だけど、レスターは殺されたのよ」

女性は頰をひっぱたかれたような顔でグレースを見つめた。「何かの間違いだわ」

「残念ながら、間違いじゃないんです」わたしは言った。「けさ、警察が遺体を見つけたの」

ナンシー・パットンは一歩前に出ようとしたが、不意に思いとどまった。「気分が悪い」と言うなり、わたしの腕のなかに倒れこんだ。

5

「ちょ、ちょっと。あなたのせいで死んじゃったじゃない」

わたしはナンシーともども床に倒れそうになるのをこらえながら、グレースに言った。それほど重そうには見えなかったのに、全体重《デッド・ウエイト》をかけられると、まるで石の詰まった袋を抱えているようだ。

「死んでないわよ」グレースは言った。「そんなわけないでしょ。気絶しただけよ、スザンヌ。おおげさな演技をする理由はないんだし」

「わたしたち二人がひっくり返っちゃう前に、手を貸してくれない？」

グレースがすぐさま手を貸してくれて、二人で近くのソファへナンシーを運んだ。寝かせたときに、ソファについていた〝販売品〟の札が少ししわになったが、いちいち気にしてはいられなかった。この人、心臓が悪かったの？　だとすれば、グレースが与えたショックに心臓が耐えきれなかった可能性もある。意識が戻るのをじっと待つ気にはなれなかった。九一一に電話しようとしたが、グレースに気づかれてしまった。

「ちょっと待って。その前に、わたしがなんとかするから」

水の入ったグラスがデスクにのっていたので、グレースがそれをとってナンシーの顔にバシャッとかけた。しばらく時間がかかったが、ようやくナンシーのまぶたが震えだし、意識が戻った。

「どうしたのかしら」わたしたち二人を見ながら、ナンシーが言った。目に疑いの色を浮かべて訊いた。「二人でわたしにクスリでも呑ませたの？」

「気を失ったのよ」まず彼女の頭に浮かんだのがわたしたちへの疑惑だったことを知って、わたしは唖然とした。信頼度ゼロ。

グレースが身を乗りだして答えた。

「いきなりこんな知らせを持ってきて、ほんとにごめんなさい」

ナンシーの顔が赤くなった。「いずれ、聞かなきゃいけなかったことだわ。ただ、急に言われてショックだったの」

「そりゃそうよね」グレースが言った。

「レスターの死を望む人間に、誰か心当たりはないかしら、ナンシー」わたしは訊いた。

ナンシーはクモの巣を払いのけようとするかのように頭をふり、つぎに、心を静めるのにしばらく時間をかけた。

「レスターは昔から、人の最悪の部分をひきだす名人だった。ご存じ？　レスターがムッとさせた相手なら、誰が犯人であってもおかしくないわ。警察のほうでレスターの〈エディトリアル〉をチェックして、つい最近バッシングされた人たちを尋問すればいいのよ」

わたしが最後の標的にされたことを、わざわざナンシーに告げるつもりはなかった。

「ご主人を亡くされて、お悔やみ申しあげます」

ナンシーは目頭を押さえながら答えた。「あの人がほんとに逝《い》ってしまったなんて、どうしても信じられない。いったい何があったの？」

「窒息死だったんです」わたしは言った。うちのお菓子のひとつがレスターの口に突っこまれていたことを、ナンシーに明かす気にはなれなかった。あのせいで死んだのではない。それは警察も知っている。ただ、正式に発表される死因がどのようなものであろうと、レスターを殺したのがうちのエクレアではなかったことをエイプリル・スプリングズの住人の大部分が信じてくれるかどうか、疑問に思わずにはいられない。

「なんて恐ろしいこと」ナンシーの顔がさらに青ざめたので、またしても気を失うのではないかと、わたしは心配になった。

意識のあるうちに急いで質問しなくては。

「変わった形で結婚生活を送ってらしたのね。でしょう？」

ナンシーはしかめっ面でこちらを見て答えた。

「どこが変わってるというの？　離れて暮らす夫婦はたくさんいるわ」

「でも、ふつうは車で三十分の距離にある町じゃなくて、東海岸と西海岸でべつべつに暮らしたりするものでしょ。わたし、レスターとは以前からの知りあいだけど、あなたの存在は今日初めて知ったばかり」

ナンシーは肩をすくめた。「わたしたちはその形で満足してたの。他人に説明する必要なんて感じたこともなかったわ」

無愛想な彼女に戻りつつあったので、何か探りだすつもりなら手早く話を進めなくてはと思った。「レスターが人の反感を買いかねない手段が、ラジオ番組のほかに何かありませんでした？」

ナンシーは考えこむ様子になり、やがて言った。

「何もないわ。でも、もしかしたら、レスターの本と関係があるかも」

「本って？」

ナンシーは温かさに欠ける微笑を浮かべて説明した。

「最後に話をしたとき、暴露本を執筆中だってレスターが言ってたわ。エイプリル・スプリングズの住人の誰かに関する本で、出版されれば町じゅう大騒ぎになるだろうって。あんな興奮した顔を見たの、何年ぶりかしら」ナンシーは黙りこみ、それからつけくわえた。「でも、ま、あの男の言うことはあてにならないから。本なんて出ないかもしれない」

これは初耳だ。「誰に関する本か、何か心当たりはありません？」

「まるっきりないわね。ああいう人だから、推測するのも簡単じゃなさそうだし。手の内を見せない人だった。わたしに対してさえ」涙がまたひと粒、ナンシーの頬を伝った。「妙に思う人がたくさんいるのはわかってるけど、彼がいないと寂しくなるわ」

「結婚してたのなら、全財産をあなたが相続するわけね」グレースが言った。先ほどから無言でこちらの話に耳を傾けていただけなので、わたしは彼女の存在を忘れかけていた。

「お金のことなんてどうでもいいわ」ナンシーが立ちあがり、ありもしない服のしわを払った。「悪いけど、店を閉めなくては。手配しなきゃいけないことがいろいろあるから」

彼女に追い立てられるようにしてドアまで行ったとき、忘れものをしたことに気づいた。さっき買ったドーナツカッターを置いて帰るわけにはいかない。そこで、カウンターまでとりに戻った。

出ていこうとしないわたしに、ナンシーが迷惑そうな顔をした。

「なんなの？　ドアをロックする前に、用事がどっさりあるんだけど」

「ドーナツカッターを忘れるところだったの」

わたしがカッターをとろうとすると、ナンシーが片手で押さえた。

「代金を払ってくれれば、持って帰っていいわ」

「あら、さっき現金で払ったでしょ」わたしは言った。

ナンシーは疑いの目でこちらを見た。「悪いけど、もらった覚えはありません。領収証を持ってる？」

どういうつもり？　「あなたが領収証を書きかけて、そのとき、わたしの友達がご主人のことをあなたに伝えたのよ」

ナンシーはデスクに積まれた紙の束を調べるふりをした。

「見あたらないわ。悪いわね。ご希望に沿えなくて」

グレースがいまにも怒りを爆発させそうだったので、わたしは冷静に言った。

「警察に電話しましょう。きっと解決してもらえるわ。レジに入ってる現金を数えてみれば、すでにわたしの支払いがすんでることがわかるはずよ」

ナンシーはこちらがひきさがりそうもないことを悟って、カウンターの上をもう一度見てみた。意外や意外！　突然、ほぼ記入を終えた領収証が〝見つかった〟。わたしはドーナツカッターをもらい、領収証も受けとって、ナンシーに時間をとってもらった礼を言った。

外に出るなり、グレースが言った。「あの女、いい度胸してるわね。あなたの目の前でお金をかすめとろうとするなんて。いまのやりとりを聞いたかぎりでは、あの女の主張は首尾一貫してた。それだけは認めるしかないわね」

「あそこまで堂々と嘘がつけるなんて、信じられない。彼女がわたしのお金を受けとるのをちゃんと見ていなかったら、わたし自身、まだ払ってなかったと思いこんだかもしれない」

「あなたより気の弱い相手だったら、ナンシーの思う壺だったかもね」グレースは言った。

「あの作戦でいったい何回ぐらい成功を収めてきたのかしら」

ジープに乗りこみながら、わたしは言った。

「数えきれないぐらいよ、きっと。ひとつたしかなことがあるわ。あの女の言うことは、いっさい信じちゃだめ」

「それなら簡単」グレースは笑った。「事件を調べてるとき、わたしが人の話を鵜呑《うの》みにすることはめったにないもの」いったん言葉を切り、さらにつけくわえた。「その謎の本って、誰のことを書いてるのかしら」

「怪しいものだわ。ほんとかどうか、わたし、疑ってたところなの。荒唐無稽な話を持ちだして注意をよそへそらそうとしてる感じだった。レスターが本を読むタイプに見える？　ましてや、書くなんて……」

グレースが笑顔でこちらを見たので、わたしは「何よ？」と訊いた。

「疑り深い人ね」

わたしは首を横にふった。「少なくとも、過去の失敗から学んだつもりよ。もう少し調べてみる気はある？」

「わかってるくせに。なんだってやるわよ」

エイプリル・スプリングズに戻るあいだ、ジェイクが町にいてくれればいいのに、と思わずにいられなかった。彼の捜査は公的なものだし、わたしの調査はいつも水面下でこそこそ進めているため、協力しあうことはめったにないが、彼がこの事件の捜査に加わってくれれば、いまよりはるかに心強いだろう。でも、それはないものねだり。彼はよその事件にかかりきりだし、マーティン署長がわたしの個人的調査に手を貸してくれる見込みはない。レスター・ムアフィールドの身に何が起きたかを突き止めたければ、自力でやるしかない。あ、もちろん、友人たちにも少し手伝ってもらって。

もうじきエイプリル・スプリングズ到着というところで、わたしの携帯が鳴りだした。ポケットから携帯をとりだし、「もしもし?」と言った。

「やあ、初めまして」恋しくてたまらなかった声が聞こえた。

「ジェイク」叫んだ瞬間、車のハンドルが手のなかで軽くすべった。「ちょっと待って」

「わたしたち二人を殺す前に、道路脇へ車を寄せてよ」グレースが言った。

わたしは彼女のアドバイスを受け入れて、借主募集中の無人店舗の駐車場にジープを入れた。「いま、どこ?」

「まだニューバーンだ」ジェイクは正直に答えた。

浮かれ気分が急速にしぼんだ。「仕事のほうは?」

ジェイクがニッと笑ったのが、声の調子に出ていた。

「ようやく事件を解決して、悪党を三人つかまえた。だから、悪い一日じゃなかったわけだ。

明日の夜、デートしない？」

「明日まで待つことないわ」腕時計にちらっと目をやって、わたしは言った。「急いで帰ってくれれば、七時にはこっちに着けるわよ」ジェイクがいなくなってから、どんなに寂しかったか、自分でも信じられないぐらいだ。

「そうできればいいんだが、デスクに書類仕事が山積みになってるから、まずそれを片づけてしまわないと。だけど、明日の正午ごろ、こちらを出発できる」

「うれしいわ」わたしはけっして、幸せになるには身近に男性が必要というタイプの女ではないが、心から気にかけてくれる人がそばにいるのは、やっぱりすてきなことだと認めざるをえない。

唐突にジェイクが言った。「ごめん、もう切らないと。明日会おう」

「じゃね」

電話を切ってグレースを見た。「明日、帰ってくるんだって」

「すでにエイプリル・スプリングズに向かってると思ったのに」

「わたしもそう思ってたのよ」グレースにちらっと目を向けてから、ふたたび車の流れに加わった。「そのニタニタ笑いは何よ？」

「あなたのすごく幸せそうな顔を見ると、もううれしくて」

「じつはね、表情より心のなかのほうがもっと幸せなの」

「明日デートの予定なら、今日の残りの時間を使ってせっせと調べてまわらなきゃ。つぎはどうするのか、何かご意見は？」

この数分、それについてずっと考えていた。「本のことをもう少し調べてみたい。それから、本が実在するのかどうかも。カーラに訊けばわかるかしら」

「試してみる価値はあるわね。電話する？」わたしが返事をする暇もないうちに、グレースがわたしの腕に軽く触れた。「町に戻ってからって意味よ」

「ラジオ局に寄ってみましょう。わたしの勘だと、カーラはたぶんまだいるわ」

ルートを変更し、ラジオ局へ向かったが、駐車場にカーラの車はなかった。

しかし、レスターの車は駐車場に置かれたままだった。

「証拠調べのために警察が押収したと思ってた」グレースが言った。

「捜索はすんでるのかも」わたしはジープを駐車場に入れた。現場保存用のテープも見張りの警官もすでに消えているので、楽なものだ。

「ここで行き止まりね」

「まだよ」わたしはレスターの車の横に駐車した。

「どうする気？」ジープからおりながら、グレースが言った。

「車がロックされてないかもしれない」

「スザンヌ、あなたってろくでもないことをあれこれ思いついてきた人だけど、これはまさにリストのトップにくるわ。警察に内緒で個人的にこっそり調査をするのはかまわないけど、こんなことしたら、犯行現場を荒らすことになるのよ」

わたしは片手をふってみせた。「警察のテープがどこかに張ってある？」

「ううん」グレースはしぶしぶ認めた。

「捜査中の警官の姿は？」

「ない」

「じゃ、大丈夫よ」

運転席側のドアを調べてみた。

ロックされていた。

「ほかのドアもチェックしてみて」わたしは言った。

運は味方してくれなかった。警察が見逃した手がかりが車内にあるとしても、わたしたちの手には入らない。

グレースはジープのほうへ戻った。「わざわざきたのに何も収穫がなくて残念だったわね。ま、あきらめましょ。世の中こんなもんよ」

「まだ終わってないわ」

わたしはラジオ局の玄関まで行き、ドアの取っ手をまわしてみた。そこもロックされていた。なかに誰かがいるに違いない。建物が自分で勝手にドアをロックするはずはない。まる一分のあいだ、ドアをガンガン叩きつづけた。

「あきらめなさい。無駄よ」

グレースのアドバイスを受け入れようとしたそのとき、ドアがあいた。会ったことのない若い男性が出てきた。色褪《あ》せたブルーのつなぎを着ていて、ポケットに名前が刺繍《ししゅう》してある。

「どうも、ティム」わたしは言った。

向こうは目を細めた。「どうも。どうしてぼくの名前を?」

「胸からそれをはがしたいんじゃないかと思って」

「は?」

グレースがわたしを押しのけて前に出た。「わたしの友達を許してやってね。風変わりなユーモアのセンスの持ち主なの。あなたのつなぎのことを言ってるのよ」

彼は下に目をやり、自分の名前が赤で刺繍されているのを見て、なるほどとうなずいた。

グレースはさらに続けた。「この人、きのうここで面接を受けたんだけど、財布を忘れて帰っちゃったの。捜させてもらってもいい?」

「弱ったな。ぼくが責任とらされても困るし」

「明日あなたが仕事に出る前に、ドーナツ一ダースをプレゼントっていうのはどう?」

わたしは訊いた。これまでにも、ドーナツの賄賂のおかげで、現金でも効き目のなかった場所に入れたことが何度もあった。

ティムは外を見渡し、誰にも見られていないことを確認してから、ドアを大きくあけた。

「早めにもらえる？　朝の六時には仕事に出るんだ」

「大丈夫よ。五時半に開店だから」

ティムはニッと笑い、それからつけくわえた。

「何も持ちださないこと。立入禁止と書かれた場所には入らないこと。十二分あげよう」

「ドーナツ一個につき一分ね」わたしは笑顔で言った。

ティムは掃除の仕事に戻り、わたしはレスター・ムアフィールドのデスクを捜した。警察のテープが張ってあるのではないかと、薄々心配だったが、何もなかった。まず引出しを調べてみた。しかし、誰かが――たぶん警察だろう――何もかも持ち去っていた。

「ここには何もないわ」わたしは言った。

グレースはあたりを見まわした。「どっちみち、役に立ちそうなものは見あたらないわね」

「ちょっと待って。わたし、まだあきらめてないわよ」

「ひとこと言わせてもらうと、あなたって何か思いつくと、それだけで頭がいっぱいになっちゃう人よね」

ふと見ると、ティムが休憩室の掃除をしていた。彼が腕時計に目をやった。

「もう終わったの？　まだ七分残ってるよ」

「そんなに必要ないかも。今日、レスターのデスクの横にあるくずかごの中身を捨てた？」

ティムはわたしの質問に戸惑った様子だった。「もちろん。だけど、どうしてそんなこと気にするんだい？　誰かがくずかごに捨てたと思ってるわけ？」

「捨てたって、何を？」わたしは訊いた。

「財布。そのためにここにきたんだろ？」

わたしは一瞬、こちらの作戦を忘れていた。スパイにならなくて正解だった。いろいろ嘘をつかなくてはならないだろうが、ボロを出さないようにするのはぜったい無理。

「そうそう、わたしの財布ね。そんなに大きくないから、どこに紛れこんでるかわからないの」

ティムは収集用のゴミ容器のなかを調べた。中央に仕切りが入っていて、片側には一般ゴミ、反対側には紙や瓶など、リサイクル用の品々が入っている。

「残念だが、ここに財布は入ってない」

「でも、今日、レスターのくずかごの中身を捨てたでしょ？」グレースがくりかえして尋ねた。

「きみたち二人が入ってくる直前にね。だけど、ほとんどがただの紙だった。財布があれば気がついたと思うよ」

わたしはうなずき、グレースのほうへ〝ティムに見られたくない〟という緊急の合図を送った。グレースはそれ以上言われなくても、すぐさま了解した。

「ティム、廊下の先にあるトイレが水洩れしてるんじゃない？」

「修理ずみだと思ってたが」ティムはカートのモップをとると、あわてて廊下へ飛びだした。彼がいなくなったとたん、わたしは言った。「バッチリだったけど、ずいぶん風変わりな指摘をしたものね」

「そう感心しなくていいのよ。建物に入ったとき、〝床がすべりやすいので注意〟というサインが廊下に出てたし、モップが壁に立てかけてあったから」

「頭の回転の速い人」

「お世辞はあとにして」グレースは言った。「あなたが捜す。わたしは見張り役」

反論するつもりはなかった。ほんの短い時間ではあるが、グレースがわたしのために時間稼ぎをしてくれたのだ。一刻も無駄にできない。リサイクル用のゴミのてっぺんにのっている紙を調べはじめた。レスターの読みにくい筆跡で彼の名前を書いたものが何枚かあったので、まずそれを拾いあげた。

グレースが声をひそめて言った。「急いで」

いちいち選んでいる時間はなかった。つかめるだけつかんでTシャツの下に押しこんだ。両腕で胃のあたりを押さえておけば、紙をまき散らすことなく外に出られるだろう。

「水洩れはなかったぞ」ティムが戻ってくるなり言った。

「わたしの空耳だったのね。ごめんなさい」グレースは言った。

ティムは胃を押さえているわたしを見た。「大丈夫?」

「ランチに食べた玉子サラダのサンドイッチがいけなかったみたい」わたしは言った。

彼の顔に不安な表情か浮かぶのが見えた。おそらく、わたしの具合が心配なのではなく、自分があとの掃除をさせられることを恐れているのだろう。

わたしは小さなうめき声をあげて、それから言った。

「悪いけど、そろそろ失礼したほうがいいみたい」

胃を押さえてよろよろと出ていくと、ティムは見るからにホッとした表情になった。

「玉子サラダって、いつ食べたの?」駐車場に戻ったところで、グレースが訊いた。

「二、三週間前」

「で、いまごろ気分が悪くなったわけ?」

「ううん。でも、痙攣《けいれん》でも起こしたみたいに両手で胃を押さえてるときに、ほかに弁解のしようがある?」

わたしはTシャツの端を持ちあげて、ラジオ局からこっそり持ちだすのに成功した紙の束を見せた。たぶん、このなかに、誰がレスターの死を望んだかを示す手がかりがあるだろう。いや、それは正確ではない。〝誰が〟については、すでにかなり候補が挙がっている。わたしに本当に必要なのは、その範囲を狭める方法だ。

Tシャツをひらいて、紙の束をジープのうしろのシートに押しこんだ。

「早くここを出ましょ。ねっ？」グレースが言った。

「わたしの心が読める人なのね」わたしは尋ねた。

ジープをスタートさせて、わたしは尋ねた。

「いまからどこへ行く？〈ボックスカー・グリル〉に入って書類調べをするわけにはいかないわよ。何をやってるのか、人に見られてしまう。ドーナツショップもだめ。リサイクル用の紙だってことはわかってるけど、どうしてもゴミとしか思えなくて、お店に持ちこみたくないの。家に持ち帰れば、何をしてるのか、ママが知りたがるだろうし、そういう会話はできれば避けたい。そうでしょ？」

「わたしの家に持っていきましょう」グレースが申しでた。

「それがいちばんいいわね。ほんとに仕事に戻らなくていいの？」

「じつを言うとですね」グレースは笑顔で言った。「スーパーバイザーとして、月に三日、自由に使っていい日があって、いま、それをまとめて使ってるの」

「わたしを手助けするために、三日ともつぶしちゃっていいの？」

「ジョニー・デップから熱烈に口説かれるまでは、これ以上有意義な時間の使い方が思いつけないから」

わたしは笑った。「じゃ、手助けを許可してあげる。でも、ミスター・ディップがあらわれたら、あなたはわたしの祝福を受けて自由の身になってね」

「祝福のあるなしにかかわらず、そんなチャンスが訪れたら、喜んで飛びつくわ」

「非難する気はまったくなし」

グレースの家に着き、二人で広いポーチに出て、紙の束を調べはじめた。事件の調査に関係のありそうなものを探していたとき、グレースがつぶやいた。「あなたが羨ましいわ、スザンヌ」

わたしは顔をあげて訊いた。「理由はこの美貌？　魅力？　それとも、性格全般？」

グレースは笑った。「そうね、全部かな。でも、あなたの人生にジェイクがいるってことも理由なの。わたしがまともな男とデートしたのはずいぶん昔のことだから、デートのやり方を忘れちゃった」

「きっと、またすてきな恋ができるわ。恋人いない歴はどれぐらいだっけ？　あなたが誰かと出かけてから、少なくとも二週間はたってるわね」

「あんなの、本物のデートじゃないわよ。カイル・ファラーと食事したんだけど、オードブルを半分食べたあたりで、わたし、居眠りしそうになったのよ。あの男の前に出れば、蚤《のみ》だって退屈して犬から逃げだしちゃうわ」

「彼はあなたを迎えにきて、夕食をご馳走して、家まで送ってくれた。わたしの定義では、それがデートよ」

「やっぱり本物のデートだとは思えないけど、もしそうだとしても、二回目、三回目のデートに発展したことがこの二年間に何回ぐらいあったか、あなた、知ってる?」

わたしはグレースが過去にデートした男たちのことを考えてみた。求婚してきそうな男はずいぶんいたのに、グレースは誰とも長続きしなかった。

「気がつかなかった。ジェイクのことでのろけてばかりいたのなら謝るわ」

「そんな意味で言ったんじゃないわ。いま、あなたになれたらすてきだろうな——そう言ってるだけ」

「〝殺人犯はおまえだ〟って状況証拠が叫んでるのをべつにして?」

「ええ、それはべつ」グレースはかすかな笑みを浮かべて認めた。

「ジェイクがこのエイプリル・スプリングズに住んでれば、もっとすてきなんだけど」

「願いごとをするときは気をつけなさい」ラジオ局からとってきた紙の束に目を通す作業を続けながら、グレースが言った。「彼が町に越してきたら、しじゅう顔を合わせることになって、うんざりするかもよ」

「その危険をあえて冒してもいいわ」

「でも、越してきたりすると思う?」グレースが訊いた。

少なくとも、わたしの頭の一部はグレースの言葉を聞いていた。残りの部分は束のなかからひっぱりだしたばかりの書類に集中していた。

レスター・ムアフィールド殺しの犯人をとらえるチャンスが、たったいま見つかったかもしれない。いまつかんだ手がかりが、事実そのとおりであるならば。

6

「何を見つけたの、スザンヌ？」

「どうしてわたしが何か見つけたと思うの？」手のなかの紙を凝視したまま、わたしは訊いた。

「あなたのことならお見通しよ。頬を張り飛ばされたみたいな顔してる」

「これ見て」

わたしは見つけたばかりの紙をグレースに渡した。ラジオで流す広告に関する内部資料だったが、わたしの注意を惹いたのは、レスターが脇に書きこんだメモだった。

〝レイシー・ニューマンの過去に探りを入れる場合は注意すること。彼女に背中を向けてはならない。いくら優しそうな顔をしていても、あの女が殺人者であることをぜったいに忘れるな。一度やっている以上、ふたたびやりかねない〟

グレースの手から紙がヒラヒラと床に落ちた。

「レスターったら、ついに頭がおかしくなったのね」

「どういう意味？」

グレースは現実との接点を失った者を見るような目で、こちらを見た。「仕事以外のときはボーイスカウトでボランティアをやり、スープキッチンで調理を担当してる、あのレイシー・ニューマンのこと？　どんな事情があろうと、あの人に殺人ができると思う？」

「わからないわ」グレースの言ったことはすべて真実だ。わたしもレイシーをよく知っている。去年、公園の一斉清掃のときに同じグループになり、魅力的で楽しい人だと思った。これまでの人生で出会ったなかで、殺人者というイメージからもっとも遠い人だ。「レスターはどうしてこんなでたらめを？」

「レスターがどんな人間だったか、あなたも知ってるでしょ。注目を浴びるために話をでっちあげるのが大好きな男だった」

「そうね、たしかに」グレースの手から書類をとりながら、わたしは言った。「でも、レスターの脚色がどれだけひどくても、つねに核となる真実が存在することは、あなただって認めなきゃ」

グレースはしかめっ面になった。「じゃ、ドーナツはやっぱり命を奪う食べものなのね」

「どんなご馳走だって、食べすぎれば健康に悪影響が出るものよ。レスターを弁護する立場にわたしを追いこまないで。ぜったいそんなことする気になれないもの。わたしが言いたいのは、火のないところに煙は立たないってこと」

「ワオ、容疑者がどっさりね」

「紙とペン、持ってる？」わたしはグレースに訊いた。「整理してみなきゃ」

「ここにはないけど、家のなかに何かあるわ」

わたしはうなずいた。「じゃ、これをなかに運びましょ」

リビングに入ってから、グレースが近くのテーブルの引出しに手を伸ばし、はぎとり式のメモ用紙とシャープペンシルをとりだした。

「バッチリだわ。さて、いまのところ、容疑者リストに入ってるのは誰かしら」

二人で事件を検討しながら、わたしが名前を書きだした。最終的には、つぎのようになった。レイシー・ニューマン、キャム・ハミルトン（町長）、ナンシー・パットン（レスターの妻）、シェリー・ランス（わが町で唯一の女性町会議員）、氏名不詳の建設業者（ハドソン・クリーク在住、レスターの番組で中傷されている）、カーラ（レスターのアシスタント）。

「カーラはリストに入らなくてもいいと思うけど」わたしは言った。

「あのですね、明けても暮れてもあの小うるさい男と仕事をしてたら、コーヒーに硫酸を入れてやろうって気にならずにすむと思う？」

「レスターは絞殺だったのよ。覚えといて」

「さらにすてきね」

わたしはしばらく考え、それから言った。「オーケイ、カーラもリストに入れておく。う

ありそうよ。容疑者を訪ねてまわるだけでも悪夢だわ。グレース、かなりの人数と話をする必要がありそうよ」

「じゃ、さっそく始めなきゃ」

「賛成。でも、誰から始める？　リストに出てる人の大部分は知りあいよ。話を聞きだすのに、雑誌の記事なんて口実は使えない」

グレースは肩をすくめた。「使う必要もないでしょ。ドーナツで買収して、だめならズバッと尋ねる」

「そういう尋問のスタイルはお好みじゃないと思ってたけど」

「わたしに何が言えて？　今回はそれが効果をあげてるようだし。あなたがこのまま進むなら、わたしも喜んで協力するわ」

「じゃ、ことは単純ね。ほかの手段がすべて失敗したら、正直に話すことにしましょう」わたしはニッと笑って言った。

玄関ドアにノックが響いたので、「誰かくる予定だった？」とグレースに訊いた。

グレースは眉をひそめた。「そんな覚えはないけど」

二人一緒に玄関まで行き、グレースがドアをあけると、そこに立っていたのはジョージだった。「すまん。だが、チャイムが見つからなかったんで」

グレースは外に出て、長年のあいだに何回もペンキが塗り重ねられたボタンを指し示した。

「見えないじゃないか」ジョージは文句を言った。

「いいの。どっちみち、お客を迎えるのは好きじゃないの」笑みを浮かべて、グレースは答えた。

わたしはグレースがふだんからこんな態度なのを知っているが、ジョージのほうは、最高に機嫌のいい日でもふざけるのが好きではないし、今日はどうやら上機嫌の日ではなさそうだ。

ジョージはグレースの相手をするのをやめて、わたしのほうを見た。

「ちょっと時間あるかな」

「どうしてここにいるのがわかったの？」

みんなで部屋に入るあいだに、ジョージが言った。

「ほかにどこが考えられる？　おまけに、車寄せにあんたのジープが止まってた」

「電話してくれればよかったのに」

「したよ。応答がなかった。携帯をチェックしてみてくれ」

また電池切れかと思いつつ、ポケットから携帯をひっぱりだした。しょっちゅう充電を忘れてしまうのだが、携帯をひらいたら、画面が明るくなった。

「どこも故障してないわよ。原因はきっと、そっちの電話ね」

「ここよ」

ジョージが彼の携帯をひっぱりだし、短縮ダイヤルを押した。それを耳にあてて言った。

「どうなってるか知らんが、鳴ってないぞ」

わたしは自分の携帯を見て、ようやく、偶然マナーモードにしていたことに気づいた。サイド部分に切り替えボタンがあるのだが、最近はポケットに入れておくと、オンになってしまうことが多いみたい。ジーンズがそこまできつくなっているのなら、ドーナツ消費量を減らしたほうがいいかもしれない。つぎに気づいたときには、わがジーンズがスイスへ勝手に電話をかけているかも。わたしにはそんな電話代は払えそうもない。

「わあ、ごめんなさい」

「謝らなくていいよ。正直なところ、ホッとしてるんだ。こっちの頭が変になったのかと思った」

グレースが彼に笑顔を見せた。「スザンヌを短縮ダイヤルにしてくれてるなんて、優しいのね」

ジョージは肩をすくめた。「しょっちゅうトラブルに巻きこまれる人だからな、短縮にしておかないと」

「否定したいところだけど」わたしは言った。「できないわね。ほんとのことだから。ところで、なんのご用?」

「レスターの件で、ようやく情報をつかんだぞ」

「奥さんのこと？」グレースが訊いた。ジョージの情報がナンシーに関することなら、彼の口からそれを報告できるようにしたかったが、たったいま、わが友にそのチャンスをつぶされてしまった。警察とのコネを断ち切られたことは、ジョージにとって、調査に支障をきたす以上のショックだったに違いない。

「あいつ、結婚してたのか」ジョージは眉をひそめた。「知らなかった」

「三人で調べると、いろいろ成果があるものね」わたしは言った。グレースに警告の視線を送ると、彼女もようやく悟ったようだ。「そちらでは何がわかったの？」

「レスターは十五年前、刑務所に入っていた」ジョージが言った。

「人殺しでもやったの？」わたしは思わず叫んだ。

その質問にジョージは驚いた様子だった。「いや、何かの詐欺だった。投資ブローカーをやっていて、何人かのクライアントの資金を着服したらしい。逮捕されたときには、金はあらかた使い果たしていて、弁償したのはほんの一部だった。わたしの聞いた話だと、刑務所を出たあと、ラジオ局の清掃係として働くしかなかったそうだ。床掃除の仕事からスタートして、ついに、この町で自分の番組を持つまでにのしあがった」

「着服した金額ってどれぐらい？」わたしは訊いた。

ジョージはノートをめくった。このノートは警官時代と同じタイプのものだと、前に彼から聞いたことがある。「二百七十万ドル。悪事が露見したときは、十万ドルしか残っていなかった」

「殺されたとき、お金の一部をまだ持ってた可能性はないかしら」

それだけの大金がからんでくれば、容疑者がさらに増える。かつてのクライアントか、もしくは、一攫千金《いっかく》を狙うべつの窃盗犯。

ジョージはまったく信じていない様子だった。

「あいつの暮らしぶりを見たことがあるかね？　死んだときは、たかだか二百ドルぐらいしか残ってなかったと思うよ」

「調査を進めるさいに、この件を心に刻みつけておきましょう」わたしは言った。ここでふと思いだしたが、レスターが食べものを両腕で隠すようにして食事している姿を、前に見たことがある。変な人だと思ったが、いま考えてみると、刑務所でついた癖だったに違いない。トレイにのった食べものをほかの者に盗まれないようにするためだ。レスターの過去をわたしはどうして知らなかったのだろう？　こんな小さな町に住んでいるのに。でも、考えてみたら、人並みはずれて隠しごとのうまい人間もいるものだ。リストをとりだし、さらにふたつの項目を加えた。投資家と窃盗犯。

ジョージが興味津々の顔になった。「そこに何が書いてあるんだい？」

「これまでにわかったことがいろいろ」わたしは彼にリストを渡した。「それから、疑わしい人物」

わたしたちのほうで調べたことを説明すると、ジョージは訊いた。

「分担して調べていくかね？　それとも、三人一緒に動くことにする？」

「どの方法がいちばんいいか、決めかねてるの」わたしは言った。

ジョージは一分か二分、人差し指で容疑者リストを軽く叩いていたが、やがて言った。

「きみたち二人はチームとなって動いてくれ。わたしは別個に調査していく」

「ちょっと心配だわ」グレースが言った。

「大丈夫さ。厄介なことになっても、わたし一人でなんとかできる」

「わたしたちはどうなるの？」グレースが笑顔で尋ねた。

「あんたたち二人なら、どんな状況だろうと舌先三寸で切り抜けられるから、なんの心配もない。二手に分かれよう。わたしはレスターの金を狙う悪党どもと、レスターに金をだましとられた投資家連中を担当するから、きみたちは政治家のほうを頼む。あとの連中については、第一ラウンドを終えてからとりかかるとしよう。どうだね？」

「いい作戦だと思う」わたしは言った。

ジョージはうなずいた。「よかった。では、明日の正午、ドーナツショップで会って、おたがいのメモを比べることにしよう」

「協力してくれてありがとう、ジョージ」

ジョージはわたしのほうに指を傾けた。帽子のつばに触れるようなしぐさだった。

「役に立ててうれしいよ」

彼が出ていったあとで、グレースが言った。

「こういうことをするのが、あの人、ほんとに好きみたいね」

「謝礼目当てだとは思えない。ドーナツを食べきれないほど渡したところで、最低賃金にもならないもの」

グレースは笑った。「おたくのドーナツはおいしいけど、収入としてはそんなにおいしくないわね。さて、わたしたちも調査にとりかかるとしますか」

「いいわよ。あなたに合わせる。まず誰にタックルする？　町長のハミルトンか、それとも、女性町会議員のランスか」

「町役場へ行って、二人がいるかどうか見てみましょう」グレースが言った。

「あなたの準備ができたら、わたしも準備オーケイよ」

われらが小さな町を運営していくのは、フルタイムの勤務が必要とされるほどの仕事ではないので、町役場で誰かをつかまえるのはけっこう大変だ。唯一の例外はポリー・ノース。学校で司書をしていた人で、いまは引退の身。ボランティアで役場の受付をやっている。とても華奢で、ずぶ濡れになっても四十キロそこそこだが、どことなく貫禄があり、彼女が何か言えば周囲は拝聴する。ポリーに逆らうのは、勇気ある者か無謀な者だけだ。彼女の怒りから無傷で逃れられる者は一人もいない。

「こんにちは、ポリー」彼女を見かけた瞬間、わたしは挨拶した。昔からの習慣を破って〝ミセス・ノース〟と呼ばないようにするのは、むずかしいことだった。町の住人の半分が人生のいずれかの時点で彼女をそう呼んでいたのだから。でも、〝ポリー〟と呼ぶよう彼女が強く希望していて、たいてい彼女の意見が通ることになっている。

「おやまあ。べつべつの母親から生まれた双子ちゃん」クロスワードパズルから顔をあげて、ポリーが言った。「昔からべったり一緒だったわね。いまも絆は切れてないようね」

「驚きました？」グレースが訊いた。

「これがほかの人だったら、驚くだろうけど、あなたたち二人はべつよ。町役場になんの用？　わたしを元気づけるためにきてくれたんじゃないわよね？」

「まあ、一石二鳥ということなら……」グレースが言った。

「その表現、昔から大嫌いだったわ」ポリーが言った。非難の色が表情にはっきり出ていた。「小鳥を殺したがる人がどこにいるの？　おまけに、二羽も殺すなんて。これが日常表現になっているというのは、人類の残酷さを示すいい例だと思わない？」

「わたしも昔から好きになれませんでした」笑みを浮かべて、わたしは言った。ポリーのためというより、グレースのために。

わが〝双子〟がわたしに向かって舌を突きだし、ポリーがそれを目にした。誰もいない玄関に彼女の笑い声が響きわたった。「おふざけはそこまで。ご用件は?」

「キャム・ハミルトンとシェリー・ランスを捜してるの。ひょっとして、どちらかが役場に出てきてないかしら」

ポリーは首をふった。「町長は会議でシャーロットへ行ってるわ。町会議員のほうはたぶん、本業に精出してるわね」

「じゃ、そっちへ行けばつかまりますね」わたしは言った。

「やってみるだけなら自由よ」ポリーが答えた。「でも、わたしだったら期待しないわ。あの人、外に出てることのほうが多いから」

「だめもとで訪ねてみます」わたしは言った。

「お目にかかれてよかった」グレースがつけくわえた。

ポリーはわたしたち二人に向かってニッと笑った。「いいに決まってるでしょ」

わたしたちは笑いながら町役場をあとにした。

動物病院に着くと、残念ながらシェリーは往診に出ていて、受付係は彼女の居所を教えるのを渋った。

ここで行き止まりのようだ。とりあえず、いまのところは。

おなかがグーッと鳴るのを感じた。グレースにも聞こえたに違いない。

「あのパスタ、最高だったけど、腹持ちはあまりよくないわね」

わたしは腕時計に目をやった。「うちの母の性格からすれば、テーブルに夕食を並べる準備ができてるはずよ。一緒にどう？」

「ぜひにと言いたいところだけど、家に書類仕事が置いてあって、片づけてしまわなきゃいけないの」

「二、三日休みをとってたはずでしょ」

「そうよ。でも、早く片づけておかないと、仕事に戻るまで、重い気分で過ごすことになるから。スーパーバイザーの仕事もけっこう大変なのよ」

「でも、役得があるじゃない」

グレースを送ったあとで、家に向かった。長い一日だったので、母の手作り料理を食べるのが楽しみだった。離婚後の母との同居には、たしかにそれなりのマイナス面がいろいろあるが、最大のプラス面は、皿洗いをひきうけるだけでこの町でいちばんおいしい食事にありつけることだ。

これだけで、ほかのすべてを耐え忍んでもほぼ満足といえる。

ほぼ。

「ただいま、ママ」

わが家のキッチンに入りながら、わたしは言った。うちのコテージは、世間の標準からすると広々しているとは言えないが、スペース不足を内装のすばらしさが補っている。いたるところに美しい戸棚が作りつけになっているし、家のなかの木造部分はニスがかけられ、つやつやと光り輝いている。ペンキを塗ろうと思い立った者が一人もいなかったことに対し、わたしはこの家で暮らしたご先祖さますべてに感謝している。わが家の場所もまた、わたしがここに住むのを愛している理由。家のそばにすてきな公園があるおかげで、わたしは玄関のすぐ外に専用の遊び場を持つ特別に恵まれた子供として大きくなった。

わたしの顔を見て、母が眉をひそめた。ふつうに「お帰り」というかわりに、こう訊いてきた。「スザンヌ、またやってるんでしょ?」

「ちょっと待ってよ。こちらから悪事を自白する前に、ママがなんのことを言ってるのか確認しなきゃ。前にも同じ手でひっかけられたことがあったから」

「レスター・ムアフィールドの件だってことは、よくわかってるくせに」

「レスターの件って?」わたしはできるだけしらばっくれるつもりだった。母がしつこく追及する気なら、ひと晩じゅうでもとぼけてみせようと決めた。

「レスター殺しを調べてまわってるんでしょ」

「なんでそんなこと言えるの?」

母は軽く首をふった。「やめなさい」と言った。動揺が声にあらわに出ている。「あなたのおふざけにつきあう気はないわ。ママの質問に答えなさい」

答えたくなかったが、三十秒後には沈黙に耐えきれなくなった。

「レスターを殺した犯人を誰かが突き止めなきゃいけないのよ。わたしが犯人だなんて、町の誰にも思われたくないもの」

「誰かに何か言われたの？」母の胸に失望が芽生え、怒りに変わり、そして、わが子を守ろうとする思いに変わったのは明らかだった。すべてが何分の一秒かのことだった。母自身はわたしのことを好きなだけ批判するくせに、ほかの誰かが非難の言葉をひとつでも口にしようものなら、相手の喉笛に食らいつくだろう。

「いえ、言われたわけじゃないけど」わたしは母の反応に感激し、低い声で正直に答えた。「でも、町にまだ噂が流れてないなんて考えられる？　現実を直視しましょうよ。みんなから疑われても仕方がないわ。わたしはあの男と口論し、翌日、男はうちの店のエクレアを口に突っこまれた姿で発見された。死因はそれじゃないとしてもね。わたしが何か関係してるんじゃないかって、町の人々が考えても、論理の飛躍とは言えないわ」

「あなたを知ってる人たちは、あなたに人殺しができるなんて思いもしないわよ」

「そう言ってもらえてうれしい。たとえママが本気じゃなくても」わたしは一日じゅうレスター・ムアフィールドのことばかり考えて、もううんざりしていた。「ママの一日はどうだったの？」

「忙しかったわ」

母がそれ以上言おうとしないので、この話題から離れることにした。母はいくつかのビジネスに関わっていて、人生のその部分だけは、わたしの人生と切り離しておこうとしている。わたしが実家に戻ったとき、母とわたしは同盟関係を結んだが、この関係がときたま不安定になる。だから、それぞれ少しは秘密を抱えているほうがいいのかもしれない。「少なくとも、退屈な一日じゃなかったようね。夕食のことは考えてくれた？」

母は時計を見た。「もう支度ずみよ。十分後には食べられるわ」

鼻をヒクヒクさせると、紛れもなき母の手作りコーンブレッドの匂いが感じられた。子供のころ、学校のカフェテリアでコーンブレッドを食べたことがあるけど、母の手作りには及びもつかなかった。カフェテリアのは肌理が粗くて風味がなかったのに対して、母のは軽くて、ほのかな甘みがある。南部人がどんな反応を示すかはわからないが、わたしは天国にいるような心地だ。「ブラウンビーンズに刻みネギとホウレンソウを添えたのも？」

「たまには変わったものもいいかなと思って」

「賛成」同世代の多くの子と違って、育ち盛りのわたしはホウレンソウが大好きで、今夜のような組みあわせを愛していた。わがお気に入りの献立のトップテンに入っている。わたしが言うんだから間違いない。ときどき、人生を楽しく過ごせるのは、おいしいものを食べているおかげかもしれないと思うことがある。でも、それは誰にとっても真実なのでは？

母と二人でテーブルについて、栄養たっぷりの食事を楽しみ、この家で暮らせて幸せだとあらためて思った。本物のバターが溶けてマフィンにしみこみ、わたしの指先に少し垂れていた。

「すごくおいしかった」コーンブレッドの最後のひと口を食べおえて、わたしは言った。コーンブレッドを大きな四角い板のような形でテーブルに出す人もいるが、うちの母は焼き型を持っていて、丸い小さなコーンブレッドを焼くことができる。「ごちそうさま。今夜の皿洗いはわたしがひきうけるわ」

「ありがと。でも、いいのよ。ママがやるから。今日は大変な一日だったでしょ。公園へ散歩に行ってらっしゃい。戻ってきたら、オーブンからアップルクリスプパイを出すから」

わたしはカレンダーに目をやった。それに気づいて母が訊いた。「何を見てるの?」

「わたしの誕生日かどうか、たしかめてたの」

母は笑いだした。「母親がとくに理由もなしに、たまに娘を甘やかすのは、いけないこと?」

わたしは母を抱きしめた。母より十五センチも背が高いのに、いまでも母の小さな女の子のような気がする。「ママの好きなときにわたしを甘やかすことを許可します。祝福の言葉も添えて」

母から離れると、母はわたしに優しい笑顔を見せた。

「じゃ、あなたは散歩ね。皿洗いはママにまかせなさい」

「はっ、了解」わたしは言った。帰宅時よりも冷えこんでいるといけないので、出がけに軽いジャケットをつかんだ。案の定、気温がかなり下がって、空気がひんやりしていた。毎日がふたつの季節に分かれているような感じ。わたしの大好きな時季が近づいているしるしだ。ジャケットの前を掻きあわせてから、公園を一周する小道を歩きはじめた。この道には思い出の場所がいくつもある。自転車の練習をした場所。初めてキスをした場所。そして、キスの三週間後に失恋し、腰をおろして泣いた場所もある。愛国者の木のそばを通りかかったとき、いつものように樹皮に手を触れた。血なまぐさい過去を持つオークの老木。英国軍の兵士たちがここで絞首刑にされ、ほぼ百年後には、北軍のスパイが同じ運命をたどった。木の根元に風雨にさらされたプレートが据えられ、トマス・ジェファーソンの言葉が刻まれている。〝自由の木は、ときどき、愛国者と圧政者の血で洗わねばならない〟。わがご先祖たちはこの言葉を文字どおりに実行したようだ。

小道を一周し、コテージの近くまで戻ったとき、ポーチに誰かのシルエットが見えた。近づいたとき、誰が立っているかを知って目を疑った。

7

「ジェイク！　早かったのね」こちらから抱きつくと、ジェイクがわたしを宙でクルッとまわした。キスをしてから、わたしは身をひいた。「こっちにくるのは明日になると思ってた」

「どう言えばいい？　きみが恋しくて、離れていられなくなった。書類仕事ならこっちでもできる。だったら、きみのそばに帰ろう――そう思ったんだ。早めに帰ってきたけど、迷惑じゃないよね？」

「何バカなこと言ってるの？　ここにくるのに、わたしの許可なんて必要ないのよ」

ジェイクはわたしを抱きしめた。「ずいぶん長かった」

「わたしも会いたかった。夕食、もうすませた？　母がブラウンビーンズとコーンブレッドを作ってくれたのよ。たっぷりあって、あなたの分も用意できると思うわ」

「うれしいけど、途中で食べてきた」

わたしは言った。「ねえ、ほんの少しでも入りそうなら、食べる価値があるわよ。あんなおいしいのはぜったい食べたことがないと思う。保証する」

「心をそそられるな。だけど、ほんとに満腹なんだ」

ポーチの照明がついて、母があらわれ、わたしたちのそばまできた。

「声が聞こえたような気がしたの。ジェイク、会えてうれしいわ」

「ぼくもです、ミセス・ハート」

「ねえ、ドロシーって呼んでって言ったでしょ」

「あなたがどう言おうとご自由ですが、そんなことできませんよ」ジェイクは笑顔で答えた。

「オーブンから出したばかりのアップルパイをあげたら、呼んでくれる？」

考えるまでもなかった。「決まり！　お望みなら、パイとひきかえにイギリスの女王さまと呼んでもいいです」

「じゃ、わたしの名前は？」

「ドロシー」ジェイク・ビショップは徹底的に古風なタイプだ。この譲歩が彼にとってどんなに大変なことか、わたしにはよくわかる。

「これ以上この人に試練を与えないで、ママ。それから、ついさっき聞いたんだけど、ジェイクは満腹だそうよ」

「勝手なこと言わないでくれ」ジェイクが笑顔で言った。「突然、胃のなかに余裕ができた」

「じゃ、ダイニングのほうにパイを用意するわね」母が言ったので、みんなで家に入り、焼きたてのアップルクリスプパイに舌鼓を打った。母のレシピはわが一族の極秘事項で、四つの郡に広く知られていて、チャリティ・オークションのために母がパイを焼くと、いつも最高価格で落札される。

食べおえたところで、母が皿を集めはじめ、ジェイクとわたしも手伝おうとして立ちあがった。

「二人で外に出て、爽やかな天候を楽しんでらっしゃい。ここはママにまかせて」

「ありがとう」わたしは母の頬にキスをした。ジェイクがいなくてわたしがどんなに寂しがっていたかを、母はよく知っているので、わたしたちの邪魔をしないよう精一杯気を遣ってくれている。

「ミセス……ドロシー、おいしかったです」ジェイクが言った。

母は大笑いした。「ミセス・ドロシーって呼ばれたらどんな気がするか、自分でもまだよくわからないけど、とにかくここからスタートね。おやすみ、ジェイク」

「おやすみなさい」

ジェイクとわたしはポーチに出て、ブランコに並んですわった。これまで半ダースぐらいのボーイフレンドと同じことをしてきて、そこには別れた夫のマックスも含まれているが、いまこの瞬間のように特別なときは一度もなかった。ジェイクとわたしのあいだには、マックスとはけっして共有できなかった何かがある。真実の愛には激しい感情の起伏がつきものだと、以前のわたしは信じていたが、ジェイクとの密接な結びつきにはそんなものは必要ない。愛され、守られているという安らぎに包まれるのは、すてきなことだ。

手を伸ばしてジェイクの手に触れ、無言の感謝を伝えた。二人の関係がこんなに深まった幸せに浸った。ここまでくるあいだに波乱の時期が何度かあったし、今後もきっとあるだろう。でも、耐え忍ぶだけの価値はあった。

「さてと、きみのほうに何かニュースは？」二人で軽くブランコを揺らすあいだに、ジェイクが訊いた。

レスター・ムアフィールドのことは、ジェイクにはまだ言っていなかった。今宵の雰囲気をこわしたくなかった。「今夜を楽しく過ごしましょうよ。話は明日にしない？」

突然、ブランコの揺れが止まった。「スザンヌ、その口調、なんだか気になるな」

「なんでもないわ。いえ、そうでもないけど……。ま、ほぼなんでもないの」

ジェイクはわたしの手を離して、こちらを見た。

「返事になってないぞ。いくらきみでも。何があったんだ？」

「ゆうべ、人が殺されたの」わたしはついに白状した。

ジェイクの微笑が完全に消え去った。「巻きこまれてはいないと言ってくれ」

「巻きこまれてなんかいないわ」

「本当のことを言ってくれ」

「巻きこまれてる」

ジェイクは大きく息を吐き、それから言った。「話を聞こう」

この喜びのひとときがすばらしすぎて長続きしそうにないことは、わたしにもわかっていた。「レスター・ムアフィールドのことは知ってるでしょ？」

「一度会ったことがある。ラジオに出てる男だろ？」

「出ていたと言うべきね。ゆうべ、誰かに殺されたの」

それがジェイクの好奇心を煽《あお》った。「きみはいったい、どんな形で巻きこまれたんだ？」

わたしは唇を噛み、それから、包み隠さず話したほうがよさそうだと観念した。どうせ、ジェイクにしつこく訊かれるに決まっている。凄腕の刑事だから、訊かずにいられないはず。

「レスターがドーナツの害についてラジオ番組でしゃべったものだから、それを聴いたわたしは当然ながら、レスターと会話をせずにいられなくなったの」

ジェイクはしばらく公園のほうをながめてから、ふたたび口をひらいた。

「そして、その会話というのは対決のことだね」

「一度か二度は声を荒らげたかもしれないけど、レスターだってラジオでずいぶんひどいことを言ったのよ。うちのドーナツを麻薬って呼んだんだから」

「やつがそれで死んだなんて言わないでくれよ」

「ええ、麻薬は使われてないわ」

「そりゃありがたい」

「絞殺だったの。でね、そのあとで誰かがうちの店のエクレアをレスターの口に押しこんだの。何かのメッセージのつもりね。迷惑な話」

ジェイクは立ちあがり、ポーチの端まで行って、暗い公園のほうへ目を凝らした。

「スザンヌ、どうすればこんなふうにトラブルに巻きこまれてばかりいられるんだ？」

「才能ね、たぶん。わたしが悪いんじゃないわ、ジェイク。わたしはやってないもの。けさ、署長に呼びだされたときは仰天したわ。ねえ、話題を変えて、こんな事件は起きてないふりをするわけにいかないかしら」

「ぼくにはできそうもない」

わたしはブランコのシートを軽く叩いた。「とりあえず、やってみて」

ジェイクは肩をすくめ、ふたたびブランコにすわった。

「こうなると、ぼくのつぎの質問が無意味になってしまう」

「あら、わからないわよ。わたしが意外な返事をするかもしれない。とにかく、質問してみて」

「二、三日、店を休めない？　しばらく休暇がとれたから、二人でガトリンバーグへ行けないかなと思って。出張中に噂を聞いたんだが、川の上流のほうにすてきなホテルがあるそうだ」

テネシー州のガトリンバーグは、わたしも大好き。山の頂上までリフトで行けるようになっていて、あれなら朝から晩まで乗っていたいぐらいだ。そして、これまで訪れたなかで最高のひとつと言っていい水族館がある。夏の観光地には近づかない主義だが、子供たちが学校に通う季節なら、訪れるのにうってつけの場所だ。前に一度、ジェイクと出かけて二人で楽しい時間を過ごしたことがある。

「思っただけでうっとりするけど、店を留守にできないことは、あなたも知ってるでしょ」

「スザンヌ、誰だって休暇ぐらいとらなきゃ。このぼくたちも。予約はすぐにとれる。きみはイエスと答えるだけでいいんだ」

「ほかのときなら誘いに応じたいところだけど、いまはだめ、ジェイク。ごめん」彼にキスをして、それからつけくわえた。「でも、思っただけでうっとりね」

「ことわられると思ってたけど、だめもとで一応訊いてみたんだ。レスターの件以外に、この町で何か起きてるのかい？」

最近拾ったおいしい噂を危うく忘れるところだった。

「マーティン署長が離婚するんですって」

「よくあることさ。警官の離婚っていうのは、世間で思ってるより多いんだ」

「いの一番にうちの母に話したみたいよ。若いときからずっと母に憧れてた人だしね。ついに行動に出ることにしたようなの」

「お母さんはどう思ってるの？」

「迷惑がってる。ここだけの話だけど、署長にチャンスはないと思う」

ジェイクはしばしわたしを見つめ、それから言った。

「どうしてそんなうれしそうな顔で言うんだい、スザンヌ？」

「そんなつもりはなかったけど、でも、仕方ないでしょ。わたしが署長に好感を持ってないのは、秘密でもなんでもないんだから。署長がここに押しかけてきて母に求婚する場面って、想像できる？　わたし、祝福するって母に言ったけど、母の再婚を受け入れられるかどうかわからない」

「だけど、きみの祝福がほんとに必要なのかな？　お母さんだって自分のためになることをしなきゃ」

わたしは彼のほうを向いた。「どういう意味？」

「幸福になるチャンスをもう一度つかんでもいいんじゃないかってこと。人は生涯に一人以上の相手を愛することができるんだよ」

わたしの母のことではなく、彼自身のことを言っているのだ。ジェイクは交通事故で奥さんを亡くした。いまも奥さんに愛を捧げていることが、最初のうち、わたしたちのあいだで大きな障害になっていた。「わたしも母にまったく同じことを言ったわ。母がデートするのはちっともかまわないのよ。ただ、署長とのデートに大賛成する気になれないだけ」

ジェイクをちらっと見ると、微笑していた。

「何がおかしいのよ？」

「親が子供のデート相手を選べないのと同じく、子供のほうも、親が誰と出かけるかを決めることはできないんだよ」

「たぶんそうね。最終的には、母も自分の望みどおりにすると思うけど、それでも、わたしとしては、署長にあまりチャンスをあげたくないの」

「署長との仲をさらにこじらせるような行動には出ないでくれよ」

「しない、しない」わたしは気乗りのしないまま、約束した。「それどころか、この件にはいっさい関与しないつもり」あくびが出そうになったが、危ういところで抑えた。少なくとも、自分ではそう思った。

ジェイクが立ちあがって伸びをし、それから言った。

「長距離ドライブをしてきたばかりだし、時間ももう遅い。今夜はそろそろ帰ったほうがよさそうだ」

わたしは腕時計に目をやった。「まだ八時半よ」

「きみのベッドタイムを三十分も過ぎている。心配しないで。明日はもっとゆっくり会えるから」

「ときどき、自分の労働時間が呪わしくなるわ」ブランコから立ちあがりながら、わたしは言った。

「心配しなくていいよ。その程度のことで別れるつもりはないから」

ジェイクの腕に包まれて、わたしは彼の香りを深く吸いこんだ。彼の腕のなかにいると、安心と温もりに包まれるだけでなく、必要とされ、望まれ、愛されていることが実感できる。こういう瞬間に相手からおたがいにエネルギーを得ているような気がする。彼がようやくわたしの人生に入る道を見つけ、わたしを彼の人生に迎え入れてくれたことに、しみじみと幸せを感じた。

「また明日」最後におやすみのキスをしてから、ジェイクは言った。

「朝早く？」わたしは訊いた。

「ぼくにとっては早い時間だな。きみは違うだろうけど。正午ごろ、ドーナツショップに行くよ」

「腰抜けね」わたしはジェイクを笑った。

「賢いんだと思いたい。きみが休暇中でなくても、ぼくは休暇中なんだから。いま休暇をとっておかないと、つぎにいつとれるかわからないだろ。寝坊をして、これから二、三日は生産的なことをいっさいしないよう、ベストを尽くすつもりでいる」

「わたしから見ても、すてきなプランだわ」

「だってさ、ふだんの仕事が刺激的すぎるもの。休暇はぼくにとって再充電の時間で、目下、それを大いに必要としてるんだ」

「わたしもつきあえればいいのに。心からそう思う」

「ぼくも。ま、いいさ。またの機会があるからね、スザンヌ。じゃ、明日」

わたしは彼に手をふり、彼の姿が消えるまでポーチで見送った。

少なくとも、休暇中にレスター殺しの犯人を見つける手伝いをしようと、ジェイクが言いだすことはなかった。彼をこんなことにひきずりこもうとは思っていない。殺人や暴力沙汰には仕事だけでうんざりのはずだし、わたしも彼の貴重な休暇の日々を台無しにしたくない。

家に戻ると、母がまだ起きていた。「交際相手がいるってすてきね。あなたに会えて、ジェイクはうれしそうだったわ」やりかけのクロスワードから顔をあげて言った。

「あら、わたしもそうよ」

「そりゃそうね。あの人、今回は長くいられそう？」

「何日か休暇をとったんですって」わたしは正直に言った。

「じゃ、あなたもとらなきゃ」

「ジェイクにもそう言われたんだけど、わたしのスケジュールはママも知ってるでしょ。休めないわ」

母は鉛筆をわたしに突きつけた。「休暇をとるべきよ。ドーナツショップのピンチヒッターが見つからなかったら、二、三日、店を休みにしなさい。それぐらいのあいだなら、あなたのドーナツがなくても、みんな生きていけるわ」

「無理よ」階段をのぼりながら、わたしは言った。

「じゃ、ママが店を預かることにする」

わたしは母に笑顔を向けた。「ママにドーナツが作れるなんて知らなかった」

「ママにはあなたの知らない面がまだまだあるのよ」

「申し出はありがたいけど、わたし、やっぱり店にいないと」

母は眉をひそめた。「スザンヌ、お金の心配をしてるのなら、ママが損失を埋めてあげる。人生には四六時中働くより大事なことがたくさんあるのよ」

お金を出してもいいとまで思っているのなら、母は真剣なのだ。

「ママのお金なんてもらえない。あのね、店を離れられないのには、ほかにもたくさん理由があるの」

「何がネックなの？」

わたしは階段をおりて母のところに戻った。

「ママ、どうして急にこだわりだしたの？　理解できない」

「あなたに幸せになってほしいの」

「おかしいな。わたしもママにまったく同じことを願ってるのよ。じゃ、こうしない？　ママが本物のデートをしたら、わたしもママの勧めに従って休暇をとる」

母は首をふった。「ママの申し出に条件をつけるのはやめなさい。言うとおりにするか、しないか、ふたつにひとつよ。ママに盾突くことは許しません」

「こっちは本気で言ったんだけどな」声を和らげて、わたしは答えた。「もう一度幸せを見つけてほしいって、心から願ってるの」

「その言い方、フィリップ・マーティンにそっくり」

わたしは目をむかないようにするだけで精一杯だった。

「ママの交際相手として、わたしが第一に選びたい相手じゃないわね。そう聞いて驚く人はどこにもいないと思う。でも、ママがあの署長と、あるいは、誰かほかの人とつきあいたいなら、わたしは喜んで賛成するわよ」

母はクロスワードをカウチに置いた。「この会話に急に興味をなくしてしまったわ」

「あら、せっかく興味深くなってきたところなのに」わたしは笑顔で言った。

「ママの目はごまかせないわよ、スザンヌ。休暇をとらない本当の理由は、目下レスター・ムアフィールド殺しの調査中で、留守をすれば何かを見逃してしまいそうなのが心配なんでしょ。否定しても無駄よ。あなたのことはお見通しなんだから」

「何も否定するつもりはなかったわ」わたしは答えた。「疑惑の雲が頭にのしかかってるのがいやなの。このままだと、ドーナツショップも、エイプリル・スプリングズでのわたしの人生も破壊されかねない。ママだってわかってるでしょ」

「警察にまかせておきなさい」

わたしは首を横にふった。声に皮肉が交じるのを抑えようとしても抑えきれなかった。

「はいはい、これまでも、警察のおかげでずいぶん助かったから」

「スザンヌ、ずいぶん嫌みな態度をとるのね」

「それほど努力しなくても、できてるでしょ？」トゲのある言葉の応酬に、不意に疲れてしまった。身をかがめて、母の額にキスをした。「おやすみ。ママ、大好きよ」

「ママも」

階段をのぼりかけたとき、さらに母の声が聞こえた。「楽しい夢を見てね」

眠りに落ちるのに長くはかからなかった。ドーナツショップの仕事に加えて閉店後も波乱続きだったため、疲れてクタクタだった。ベッドに入り、すべてを頭から追い払おうとした。

幸い、ぐっすり眠ることができて、翌朝目がさめたときには世界に立ち向かう気力が湧いていた。わたしの評判に挽回不能の傷がついてしまう前に、事件の調査を少しでも進展させなくては。

十時までに、〈ドーナツ・ハート〉の売上げはけっこう伸びていたが、明らかに店を避けている常連客も何人かいるようだった。帳簿が黒字から赤字に変わるのはあっというまだ。わたしの汚名をそそぐ努力を倍にしようと心に誓った。

店のドアのそばに立って、走りすぎる車をながめながら、こんなに急いでみんなどこへ行くんだろうと思った。通りをながめていたとき、道化師の格好をした男がまたしてもドーナツショップのほうに歩いてくるのが見えた。向こうが近づくなり、わたしはドアをロックし、サインを裏返して〝閉店〟に変えた。意地悪すぎるかもしれないが、こちらの意思は向こうにちゃんと伝わった。男は軽くうなだれた。やがて、線路伝いに〈ボックスカー・グリル〉のほうへ行く姿が見えた。男が歩き去るあいだ、履いているオーバーシューズが草むらでパタパタ揺れていて、わたしはそれを見ながら、子供のころからの道化師嫌いの気持ちをこの男にぶつけるのはフェアではないと思った。男がまた姿を見せることがあれば、次回はまともな接客をしようと決めた。

男の姿を目で追っていたとき、べつの人間が店に近づいてくるのが見えた。町会議員のシェリー・ランスで、〝閉店〟のサインを見て戸惑いの表情になった。わたしはあわててサインを表に返し、ぎりぎりセーフでドアのロックをはずした。シェリーは長身で痩せ形、短めのポニーテールと、射るような緑色の目と、血色のいい顔をしている。

「もう閉店？」ドアをあけたわたしに、シェリーは訊いた。

「いいえ」わたしはひとことだけ答えた。できれば、もっともらしい説明をつけたかったし、二、三時間もすれば、ひとつぐらい思いついただろうが、いまこの瞬間は何も頭に浮かんでこなかった。

わたしのそっけない応対に、シェリーは顔をしかめた。

「あなたがわたしに会いたがってるって聞いたから」

「用件はあとでもいいの。なかに入ってドーナツでもどう？　サービスするわ」

シェリーは眉をひそめ、腕時計を見て首を横にふった。

「いま五分だけ空いてるの。あとは夜まで時間が空くかどうか約束できないわ」

「ワオ、忙しいのね」

「動物の診療と町議会の仕事でてんてこまいよ」

わたしはもう一度ドーナツを勧めることにした。無料のドーナツが人々の心をほぐす様子は驚異的と言ってもいい。

「話をしながら、ドーナツとコーヒーを楽しもうって気になれない？」

シェリーは首をふった。「遠慮しておく。よかったら、話はお店の外でしない？」

ドーナツを見るだけで不愉快と言わんばかりの態度だった。ドーナツには長所などひとつもないと信じている人々がいることは、わたしも承知しているが、自分が悪いと信じるものをほかの者にも食べさせまいとする頑迷な態度には、いつも驚かされる。

「エマ、フロントのほうをお願い」わたしは大声で言った。「五分で戻るから」

外に出て、シェリーと二人で表のテーブルの空いた椅子にすわった。腰をおろすとすぐに、シェリーが訊いた。「なんの用だったの？」

「レスター・ムアフィールドのことなの。噂によると、あなたたち二人は仲がよくなかったそうね」

シェリーは顎《あご》をこわばらせた。「あら、そんな噂、いったいどこで耳にしたの？」

「情報源は明かせない。でも、みんな知ってるみたいよ。レスターが最近、番組であなたを攻撃した。そうなんでしょ？」

シェリーは笑った。「そんなことが訊きたかったの？ レスターはトラブルをひきおこすのが日課みたいな男だったのよ。スザンヌ、あなたならほかの誰よりもよく知ってるでしょ」

「レスターに何を言われたの？」

「くりかえす気になれないわ」シェリーは言った。片手でポニーテールを直していた。ひょっとして、神経質になったときの癖とか？

「カーラに頼んでテープを聴かせてもらうこともできるけど、あなたから話してくれるほうが簡単だと思わない？」

シェリーは考えている様子だったが、やがて言った。

「話しても害はないわね。先週、レスターの妹さんの飼い犬を安楽死させるという、辛い仕事をしなきゃならなかったの。ダックスフントなんだけど、癌《がん》にかかってて、痛みがひどかった。犬の苦しみを終わらせることが唯一の慈悲深いやり方だったんだけど、レスターが怒り狂い、番組のなかでわたしを殺し屋って呼んだの」

「あなたも頭にきたでしょうね」

「勝手にきめつけないで、スザンヌ。弱い者いじめをするやつに対抗するには、ときには反撃するしかないのよ。弁護士に頼んで、わたしの診療に対する攻撃をやめるようにという書面を送ってもらったら、レスターはすぐに黙ったわ。これでも、わたしが激怒してレスターを殺したように見える？　わたしは人間の治療はしない。診るのは動物だけ。動物はもちろん、どこが痛むかを訴えることはできないけど、故意に残虐なことをする基本的能力にも欠けていて、わたしはそんな動物相手の仕事を週に七日もやってるのよ」

シェリーは終始きわめて冷静だった。冷静すぎると言ってもいいだろう。

「町長もあなたと同じ気持ちかしら」わたしは訊いた。

「レスターに対して？　ねえ、レスターに心から好意を寄せてた人間を誰か見つけることができるって、あなた、ちらっとでも思ったことがある？　町長もレスターとけっこう揉めてたようだけど、くわしいことを知りたかったら、町長と直接話してもらうしかないわね」

シェリーの返答はすべてにおいてそつがなかった。

どうやら、会見は終了したようだ。立ちあがるシェリーに、わたしは言った。

「寄ってくれてありがとう。ところで、さっきの申し出はいまも有効よ。喜んでドーナツをサービスさせてもらうわ。いつでも」

シェリーの顔にはっきりと嫌悪の表情が浮かんだ。「いいえ、遠慮しておく。けっこうよ」

通りを去っていく彼女を見ながら、あの女性にはどうも信用できないところがあると思った。どの返答もきわめて慎重に準備してきた感じで、原稿を読んでいるような印象だった。でも、すべて正直に話してくれた可能性もなくはない。

正直に言うなら、ドーナツが嫌いな人には何か胡散臭いものを感じてしまうってことを認めなくては。

彼女がレスターを殺そうとした場合、ドーナツを使うだろうか。ドーナツのことをレスターのことと同じぐらい嫌っていれば、やりかねない。ふたつの敵を一度に倒したことを象徴的に示す手段と言えるだろう。

でも、シェリーが何かにそのような激しい感情を持つ姿なんて、想像できる？よくわからない。いまはまだ結論に飛びつこうとは思わない。

8

「完璧なタイミングね」

〈ドーナツ・ハート〉の閉店時刻の正午まであと二、三分というときに店に入ってきたグレースに、わたしは言った。ジェイクはまだ姿を見せていない。どうしてこんな遅くまでベッドでぐずぐずしていられるの？

「今日の調査の予定がはっきりしてなかったから、寝坊しちゃった」グレースは笑顔で言ったが、わたしの背後の陳列ケースにドーナツがぎっしり並んでいるのを見たとたん、微笑が薄れた。「あまり売れなかったようね」

「まったくだめ」シェリーのせいだとは思えないが、彼女が立ち寄ったあと、きてくれた客はわずか三人だった。ひょっとして道化師のせい？　道化師を追い払ったために、呪われてしまったとか？　呪いを信じているかどうか、自分ではまったくわからないが、今度から危険なまねはやめることにしよう。代金さえ払ってくれるなら、山ほどドーナツを持たせて帰そう。もっと現実的なレベルで言えば、こんなに客の入りが悪かったら、誰であろうと追い払うわけにはいかない。

「こんなに売れ残っちゃってどうするの？」グレースが訊いた。

「教会に寄付しようと思ってたの。お客さんがもう少し増えるまで、明日から作る量を減らすことにするわ。商売不振で売れ残りが増えちゃったら困るもの」

「届けるのを手伝うわ。町役場へ行く前に、教会のほうへまわればいいわね」

わたしはドアのサインを裏返してロックした。売れ残りのドーナツを箱に詰めていった。

「シェリー・ランスとはすでに話をしたけど、まだ町長が残ってる」

わたしの言葉に、グレースは傷ついた表情になった。

「あなた、わたし抜きでどこかへ出かけたの？」

「シェリーがここにきたのよ」最後のドーナツを箱に入れながら、わたしは言った。売れ残ったドーナツは六ダース。店をオープンして以来の最多記録に並んだ。教会の厨房にこれだけのドーナツを置くスペースがあればいいけど。

「で、どうだった？　シェリーがこの店に入る姿って、どうにも想像できない」

「入ってこなかったわ。ドーナツをサービスするって言ったときの彼女の反応を見たら、あなた、きっと、うちで違法な品を売ってるんだと思ったでしょうね」

「信じがたいことではあるけど、誰もがドーナツ好きとはかぎらないわ」

わたしはグレースをじっと見た。

「ときどき、あなたが未知の他人のような気のすることがある」

「やだ、わたしは嫌いじゃないわよ。少なくとも、いまはもう。ドーナツ大好き人間になったことは、あなたも知ってるでしょ。いま言ったのは、ほかの人たちのこと」

「今回だけは勘弁してあげる」わたしがそう言ったとき、店のドアをガンガン叩く音が聞こえた。いつもなら、いったんドアをロックしてしまえば、客がきてもあけないことにしているが、いまはそんな贅沢ができる身分ではない。

でも、相手が誰なのかを知ったとたん、閉めたままにしておこうかと思った。

別れた夫のマックスが店の前に立ち、手にした五十ドル札をヒラヒラさせていた。

「なんの用かしら」グレースが言った。マックスへの嫌悪が声ににじみでていた。

「さあ。でも、ドーナツを買いにきたのなら、追いかえすわけにはいかないわ」

「ま、わたしは見てなくてもいいわね。エマと一緒に奥にひっこむことにする」

わたしはドアまで歩いたが、ロックをはずすのはやめた。「何かご用？」

「ドーナツ、いくつぐらい残ってる？」

わたしは箱のほうに視線を戻した。「六ダース」彼ににっこり笑ってみせた。「今日はあなたのラッキーデイよ。特別閉店セール実施中。ドーナツを一個ほしかったら、全部買ってちょうだい」

「お安いご用だ。五十ドルで足りる？」

「もちろん」ドアのロックをはずしながら、わたしは言った。マックスを店に入れてから聞いた。「そのお金、どこから出てるの？」

「バック・ティスターがうちの劇団に入ってさ、みんなにドーナツをおごりたいって言うんだ。老人を落胆させるようなまねは、きみもしたくないだろ？」

バックにはまだ会ったことがないが、マックスの劇団が演技大好きリタイア組で成り立っていることは、わたしも知っている。別れた夫は、自分では俳優のつもりでいるが、彼が演じてきた役はほとんどがコマーシャル用。仕事のないときは、趣味で芝居の演出をやっている。ダーリーンとの浮気現場を押さえたのが、彼に多額の出演料が入った直後だったのは、わたしにとってラッキーなことだった（それをラッキーと呼べるなら）。離婚のときの慰謝料でドーナツショップを買いとった。だから、離婚にもとりあえず利点はあったわけだ。

この五十ドルはまさにあぶく銭。だって、売れ残ったドーナツは教会に寄付するつもりで、これで儲けようなんて思っていなかったから。でも、正直なところ、教会は気にもしないだろう。たぶん、わたしがきのう持っていったドーナツを、今日もまだ食べているはず。ドアのロックをはずし、マックスの手から五十ドル札を受けとった。

マックスがドーナツの箱を集めながら訊いた。「いろんな種類を詰めあわせてくれる？」

「グレーズドドーナツとドーナツホールがちょっと多めだけど、すごく急な注文なんだし、これで精一杯よ」

「すてきな品ぞろえだ」マックスは言った。途方に暮れた様子でこちらを見て、「ドアを支えてくれないか」と頼んだ。

五十ドルももらったんだから、わたしがじかに配達したいぐらい。ドアをひらいて支えながら、わたしは質問した。「今度のお芝居はなんなの？」

「〈ティーンエンジェル〉」マックスはニヤッと笑った。彼の劇団は世間の予想に反したことをするのが大好きで、これまでの上演作品のすべてをみごとな舞台にしている。わたしがとくに楽しんだのは〈ロミオとジュリエット〉。そして、今度の公演もぜひ観たいと思っている。わたしのお気に入りは日曜日のマチネーで、これなら仕事を終えてからでも開演に間に合うし、しかも、早めの就寝時刻を守ることができる。非常識なスケジュールで仕事をしているので、文化に触れるチャンスのあるときはとにかく触れておきたい。

「助かった。きみは命の恩人だ」

「役に立ててよかった」ドアをふたたびロックしながら、わたしは言った。

グレースが厨房から首を出した。「マックスは帰った？」

「ご心配なく。もう安全よ」

「なんの用だったの？」

エマも耳をそばだてていることに気づいた。皿洗い中だというのに、珍しく、ｉＰｏｄのイヤホンがはずれている。

「ドーナツ」わたしは簡単に答えた。

「ほんとにそれだけ？」

「グレース、気にすることないのよ。だって、マックスが手にできるのはドーナツだけで、おたがい、それは承知してるもの。さて、この話題が終わったのなら、布巾をとってきて、テーブルの上をきれいにしなきゃ。片づけが早くすめば、ここを出るのもそれだけ早くなるわ」

エマが最後の洗いものを終えて、水を捨てた。「じゃ、あたし、もう帰っていい、スザンヌ？」

「いいわよ」わたしは言った。「これからどうするの？　今日の午後は大事なデート？」

「だといいけど」エマは残念そうに答えた。「誰かと最後に出かけたのがいつだったのか、思いだせない」

グレースが笑った。「きっと何週間か前のことね。なんて悲劇かしら。どうやって耐えてるの？」

エマは重いためいきをついた。「彼氏いない状態が永遠に続くわけはないって、あたしもわかってる。それから、ご参考までに言っておくと、最後のデートは十一日前。あなたのほうはきっと、もっと最近にデートしてるわよね」

「ううん、はずれ」グレースは笑いながら言った。

「でも、ちっとも落ちこんでないみたい」エマは言った。そのあとで、ずいぶん生意気な口を利いたことに自分で気づいたに違いない。「ごめんなさい。いまのは取消し。よけいなこと言っちゃった」

グレースはエマに笑顔を向けた。「気にしなくていいのよ。ここにいるのは、わたしたち女の子だけ。正直に言うとね、わたしは現在の小休止をちょっと楽しんでるの。自分を客観的に見つめるチャンスだから。わかる？」

「どういうことかわからない」エマは正直に言った。

「わたしも。でも、そう言っておくと、すてきに聞こえると思わない？」

「お二人さん、慰めあうのが終わったら」わたしは言った。「まだ仕事が残ってるわよ」

「あたしは帰ってもいいと思ってた」エマが文句を言った。

「それはあなたが居残ってこっちの邪魔をする前の話。もう一度邪魔したら、一緒に働いてもらうわよ」

「さよなら」エマはドアのほうへ飛んでいった。

エマが出ていったあとのドアをロックしながら、わたしはグレースと二人で笑いころげた。この友をしばらく見つめたあとで、いつものわたしに似合わぬことをした。グレースの異性関係には口を出さない主義だが、言わずにいられなかった。「独身の友達がいないか、ジェイクに訊いてみようか」

「その気持ちはありがたいけど、遠慮しとく」

「ジェイクに何か不満でも?」
グレースはテーブルを拭きながら答えた。「気を悪くしないでね。でも、警官との交際で
あなたがどんな思いをしてるか、わたし、ずっと見てきたから。また恋人を作るとしたら、
ジェイクよりもう少しそばにいてくれる人のほうがいいわ」
「ジェイクだって、目下、休暇中よ」グレースの前でジェイクを弁護しなくてはと思ってい
る自分が、なんだか妙に感じられた。
「どこへ出かけたの? ハワイ?」
「この町にとどまってる」わたしは白状した。
「なのに、あなたは今日も仕事? お店を閉めて、少し楽しんだら?」
「ありがと。でも、そのお説教なら、すでに母にされました」
グレースはうなずいた。「はいはい、わかりました」最後のテーブルを拭きおえてから訊
いた。「町役場へ出かける準備はできてる?」
「町長が役場に出てるって、あなたが考える根拠は?」
「〈ボックスカー・グリル〉で遅めの朝食をとってたら、町長室へランチを届けるよう頼ん
でる彼の声が聞こえてきたの。急げば、町長がデザートにとりかかる前に着けるわ」
「あなたのお望みなら、わたしもついてく」最後の皿を片づけながら、わたしは言った。厨
房はすっきりと整頓され、フロントのほうも掃除がすんだ。すべき仕事はあとひとつだけ。

「レジのチェックをして、銀行に預ける分をバッグに入れたら、いつでも出かけられるわ」

「延々とかかりそうね」グレースが言った。「のんびり待ってはいられないわ」

「今日の分のレシートをまだ見てないの。あなたが思ってるほど長くはかからないわ」

マックスに売った分をレジに打ちこみ、現金を数え、レジの記録に目を通した。四分後、現金をバッグに入れて、出かける支度が整った。レジの記録と現金がぴったり一致したのは幸運だったが、数えるべき現金があまりなかったからではないかと思わざるをえなかった。

それについて頭を悩ませるのはあとにしよう。収支を改善するには顧客を呼びもどすしかないし、そのためには、レスター・ムアフィールド殺しを解決する必要がある。表の歩道に出てから、ドアをロックするわたしにグレースが訊いた。「ジョージとここで会う約束じゃなかった？　それとも、もうきたの？」

「ううん、朝から一度も顔を見てない。電話してみるわ」

「まず、わたしの車に乗りましょう」グレースが言った。「人に話を聞かれると困るでしょ」

「人目のある場所でジョージと話をしたことは、前にもあったわよ」

「まあまあ、言うとおりにしなさい」

わたしはグレースの頼みを聞き入れた。彼女の車に乗りこむなり、ジョージの番号にかけた。

応答はなく、呼出音が四回鳴ったところで留守電に切り替わった。

ピーッという音が鳴るのを待って言った。「ジョージ、スザンヌよ。グレースと二人で〈ドーナツ・ハート〉を出るところ。早くあなたと連絡がとれるよう願ってる」

「変ねえ」電話を切りながら、わたしは言った。

「どうしたの?」

「ジョージが電話に出ないの」

グレースは首をふった。「あっちもいい大人なのよ、スザンヌ。自分の面倒ぐらい自分でみられるわ」

「だといいけど」

車で町役場へ向かうあいだも、どうしてジョージは連絡をよこさないのかと、首をひねらずにいられなかった。トラブルに巻きこまれたの? それとも、何か用ができて抜けられなくなったの? どちらにしても、もう一度ジョージと話すのが待ちきれない。わたしはジョージのアドバイスや情報を頼りにしているが、何よりも必要なのは彼のハート。わたしがみんなからおかしいんじゃないかと思われたときでも、ジョージだけはわたしを信じてくれた。いま、ほんの少しでいいから、ジョージのその信頼がほしい。ジェイクに電話することも考えたが、彼が本当にまだ寝ているのなら、叩き起こすようなことはしたくなかった。

「レディ二人に会えるのは、いつだって大歓迎だ」

わたしたちが町長室に入っていくと、キャム・ハミルトンが立ちあがり、さすが政治家だけあって、こちらが腰をおろす暇もないうちにわたしたちの両方と握手をした。キャムはかつて、ハイスクールのアメフトチームのスター選手だったが、あれから二十年たったいまでは、選手時代のほっそりした体形に二十キロ以上の肉がついている。ただし、髪だけは変わらず、いつものように丹念にカットされ、整えられている。風洞のなかを通り抜けても、髪の毛一本だって乱れることはないだろう。もともとは建設業者で、小さな仕事を専門に請け負っている。暇な時間がたっぷりあって、町長の仕事に精を出すことができる。彼とつきあいのある者なら、みんな、そのことを知っている。

キャムは軽く眉をひそめた。「変だな、受付のポリーから、面会客があるとは聞いていないが」

受付デスクにポリーの姿がなかったので、二人で勝手に入りこみ、町長の不意を突くことにしたのだ。「デスクに誰もいなかったので」わたしは言った。

「だったらいいんだ」キャムは言った。ちっともよくないのが見え見えだけど。「で、なんの用だね？」わたしたちが椅子にすわると、すぐさまキャムが訊いた。

「レスター・ムアフィールドがつい先日、番組のなかで町長さんを攻撃したそうですけど、ほんとなんですか」

グレースの唐突な質問に、キャムはいささか驚いた様子だった。わたしはもう少し遠まわしに話を切りだすつもりだったが、後戻りはもうできない。

「レスターが誰彼かまわず攻撃するやつだったことは、誰もが知っている」キャムは愛想よく言った。「波風を立てるのが好きな男だった」

「町長さんのことはどんなふうに言ったんでしょう？」わたしは訊いた。「新しい図書館の建設場所に関することだったのは、わたしも知ってますけど、レスターが番組でどう言ったのか、町長さんからくわしくお聞きしたいと思いまして」

キャムの微笑が薄れた。ほんのわずかではあったが。「失礼だが、わたしのほうは、なぜきみたちがそんなことを気にするのかに興味がある」

「公共心あふれる二人組の町民が訪ねてきたんだと思ってください」グレースが言った。どうしてこんな大真面目な顔で言えるのか、わたしにはとても理解できない。

キャムはうなずいた。「レスターの死にきみが何か関係しているような印象を、町の人々が受けているのも事実だが」こう言ったとき、キャムはわたしを真正面から見据えていた。

「その問題はいまも消えていません。レスターが番組のなかで言ったことは、どれも核となる部分に真実が含まれていました」

「すると、きみは身体に悪いものを売っていることを認めるのかね？」

「どんなご馳走でも、食べすぎれば害になります」同じ主張を何度もくりかえさなくてはならないことにうんざりしつつ、わたしは言った。「部分的には真実でしょうが、すべてが真実とは言えません。町長さんに関するレスターの意見は、どの部分が真実だったのでしょう？」

キャムは自分に矛先を向けられたことが、見るからに気に入らない様子だった。「真実はひとかけらもない。わたしは図書館の用地選びにはいっさい関係していない。調べてみるがいい。公的な記録も残っている」

「レスターに攻撃されたあと、彼に対してどんな感情を持ちました？」わたしは尋ねた。

「わたし以上に激怒なさったことでしょうね」

キャムは笑い飛ばそうとした。「いいかね、わたしはつねに攻撃にさらされているし、何かをやれば、当然ながら、その動機に疑惑を持たれる。それはわれわれ公僕が社会に奉仕するさいの代価のひとつなのだ」

「誹謗中傷されたあと、レスターとはひとことも話をしてないとおっしゃるんですか」わたしは訊いた。「悪いけど、とうてい信じられません」

「話はした」キャムはしぶしぶ認めた。「だが、何を話したかは、われわれ二人のあいだのことだ」

「マーティン署長が聞けば、きっと興味を持つでしょうね」

キャムは椅子の上で少し背筋を伸ばした。「冗談はやめてくれ。署長はわたしの下で働いてるんだぞ」

「変ねえ。警察署長って選挙で決まるものだと思ってましたけど」

「もちろんだ」キャムはあわてて訂正した。「だが、わたしに直接報告をすることになっている」

聞き捨てならないとグレースが思ったのは明らかだった。

「あなたが町長という地位にあるから、殺人事件について質問するのを署長が遠慮するだろうっていうの？　署長はそんなに町長さんのことが怖いのかしら」

「とんでもない」キャムは話がこんな方向へ進んだことにムッとしている様子だった。デスクの上の書類をパラパラめくってから言った。「申しわけないが、処理しなきゃならん急ぎの用をいくつも抱えてるんだ。ほかに訊きたいことは？」

「あとひとつだけ」わたしは言った。「レスターが殺された夜、町長さんはどこに？」

キャムはわたしにニッと笑いかけた。「では失礼、レディたち」

こちらの質問に答えてくれるまでずっとすわっていたかったが、グレースが立ちあがったので、わたしも従うしかなかった。外に出てから訊いた。

「どうしてあんな簡単にあきらめたの？　質問の答えがもらえるなら、わたし、一日じゅうでも粘るつもりでいたのに」

「あら、そんなことしても無駄よ。答えるつもりはなさそうだった。町長が自分のアリバイを誰かに話すとしたら、きっと、われらが警察の署長でしょうね」

「ちっとも慰めになってない。たとえアリバイがあっても、署長がこっちに教えてくれるとは思えないし」

「わたしたち、町長に考えるきっかけを与えてきたのよ。それ以上何ができるというの？」

「たぶん、あなたの言うとおりだと思うけど」わたしはしぶしぶ言った。「でも、気に入らない。あの男にはどうも、信用しきれないところがある」

「政治家だからじゃない？」

「かもしれない。あの男は嘘をついてた。それだけは断言できる」

「たぶんね。口もとがひきつってたから」グレースは言った。「もう一度町長にタックルする前に、もっと情報が必要だわ」

「どこへ行けば見つかるか、何か心当たりは？」

「あなたがこのグループのブレーンなのよ。わたしはただの歩兵」

「女優にして煽動者と言ったほうがいいわね」

「もっとひどい呼び方をされたこともあるわ」車に戻ったとき、グレースはためらいがちに言った。「わたし、まじめに言ったのよ、スザンヌ。答えを見つけるのは、わたしなんかよりあなたのほうがずっと上手だわ。つぎはどこへ行けばいいと思う？」

「レスターを恨んでた人の数といったら、すごいわね。これまでにわかっただけでも、ラジオで攻撃された者が三人、別居中の妻、レスターにお金を奪われたもと投資家、その他何人か。建設業者との対立の理由はなんだったのかしら」

「それはすぐにわかると思う」グレースが言った。「あの男をよく知ってるのは誰?」

「カーラに訊いてみなきゃ」

車でラジオ局へ向かっていたとき、わたしの携帯が鳴りだした。一時期は着信音を笑い声に設定していて、つぎはお気に入りの曲に変えたが、どちらも飽きてしまったので、いまは単純なベルの音にしている。子供のころに大好きだった音。それは電話がわたしの人生に悪い知らせをもたらす前の話だ。子供のわたしはいつも、誰がうちに電話してきたんだろう、どんな話があるんだろう、とワクワクしたものだった。

「もしもし」

「やあ、スザンヌ」

「ジェイク。今日のうちに連絡がもらえるかしらって、心配になってたのよ。まったくもう、いくら休暇中でもリラックスしすぎだわ。いま起きたばかり?」

返事をくれたときの彼の声は憂鬱《ゆううつ》そうだった。

「だといいんだが。じつは、八時から起きてるんだ。上司から電話があってね。ぼくの休暇は取消し。事件の捜査にまわされた」

「ひど〜い。あなたと一緒に過ごすのを楽しみにしてたのに」わたしが恋人の殺人的スケジュールに慣れるのにかなり時間がかかったが、わたしの風変わりな労働時間を人に我慢してもらうのもそう簡単なことではないので、こちらもあまり文句は言えない。「今度はどこへ?

どれぐらい留守にするの？」

「そこが問題なんだ。どこへも行かない。レスター・ムアフィールド殺しの捜査を命じられた」

9

「なんですって？」信じられない思いで、わたしは言った。「ジェイク、この事件にはわたしが深く関わってるのよ」

「知ってる」少なくとも、彼も狼狽していた。「ボスじきじきのご指名なんだ。マーティン署長を全面的にアシストするよう命じられた」

「でも、あなたの立場が厄介ねえ。ボスはそこまで考えてくれてないの？」

電話の向こうに重い沈黙が流れ、わたしは不意にあることに気づいた。

「わたしたちがつきあってること、ボスは知らないのね？」

「スザンヌ、ぼくの異性関係がどうだろうと、ボスはまったく関心がない。きみのことを話したとしても、何も変わりはないだろう」

「そうするしかないわけね、ジェイク」事件捜査が彼と知りあうきっかけになったけど、その反面、捜査のせいで仲がこわれかけたこともあった。いえ、そんなふうに考えるのは間違いかも。ジェイクは優秀な警官だし、わたしのほうは、手伝ってくれる人が増えるのに抵抗はない。グレースとジョージの手助けだって歓迎してるんだもの。「ほかに選択の余地なし。わたしにだって、それぐらいわかるわ。二人で一緒に調べる方法はないかしら」

「理性を働かせてくれ、スザンヌ」ジェイクが言った。誰に言われてもムッとする要求だ。ましてや、恋人から言われるなんて最悪。「ぼくは捜査官という公的な立場で仕事をしている。捜査上の発見をきみに教えるわけにはいかない」

「それはわかるわ。でも、一緒に調べる方法が何かあるはずよ。少しぐらいは」

沈黙があり、やがて、ジェイクが言った。

「きみの調べようとする線が行き止まりになるかどうかぐらいは教えてあげられるが、あとはたいして力になれないと思う」

「それだけでもやってもらえるなら、ぜひお願い」わたしたちの車はラジオ局の駐車場に近づいていた。「ごめん、そろそろ切らなきゃ」

「頑固に話を続けようとは思ってないよ」

「はいはい」わたしは答え、それから電話を切った。

「ねえ、あなたの恋人もこの事件に関わるようね」通話を終えたわたしに、グレースが言った。

「だからって、こっちは手をひいたりしないわよ。ジェイクは凄腕だけど、わたしたちだって優秀だもの。事件解決の役に立てるって、いまも思ってるわ」

「ジェイクがどう反応すると思う？」

「さあ、知らない。本人に訊いてみる？　ラジオ局の駐車場にきてるわよ」わたしは答えながら、車にもたれている恋人を指さした。

こちらの車を止め、彼に近づいた。

「とっておきの情報が何かない？」大きな笑みを浮かべて、わたしは訊いた。

「時期尚早だな」

わたしはうなずき、それからラジオ局のほうを示した。「カーラはきてる？」

「なんでそんなこと訊くんだい？」

「古い友達だから」

苦笑を浮かべて、ジェイクは言った。「ぼくが事件の担当になっても、きみ、調べてまわるつもりだね？」こちらが何も答えなかったため、さらに訊いてきた。「返事をしないつもりかい？」

「いまのが質問だとは思わなかったから」わたしは答え、彼に微笑を返した。グレースをちらっと見ると、電話中のふりをしていた。でも、わたしはだまされない。グレースがこのやりとりを聞き逃すはずはない。

ジェイクは深く息を吸い、それから訊いた。「スザンヌ、ぼくがこの事件の捜査を命じられても、きみは調査を続けていくつもりなのか」

「友人たちに質問してまわってるだけよ。べつに悪いことじゃないと思うけど」

「トラブルに巻きこまれないよう気をつけてくれ、いいね？」

「あら、何も約束できないわ」

ジェイクがいなくなったあとで、グレースの通話が奇跡的に終了した。

「なんの話だったの？」

「しらばっくれないで。盗み聞きしてたくせに」

「もちろん」グレースは笑顔で答えた。「でも、最後のほうを聞き逃しちゃった。そこがいちばんおいしい部分だったのに。どんなふうに終わったの？」

「そうね、刑務所に放りこまれずにすみそうよ」わたしはそう言いながら、ラジオ局のドアへ向かった。

「あなたが事件を調べてまわるのが、ジェイクは気に入らないようね」

わたしは肩をすくめた。

「たぶん、もっともな意見なんだろうけど、いまはそんなこと気にしてられない」

グレースがわたしの腕に手をかけたので、わたしは足を止めた。グレースはわたしの目を見つめて言った。

「スザンヌ、これは人生を破滅させてもかまわないぐらい価値のあることじゃないのよ。ジェイクは優秀だわ。それはあなたもわたしも知っている。ここはひとつ手をひいて、彼にまかせたほうがいいかもしれない」

わたしは首を横にふった。「そうはいかないわよ。ジェイクが刑事として優秀なのはわかってるけど、容疑がかかってる人たちのことを、わたしたちみたいによく知ってるわけじゃないもの。ジェイクの前でその人たちが心を開く可能性はあまりないと思うの。わたしたちなら、事件の真相を突き止められるわ」

「あなたがそこまで断言するのなら」

「選択肢はあまりないと思うけど。どう？」

ラジオ局に入るためにドアのブザーを押しながら、グレースが正しいのだろうかと心の片隅で考えた。事件を嗅ぎまわれば、ジェイクとの関係をだめにする危険があるの？　わたしは本当にレスター殺しの犯人をつかまえようとしてるだけ？　それとも、心のどこかでジェイクを追い払いたがってるの？　やだ、バカなことを。彼のことがますます好きになってるのに。追い払おうなんて思うわけがない。でも、さっき言ったことは本気だ。誰の助けも借りずに自分一人で殺人犯をとらえようなどという愚かなことをするつもりはないが、犯人逮捕の手助けになりそうなことを、わたしのほうで何か見つけられるなら、何もせずに傍観することはできない。店の売上げの落ちこみで早くも焦りを感じているし、マックスが誰かのお金を持ってドーナツを買いにきてくれていなければ、今日は基本的な経費分もカバーできなかっただろう。やはり何か手を打たなくては。

ジェイクがそれを理解してくれるよう願うしかない。

賛成してほしいと願うのは、高望みしすぎだけど。

「カーラ、スザンヌよ」ブザーにようやくカーラが応答したので、わたしは言った。

彼女が返事をよこすまでに長いためらいがあった。

「申しわけないけど、いま、ものすごく忙しいの。話してる暇がないのよ」

「すぐすむから」

「できればアポイントをとってもらえないかしら」さらにしばらく躊躇《ちゅうちょ》したのちに、カーラは言った。「わたしの電話番号は知ってるでしょ?」

ひどく不機嫌な声だった。いったいどうしたんだろ? 「知ってるけど」

「じゃ、つぎのときは前もって電話してね」

こちらが返事をする暇もないうちに、インターホンが切れてしまった。

グレースが問いかけるようにわたしを見た。「どういうこと?」

「よくわからない。でも、突き止めてみせる」わたしは自分の携帯の電話帳を調べて、カーラの番号を見つけだした。以前、レスターと揉めたときに教わった番号だ。

カーラが出たので、わたしは訊いた。「カーラ? 大丈夫?」

「申しわけありませんが、彼女は外出中です」カーラは言った。「三時過ぎに戻る予定ですので、そのころもう一度お電話いただけないでしょうか。グリルを買いに出かけております。

「三時過ぎなら話ができると思います」

「三時に〈ボックスカー・グリル〉で会いたい。そういう意味ね？」

「はい、そのとおりです。失礼します」

グレースにはカーラの応答の声が聞こえていなかった。「どうなったの？」

わたしは腕時計を見た。「一時間後に〈ボックスカー〉で会ってくれるそうよ。なんだかスパイごっこでもしてるみたい。そう思わない？」

「それまで何をすればいい？」

「ハンバーガーがいいと思う」おなかがわずかに鳴ったので、わたしは答えた。

「食べるというのはいい案ね」グレースも賛成してくれたので、食事のためと、カーラを待つために〈ボックスカー〉まで車を走らせた。時間配分をきちんとすれば、カーラが着くまでに食べおえて、さらなる手がかりを追うことができる。

ドアのところで、トリッシュが笑顔で迎えてくれた。

「いらっしゃい。ランチには少々遅いんじゃない、スザンヌ？」

「遅くとも食べないよりましよ」

「とくに、ここにきてくれたのならね」トリッシュはメニュー二枚を宙でふってみせた。

「これをテーブルまで持っていく必要はあるかしら」

グレースが彼女に微笑した。「なくても平気よ。テーブルに案内してもらう必要さえないわ。ここで注文をすませて、勝手に席を見つけるから」

「すてきねえ、自分の食べたいものがわかってるパワフルな女性たちって。あててみましょうか。チーズバーガーとポテトとコークを二人前」

わたしはうなずきかけたが、そこで言った。

「ちょっと気分を変えてみようかな。わたし、甘いアイスティーにするわ」

「じゃ、わたしも」グレースが言った。

トリッシュは首をふった。「ときどき、あなたたち二人のことがわからなくなるわ。アイスティー二人前、すぐ用意するわね」

ほかの客から離れたテーブルを見つけて、そこにすわった。わたしは〈ボックスカー・グリル〉が大好き。便利さと料理のおいしさだけがその理由ではない。古い客車には、駅舎を改装したうちの店と調和するすてきな雰囲気がある。〈ドーナツ・ハート〉と親戚どうしのような感じだ。

わたしたちが腰をおろしたすぐあとに、エミリー・ハーグレイヴズが入ってきた。〈二頭の牛と一頭のヘラジカ〉というニューススタンドを経営しているブルネット美人。

「あら、エミリー」わたしは声をかけた。「一緒にどう?」

「お邪魔でなければ」エミリーは言った。「注文はもうすませたわ。一人で食べるのが平気なこともあるけど、今日はここに入るのがなんとなく億劫《おっくう》だった。うんざりする日もあるもの。そうでしょ?」

「グレースとわたしがしょっちゅう一緒にいるのも、それが理由なのよ」わたしは言った。

「二人でいれば、孤独じゃないから」

グレースが会話に割りこんだ。「坊やたちは元気?」〝坊やたち〟とは、エミリーが子供のころから持っている三頭のぬいぐるみの動物のこと。ニューススタンドの名前もここからとったものだ。

「とっても元気よ。じつは、新しい衣装を考える時期にきてるの」

わたしは笑った。「衣装をつけた姿を見るのを、わたしがどんなに楽しみにしてるか、言葉にできないぐらいよ。ハロウィーンのときなんか最高だったわ」

「わたしはクリスマスのサンタの衣装が好きだったな」グレースが言った。

「いまは緑色のスーツ姿だけど、そろそろ着替えさせてやらなきゃ」

わたしはアイスティーをひと口飲んで、それから尋ねた。

「緑色のスーツって、火星人の衣装?」

「ご冗談でしょ。あの子たちが許してくれないわ。ヘラジカはぜったいいやがる。ウシとマダラウシは〝流れに身をまかせる〟タイプ。セント・パトリック・デイのために縫ってやった衣装なのよ。クローバーの飾りのついた緑色のシルクハットもつけて」

「つぎは何？」

エミリーはしばらく考え、それから正直に言った。「具体的には何も考えてないの。独立記念日の衣装を作るには早すぎるし。今年はアンクル・サムの格好でもさせようかと思ってるけど」

「見るのが待ちきれない」

コークを運んできたトリッシュが立ち去ったあとで、エミリーは言った。

「スザンヌ、店の名前をぬいぐるみからとるなんてどうかしてるって、あなたに思われてることはわかってるのよ」

「そんなことないわ。最初はちょっと心配だったけど。いったいなんの店なのか、町の人たちが戸惑うんじゃないかと思って」

「初めはそうだったかもね。でも、いまじゃ、三匹が何をしてるか見たくて店にくる人がたくさんいるのよ。で、店にきたついでに、何か買ってってくれるの。三匹が新しい衣装をつけるたびに売上げがどんなに伸びるかを知ったら、あなた、きっとびっくりするわよ」

「すごい。わたしもそういうのを思いつけばよかった」

エミリーは微笑した。「ごめんね、早い者勝ちよ」

トリッシュが三人分の皿を運んできた。それをわたしたちの前に置く彼女に、エミリーが言った。「速いのね」

「お客さまに喜んでもらうのがモットーだから」トリッシュは言った。

三人が食事を終えたところで、エミリーが訊いた。「一緒に出る？」

「そうしたいところだけど、人と会う約束があるから、まだ帰れないの」

エミリーはうなずいて立ちあがった。

「仲間に入れてくれてありがとう。すごく楽しかった」

「いつでも大歓迎よ」わたしは言った。

トリッシュがテーブルの上を片づけ、それから尋ねた。

「そのアイスティー、テイクアウト用のカップに入れましょうか」

「もうしばらくいてもかまわない？」わたしは頼んだ。

トリッシュはほぼ無人になったレストランを見まわした。

「四時まで粘っても大丈夫よ。すぐ戻ってきて、あなたたちのグラスにアイスティーを注ぎたしてあげる」

長く待つ必要はなかった。五分もしないうちにカーラが入ってきた。すぐにわたしたちを見つけ、急いでやってきた。

「謎めいたことをして悪かったわ。でも、入ってもらうわけにはいかなかったの」

「何かあったの？」わたしは訊いた。「わたしだって、スパイごっこは誰にも負けないぐらい好きだけど、できれば前もって知っておきたいわ」

「うちの社長がおかんむりなの。外部の人間が仕事場に自由に出入りしすぎだと言って、管理がきびしくなってるの」

「まあ、しばらくの辛抱よ」グレースが言った。

「そうだ、いい知らせがあるのよ。新しい仕事をゲットしたの」カーラは言った。「わたしがフリーになったことを聞いたとたん、ガーデニング番組に出てるゲイルがアシスタントをクビにして、その場でわたしを雇ってくれたの」

「よかったわね」わたしは言った。少なくとも、ゲイルの前のアシスタントを除くすべての者にとって。

カーラはわたしの視線に何かを見てとったに違いない。

「ジミーのことは心配しなくていいのよ。酔っぱらって仕事にくる回数のほうが、しらふのときより多かったんだから。グラニー・ゲイルと毎日仕事をするにはお酒が必要だって言ってたわ」

わたしは微笑を抑えなくてはならなかった。そういう勤務態度を褒める気にはなれないが、お酒を飲みだした理由はよくわかる。ゲイルの声には指の爪で黒板をひっかくような響きがあって、どうやってラジオの仕事にありついたのか、どうにも理解できない。

「とりあえず、あなたは失業せずにすんだわけね」

カーラはためいきをついた。「申し分のないポストとは言えないけど、とにかく、しばらくは妥協しなきゃ。ところで、わたしになんの用だったの？ 知ってることはもう全部話したけど」

「レスターが最近攻撃した建設業者の名前のことで、頭を悩ませてたの」グレースが言った。

「あなた、ひょっとして、連絡先を知らない？」わたしは訊いた。

カーラはうなずいた。「ヴァーン・ヤンシーって男よ。家はハドソン・クリーク、電話帳にのってるはずだわ」

「あまり好感を持ってないような口ぶりね」わたしは言った。

「レスターが誰かを中傷したときは、たいてい、ひどい誇張だと思ったけど、ヴァーンには一度会ったことがあるの。誹謗中傷を受けて当然の男だわ。ヴァーンに会いにいくのなら、くれぐれも注意してね。闇社会とコネがあるらしいから、まずいことになりかねないわよ。口数は多くないけど、行く先々で面倒を起こしてるみたい」

「ありがとう。気をつけるわ」

カーラは腕時計に目をやった。「休憩時間がそろそろ終わるわ。局に戻らなきゃ」

「テイクアウトできるものを何か頼みましょうか」わたしは言った。

「ランチはもうすませたの。気遣ってくれてありがとう。また今度ね」〈ボックスカー〉を出ながら、カーラは大声で言った。

グレースとわたしも勘定を払って店を出た。テイクアウト用のアイスティーを勧められたがことわった。これ以上飲んだら、今日はもう、じっとすわっていられなくなりそう。

「ハドソン・クリークなんて何年ぶりかしら」エイプリル・スプリングズから南へ三十分のところにある小さな町へ車で向かいながら、わたしは言った。

「じゃ、きっと楽しめるわ。あそこはいま、ちょっとしたリバイバル・ブームなの。ありとあらゆるアンティーク・ショップがあって、わたしの聞いた噂だと、観光客も増えてきたみたい」

「どうしてわたしの耳に入らなかったのかしら。アンティークって大好きなのに」

「スザンヌ、まともな人生を送りたかったら、たまにはドーナツショップを離れて、世間で何が起きてるのか見てみなきゃ」

「たしかにね。あなたはどうして知ってるの？」

「友達があそこに住んでるの」グレースはそう答えただけで、それ以上何も言おうとしなかった。

どういう意味かは質問するまでもない。「彼の名前は？」

グレースはわたしにちらっと視線をよこした。「なんの話？　何を根拠に男性だと思うわけ？　わたし、女友達だっているわよ」

「オーケイ。じゃ、彼女の名前は？」

グレースはかすかに微笑した。「ビル」

「まあ、驚き。ビルって名前の女子がいるなんて」大きくニッと笑って、わたしは言った。

「わたしが言いたかったのはね、男だときめつけないでってこと」

「はいはい。その男性のことがわたしの耳に入ってなかったのはなぜなの？」

グレースはハンドルの中心部を両手の親指で軽く叩いた。

「デートしたのは二、三回だけだし、報告するようなことは何もないもん。いい人ではあるけど、二人の共通点があまりないことがわかったの」

「その人に訊けば、ヴァーンの経歴が少しわかるかもね。ハドソン・クリークはそんな大きな町じゃないもの。たぶん、エイプリル・スプリングズより小さいわね」

「訊いてみてもいいけど」グレースは言った。

「あら、気が進まないみたいね」

「ううん、大丈夫。二人の仲は進展しそうにないって、おたがいに意見が一致したから、つきあうのをやめたときもわだかまりはなかったわ」

「じゃ、どこへ行けば彼に会えるの？」

グレースは車をターンさせてから言った。「エルムでお店をやってるの。アンティーク街の一角にあって、店名は〈きのうの宝物〉」

町に入ると、なるほど、グレースの言ったとおりだった。わたしの記憶にある空きビルやみすぼらしい店舗は姿を消していた。かわりに、アンティーク・ショップが通りの両側に軒を連ね、ときおり、カフェや小さな本屋といった畑違いの店舗があいだにはさまっている。

「なかなか魅力的ね」わたしは言った。

グレースが友達の店の前に車を止めながら言った。「以前に比べるとずいぶんすてきになったでしょ。ビルからどんな話が聞けるか、たしかめにいきましょう」

そのアンティーク・ショップは照明が明るくて、整頓が行き届いていた。こういう種類の店ではあまり見かけない光景だ。ビルがきれい好きなのは明らかだ。〝工具〟〝本〟〝家具〟〝マニア向け収集品〟、その他いくつかのセクションが、神経を配って配置されている。わたしたちが店に入ると、奥のオフィスからヒョロッと背の高い男性が出てきて、グレースに気づくなり、ブルーの目を輝かせた。

「こりゃ驚いた」グレースの手をとって、ビルは言った。「久しぶりだな。どうしてた?」

「元気よ。そちらは?」

ビルは店のなかを示した。「暇そうに見えるかもしれないが、商売がけっこう忙しい」わたしのほうに視線をよこした。「こちらのお友達は?」

「スザンヌ・ハートっていうの」グレースが言うと、ビルはうれしそうな顔になった。

「〈ドーナツ・ハート〉をやってる人だね」微笑しながら言った。

「ご存じなの?」いくら考えてみても、会った記憶がなかった。うちの店にくるお客を一人残らず覚えているわけではないが、少なくとも、見覚えぐらいありそうなものだ。「会ったこと、あります？」

「いや。だけど、ぼくの友達に、毎週おたくでドーナツを買う女性がいてね、親切にお裾分けしてくれるんだ」

「誰かしら」

「リサ・グランブリング」

「リサならよく知ってるわ」曲線美に恵まれた小柄な女性。笑顔がすてきで、うちのドーナツを贔屓にしてくれている。

ビルは平らなおなかを軽く叩いた。「ときどき、リサがおたくの大ファンでなきゃいいのにと思うことがある。お二人さん、何か探しものでも？　それとも、単に見てまわりたいだけ？」

「情報を探してるの」グレースが言った。

ビルはあたりに目をやり、店のなかをじっくり見るふりをした。

「さあ、そんなもの、うちで扱ってたかなあ。いちばん近いのは本のセクションだろうが、あんたたちが探してるのは、たぶんそれじゃないよね」

「ヴァーン・ヤンシーに関する情報よ」わたしは言った。

ビルの表情がこわばったのはそのときだった。微笑が消えた。いままで笑顔だったことが嘘のようだ。

「ヤンシーをご存じなの？」わたしは尋ねた。

「悪いけど、力になれない」

しかし、そんなことでひきさがるわたしたちではない。真っ先にビルを訪ねたのは正解だったようだ。

「大丈夫よ」グレースが言った。「約束する。友達どうしの秘密にしておくから」

こちらが抵抗もせずにひきさがる気はないことを、ビルが悟ったのは明らかだった。

抵抗されてもかまわないという様子だった。

「申しわけないが、頼むからこのまま帰ってくれ」ビルは言った。

10

グレースが柔らかく言った。「長い交際でなかったことは事実だけど、わたしが信用できる人間だってことはわかってくれてるでしょ、ビル。重要なことでなければ、質問したりしないわ」

「話すことは何もないと言っただろ」ビルは言い放った。

わたしは店内を見まわした。「ここには、わたしたち三人以外に誰もいないわ。あなたから聞いたことはすべて秘密にしておきます。約束します」

ビルは顔をしかめ、顎を掻き、それから言った。

「ぼくも悪い人間じゃない。協力したい。だが、そんな危険は冒せないんだ」

「わかりました」わたしはグレースの腕をひっぱった。

ところが、グレースはすなおに店を出るかわりに、ビルのほうを向いた。

「ビル、話してくれても大丈夫よ。わたしたちは誰にも何も言わないって約束する。一度ぐらい恐れることなく行動したら、気分がすっきりすると思わない？」

ビルは声を低くした。もっとも、声をかぎりにわめこうと決めたところで、誰にも聞こえはしないのだが。

「うん、そうかもしれない。じつを言うと、この建物はぼくのものではない。借りてるだけなんだ。この通りに店を持ってる連中の大半がそうだ。誰が所有者かあててみてくれ。答えは三回まで」

「一回で充分よ」わたしは言った。「で、ヴァーンが家主ならどうだというの？　ヴァーンの噂をしたぐらいであなたを追いだすなんて、いくら家主でもできるわけないわ」

ビルは首を横にふった。「ヴァーンがどんなやつか、あんたは知らないからな。二カ月前、コニー・ブラントンが〈ポップオーバー・ダイナー〉でヴァーンをネタにして冗談を言ったら、つぎの日、立ち退きを求める通告が届いた。われわれの誰一人気づかないような条項に違反していたというんだ。通路の幅が規定より四センチほど狭くなってるとかで、立ち退きまでに与えられた猶予は一週間しかなかった。ぼくだって、契約書を交わしたとき、弁護士に頼んでチェックしてもらうべきだとわかってはいたが、ものすごく条件がよかったから、ノーとは言えなかったんだ。あとの連中もみな、同じ状況だ。この通りの物件はほとんどがヴァーンの所有だから、われわれにできることは何もない。なあ、頼むから、ぼくがこんな話をしたことは忘れてくれ」

「わかった」わたしはそう言ってドアへ向かった。

グレースが彼の腕に軽く触れた。「ほんとにごめんなさい。あなたを追い詰めたりして悪かったわ」

ビルは無理に笑みを浮かべた。

「そう深刻でもないさ。波風を立てないかぎり、どうにかやっていける」

ドアまで行ったところで、わたしは足を止めてふりむいた。

「ヴァーンがいまどこにいるか、心当たりはない？」

ビルの顔がかすかに青ざめた。「まさか、やつと話をする気じゃないだろうな？」

「そのためにここにきたのよ」わたしは言った。

「ぼくの名前は出さないでくれ。約束してほしい」

「ぜったい言わない」グレースが言った。「このあたりにオフィスを持ってるの？」

「うん。だが、そこにはいないと思う。レイクサイド・ロードに新居を建設中で、四六時中、その現場のほうへ行ってる」ビルはしぶしぶわたしたちに道順を教え、それから言った。「しかし、ヴァーンのことをきれいさっぱり忘れてくれるほうが、ぼくとしては助かるんだが」

「そうしたいのはやまやまだけど、さっきも言ったように、重要なことなの」わたしは言った。

二人で車に乗りこみ、ビルに教えられた道を走るあいだに、グレースが言った。

「ビルのあの怯《おび》えよう、信じられないわ。ビルはどんな人なのかって、店に入る前にあなたに質問されたなら、何があっても動揺するタイプではないって答えたと思う」

「たしかにひどい怯えようだったわね。レスターがヴァーンを攻撃したのは当然だったのかも。カーラもヴァーンのことをよく言ってなかったし」

「とんでもない男のようね」

「あまり楽しいひとときにはなりそうもないけど、グレース、ヴァーンがどこまで無謀な行動に出られる男なのか探ってみなきゃ」

グレースは首をふった。「それならすでにわかってると思うけど。違う?」

「弱い者いじめをするやつが人殺しもするとはかぎらないわ」

グレースは一瞬眉をひそめ、それから言った。

「しないとも言いきれないわよ」

建設中の家に着いた。ビルから聞いていたよりもさらに大きな家だった。ハドソン・クリークの人間にこんな豪邸が建てられるなんて、ちょっと信じられないけど、ビルの話にあったように、ヴァーンが町の土地のかなりの部分を所有しているなら、これぐらい楽なものだろう。

わたしたちが車をおりたちょうどそのとき、真新しい黒のフォードのピックアップ・トラックが車道をやってきた。こちらに気づいて、ハンドルを握っていた男が車を止め、窓をおろした。

「何か用かね？」

「ヴァーン・ヤンシーって人を捜してるんです」わたしは言った。

「ここにいる」男が答えた。ヴァーンはどうやら、口数が少ない男のようだ。姿がよく見えなかったが、見たかぎりにおいては、物騒な感じはまったくなかった。年は五十代、小柄で屈強、わずかな髪が頭皮に頑固に貼りついている。

「ちょっとお時間あります？」グレースが訊いた。

「まあな」ヴァーンは答えた。車をおりる気はまったくなさそうなので、この場で彼に質問するしかなかった。

「レスター・ムアフィールドの件なんです」わたしは言った。

ヴァーンは土の上に唾《つば》を吐いた。「自業自得さ。おれに言わせれば」

一筋縄では行きそうもない。「レスターはあなたにも攻撃の矛先を向けていましたね」

これを聞いて、ヴァーンの視線にかすかな興味が浮かんだ。「あんたは？」

「ドーナツショップをやっている者で、レスターからドーナツを麻薬のように言われました」

ヴァーンはうなずいた。単なる相槌か、それとも同情のしるしか、わたしには判断がつかなかった。

「警察からあなたのほうに、アリバイに関する問い合わせはありました？」グレースが言った。

「あなたにアリバイはあります？」わたしは訊いた。

「いや」

ヴァーンは穴のあくほどわたしを見つめてから、窓を閉め、走り去った。

わたしはグレースを見た。「みごとな成果だったわね」グレースが言った。

「こういう展開は予測しておくべきだったかも」わたしは答えた。「ヴァーンのことをジェイクに話してみるわ。州警察の刑事と話をするとき、ヴァーンがどこまでタフになれるか、こっちとしても興味があるし」

「いまよりは多少しゃべるんじゃない？　さて、これからどうする？」

わたしは腕時計で時刻を見た。「そろそろエイプリル・スプリングズに戻ったほうがいいわね。ここではもう何もつかめそうにないし」

「わたしはかまわないわよ」グレースは言った。「でも、相手がすなおに話をしてくれないと、イライラするわね」

「向こうは話す義務なんてないもの。こちらは落ちてきたパン屑を拾って、それを最大限に活用するしかない。わたしがやろうとしてるのは、ジェイクが見落とすかもしれない事柄を見つけることだけよ。べつに事件を解決しようとは思わない。ジェイクに少し情報を流して、殺人犯と直接口を利かなくてすむのなら、わたしはそれで大満足だわ」

「わかった。じゃ、帰りましょ。ジェイクにはいつ話をするつもり？」

「まだ決めてない」家に向かう車のなかで、わたしは言った。「ちょうどいいタイミングを見つけなきゃ」

グレースは笑った。「幸運を祈ってる」

エイプリル・スプリングズの町に入りながら、わたしの住んでいる町がここで、ハドソン・クリークではないことを幸せに思った。わたしたちの町は小さいながらも、さまざまな人が暮らしていて、一人の人間が全員に対して大きな権力をふるうようなことはない。もっとも、ヴァーン・ヤンシーのやっていることに気づいている者が、ハドソン・クリークにいったい何人いるだろう？ わたしたちの町でも、同じぐらい強大な力が陰で働いているのではないだろうか。でも、もしそうだとしても、わたしにはわからないし、正直なところ、そのほうがありがたい。ときには、無知こそ至福という場合もあるもので、これもそのひとつに数えたい。わたしの周囲だけでも悩みはどっさりあるのだから、それ以上の心配ごとは抱えこみたくない。母と友人たちがいて、ドーナッツがあれば、外の世界がどのように動いていようとわたしは楽しく生きていける。

「スザンヌ、ジョージがあらわれたようよ」〈ドーナッツ・ハート〉が近くなったところで、グレースが言った。ジョージの車がわたしのジープの横に止まっていた。

「いつから待っててくれたのかしら」わたしは言った。近づいていくと、ジョージがシートにぐったりもたれているのが見えた。

わたしたちが手がかりを探しに出かけてたあいだに、ジョージの身に何かあったの？　もし死んでるのなら、それもわたしに協力していたせいだとしたら、わたしはけっして自分が許せないだろう。

息を止めて、車の窓を叩いた。「ジョージ？　大丈夫？」

心の底からホッとしたことに、ジョージがあわてて身体を起こした。「すまん」と言いながら、車からおりてきた。「つい居眠りしてしまったようだ」

「わたしなんか、夜中の一時半からずっと起きてるのよ。昼寝すべき人間がいるとしたら、このわたしだわ」

「このところ、眠りが浅くてね」ジョージは言った。「ま、その話は置いといて、二人でどこへ行ってたんだ？」

「ハドソン・クリークから戻ってきたばかりなの」グレースが言った。

「あの町はどうも好きになれない」

「けっこう興味深い町だわ。あそこで容疑者の一人に会って話を聞いてきたの。ヴァーン・ヤンシーって人物の噂を耳にしたことある？」

「わたしがハドソン・クリークを好きになれないのはなぜだと思う？　あいつはチビのくせ

に喧嘩っ早い生意気野郎だ。スピード違反で一度逮捕したんだが、あの野郎、違反チケットを破り捨てなかったらひどい目にあわせてやると言って、公開の場での縛り首を除くありとあらゆる手段を並べたてて脅しをかけてきたんだぞ」

「違反の罰金、ちゃんととった?」グレースが訊いた。

「もちろん。だが、それ以来、ヴァーンから目の敵にされている。あんたたちに同行できなかったのが残念だ。ふたたびやつに圧力をかけてやれれば、スカッとしただろうに」

「あらためてチャンスがあるかも」わたしは言った。「レスターの詐欺にあった投資家たちのほうからは、何かつかめた?」

ジョージは首をふった。「一人を除いて全員がすでに故人だった。遠い昔の話だし、レスターが狙いをつけたのは高齢者ばかりだった。ただ、一人だけ存命中の男はすばらしく頭の切れる人物で、アッシュヴィルに住んでて、レスターを脅迫したことを誰に知られてもかまわないと言っていた。わたしに言わせれば、それを誇りに思っているようだ」

「容疑者に入れてもいい?」わたしは訊いた。

ジョージは首をふった。「介護ホームで車椅子生活の身だから、移動手段がない。それに、レスターが殺された夜は、検査のため病院に入っていた。わたしが集めた情報から判断すると、その方面の調査はリストから消していいだろう」

「べつの方向から考えたらどうかしら。誰かがレスターからお金を奪おうとした可能性は?」

ジョージは首をふった。「調べたかぎりでは、事件関係者は全員、レスターがその金をとっくに使い果たしたものと信じていた。巻きあげる金など残っていなかったはずだ」

わたしはうなずいた。「そこまで調べてくれるなんてすごい」

「さあ、どうだか」ジョージはそう言いながら、首を軽くまわした。どうやら、居眠りのせいで肩が凝ったようだ。

「おかげで、ふたつのタイプの容疑者を消すことができる。すごく助かるわ。今後は、レスターを絞殺する機会と動機のあった人々に焦点を合わせていけばいい」

「それでもまだ、容疑者はたくさんいるぞ。だが、わたしもコツコツ調べていこう」

「連絡はまた明日」わたしが言うと、ジョージはうなずいて車に乗りこみ、走り去った。

彼がいなくなったところで、グレースが訊いた。

「気のせいかもしれないけど、あの人、ちょっとびくついてなかった?」

「居眠り現場を押さえられたからよ。きっと、照れくさかったんだわ」

「かもね。今夜の予定は?」

「ジェイクとデートなのかって、遠まわしに訊いてるつもり?」

「それもあるけどね」

「グレース、こっちが知りたいぐらいよ。ジェイクって、事件捜査に乗りだすと、なんとなく態度が変になるのよね。わたしが関係してる場合はとくに」

「おまけに、あなたのほうはいつだってちょっと変だし」グレースが愛情に満ちた笑みを浮かべた。

「お世辞として受けとっておくわ」

「当然でしょ。お世辞のつもりで言ったんだから」

わたしはグレースをちらっと見て尋ねた。

「そっちはどうなの？　きっと何か予定が入ってるはずね」

「もちろんよ。熱いお風呂にゆっくり入って、夕食は宅配を頼んで、あとは何もせずに夜を過ごすの。わたしにとっては、天国を切りとったようなものだわ」

「じゃ、また明日」

「明日ね」グレースはそう言って、車で走り去った。

わたしもジープに乗りこみ、家に向かった。母が何かおいしいものを作ってくれていますようにと願った。母の手料理を食べたい気分だった。運がよければ、きっと食べられるはず。ジープのブレーキを踏んだときにはすでに、どんなすてきなご馳走が待っているだろうとワクワクしていた。

車寄せに警察の車が止まっていたので、母の身に何かあったのではと狼狽し、あわててステップを駆けのぼった。

「大丈夫?」リビングに飛びこむなり、息を切らして尋ねた。

母がカウチにすわり、マーティン署長がわたしのお気に入りの椅子を占領していた。母が驚いた顔になった。「もちろん、大丈夫よ。大丈夫でないわけがあって、スザンヌ?」

心臓の激しい動悸が治まってから、わたしは言った。

「うちに帰ってきたら、車寄せに警察の車が止まってるんだもん。焦っちゃってごめん」

警察署長が言った。「フィリップはちょうど帰るところだったの」母が言った。

「フィリップはちょうど帰るところだったの」母が言った。

署長にとって寝耳に水だったのは明らかだが、空気を読んで立ちあがり、帽子をとった。

「話の続きはあらためて」署長は母に言った。

「そうね」

署長は片方の眉を吊りあげたが、やがてうなずき、玄関へ向かった。

「じゃあな、スザンヌ」

「さよなら」わたしは言った。

署長が帰ってから、わたしは訊いた。「どういうこと?」

「なんの話かしら」

「また、しらばっくれて。邪魔するつもりはなかったのよ。つぎのときは、玄関に目印のタオルでもかけといてくれる? わたし、心臓発作を起こしかけたんだから」

母の顔が赤くなるのを見ているのはおもしろかった。「そんなんじゃないわよ」

「いまはね。でも、わたしの帰りがもう少し遅かったら、どうなってたことやら。ねえ、わたしは反対しないって、前にママに言ったでしょ」

「そこで、ママは、そういう気になるかどうかまったくわからないって答えたわね」母は言った。その口調は、いつもなら〝もうやめなさい〟と命じるはずのものだった。

やめるつもりはなかったが、ふと母の表情を見て、こちらが勧めたとおりの行動に出た母を責めるのはフェアではないと思った。「夕食、どうする？　お望みなら、二人で外へ食べに出てもいいけど」

「チリを温め直そうと思ってたの。もうじき暑い季節に入って、チリなんか食べる気になれなくなるわ。どう？」

「おいしそう」わたしは答えた。「ポーチに出て食べましょうよ」

気候のいい時期になると、母とわたしはときどき外のポーチで食事をする。公園の美しい景色を楽しみながら食べることができる。

「名案だわ」母は言った。「テーブルの用意をしてちょうだい。ママはチリを温めるから。十五分ぐらいで食べられるわ」

それより二分早く準備完了。食事の席につきながら、わたしは公園のほうを見渡して言った。

「公園のそばにこの家を建てるなんて、ママのおじいちゃんはすごく聡明な人だったのね」

「建てたときは、公園はまだなかったのよ」自分の深皿にサワークリームを少し足しながら、母が言った。わたしは伝統を重んじるタイプだが、母はチリにパスタまで加えたりする。わたしにも勧めるけど、これまでのところ、わたしは抵抗を続けている。

「それで納得。公園が先にできてたら、こんな近くに住宅を建てる許可はおりなかったでしょうね」母が微笑したので、「なんなの？」と訊いた。

「あなたに一度も話してなかったなんて、信じられない。まるっきり逆よ。このあたり一帯がおじいちゃんの所有地だったの。線路のほうまでずっと」

わたしはそこに含まれるすべての土地のことを考えた。

「で、売り払ったの？　どうして？　お金が必要だったの？」

「とんでもない。ここは所有地のほんの一部に過ぎなかったのよ。おじいちゃんは先の読める人だった。それだけのことなの。土地を買ったあと、このコテージを建てて、それから町に公園を寄付したの」

「本物の博愛主義者だったのね」

「そうでもないわ。木々と草と花を愛してたけど、手入れをするのは大嫌いだった。ここに町営の公園があれば、維持管理に労力を使うことなく、美しい景色が楽しめるでしょ」

「町の人々がしじゅう公園にやってくるのが、いやじゃなかったのかしら」

「わたしの印象では、それも楽しみのひとつだったみたい。それに、町の人たちが家に帰ってしまえば、七つの郡で最高にすばらしい前庭の景色が楽しめるわけだし。おじいちゃんって、なかなか悪賢い人だったのね」

「ママは小さいとき、おじいちゃんによく遊んでもらったの？」わたしは訊いた。曾祖父はわたしが生まれるずっと前にこの世を去っている。

「おじいちゃんが亡くなったとき、ママは十歳だった。それでも、この家でずいぶん遊んでもらったわ。土地の大部分を売却してしまったけど、ここはおじいちゃんにとっていつも特別な場所だった。亡くなった一カ月後に、ママの一家がここに越してきたの。家のなかにはまだ、おじいちゃんの大好きだった冬緑油《とうりょくゆ》の香りが漂ってるような気がしたわ」

わたしは慎重に母を見た。「幽霊を信じてるって言うつもり？」

母は笑った。「たとえママが信じてても、おじいちゃんが幽霊になって出てくることはないわ。つねにつぎの挑戦の準備をしてる人で、過去にこだわることはなかった。人生の途中で財産のほぼすべてを失ってしまったけど、父の話では、少しもくよくよしなかったそうよ。腕まくりをして、仕事に戻っただけだったって」

「クールな人ね」

「そうなの」

食事がすむと、わたしは席を立ち、深皿やグラスを集めはじめた。母がわたしの腕に手をかけた。「あとにして。話したいことがあるの」

「その言葉のあとに、いい知らせはぜったい続かない。そうでしょ?」ふたたび腰をおろしながら、わたしは言った。

「いいとも悪いとも言えないわ。単なるお知らせ。明日の夜、食事につきあってほしいって、フィリップに言われたの」

「離婚が決まったの?」

「今日」母は言った。「だから、うちに寄っていったの」

わたしは口笛を吹いた。「うーん、その点は署長を褒めてあげなきゃ。ママをデートに誘うのに、一刻も時間を無駄にしなかったんだから」

「あなたも賛成だろうとは思ってた」

「署長に? それとも、ママがデートすることに? お望みなら、両方に賛成してもいいわよ。ママ、なんて返事したの?」

「返事をしようとしたら、あなたが火のついたような勢いで玄関から飛びこんできたの」

わたしは突然、申しわけなくなった。「わ、ごめん」

母はわたしに笑顔を見せた。「何言ってるの? おかげで返事をせずにすんだわ。あなたにキスしたいぐらいだった」

「どう返事するつもりだったの?」

母は肩をすくめた。「正直なところ、まだどちらとも決めていなかったの。いまはもう、決める必要もなくなったわ」

「わたし、署長の目を見たわよ。簡単にあきらめるとは思えないけど」

「でも、今夜のところはあきらめてくれたみたい」

「シーッ」わたしは母に言った。

「スザンヌ、親に向かって〝シーッ〟って命令するつもり?」

わたしは公園のほうを指さした。公園と境を接する森の端に小鹿が立っていた。夕暮れの光を浴びて、金色の毛並みがきらめいている。

一時間ぐらい小鹿を見つめていたような気がするが、たぶん、ほんの数分のことだっただろう。やがて、小鹿はわたしたちの匂いに気づいて、森のなかへ駆けもどってしまった。

「ありがとう、ひいおじいちゃん」わたしはそっと言った。

「まさに同感」母が言った。

会話は終わり、小鹿が消えたことで魔法も解けてしまった。汚れた皿を二人で集めて家のなかに戻った。母と話すことができてうれしかった。最近、話す機会があまりなかったから。母の人生に新しい男性があらわれても——どんな人かはわからないけど——母子の時間を邪魔されずにすむよう願いたい。実家に戻ってよかったと思うことのひとつは、母との絆が深まったことだ。わたしはかつて、マックスと始める新たな人生への希望にあふれて母のもとを去り、やがて、ボロボロになって実家に戻った。でも、傷だらけで戻ったおかげで、逆にいいこともあった。母がわが子というより対等の人間としてわたしを受け入れてくれ、わたしも大人の女性としての母を知ることに喜びを感じるようになった。ま、ときには、母と娘という使い古された関係に戻ることもあるが、それはたいてい、大きなストレスにさらされたときだけだ。

困ったことに、最近のわたしは大きなストレスを抱えこんでばかりだけど。

ベッドに入る前に手がかりをもう少し追ってみようかと思ったが、疲れてクタクタなので、頭が働くかどうかまったく自信がなかった。わたしに必要なのは一夜の睡眠だ。

不運にも、それは叶わぬ望みとなる運命だった。

11

「もしもし」

ベッドのそばの携帯をとろうと手を伸ばし、つかみそこねたあとで、わたしはようやく言った。

「もしもし?」くりかえした。一時間ほど眠ったところだった。そろそろリラックスした睡眠に入るころで、叩き起こされるには最悪のタイミング。

「こんなことをしたなんて自分でも信じられないよ、スザンヌ。時間をすっかり忘れてた」ジェイクが申しわけなさそうに言った。

「気にしないで」わたしはベッドに身体を起こした。「あなたの声が聞けるのは、いつだって大歓迎。電話をずっと待ってたのよ」これは電話で、向こうにはこっちの姿が見えないとわかっているのに、わたしは髪に指を走らせて乱れを直そうとしていた。「あなたとのおしゃべりは大好き。今日一日、どうしてたの?」

「まったく期待はずれだよ」ジェイクは正直に答えた。「きみと一緒に過ごすつもりでいたのに、かわりに、朝から晩まで署長につきあわされた」

「朝から晩までじゃないでしょ」

「どういう意味?」

「わたしが家に帰ったら、署長がきてたの」わたしは説明した。「どうやら、ママにデートの申込みをしにきたみたい」

「今日、離婚が決まったとたん、夜にはきみのママを口説こうとしたわけ? ワオ、ずいぶん機敏な」

「そういう考え方もできると思うけど、高校のころからママに恋してたことを考えれば、もう充分すぎるぐらい待ったたって、署長は思ったんでしょうね」

「つまり、きみは賛成ってこと?」ジェイクの言葉にかすかな微笑がにじんでいた。わたしはその響きが大好き。

「反対してるわけじゃないわ」

「そのふたつが同じでないことは、おたがいに承知してるよね」

「ええ、よくわかってま〜す。今夜は会えなくて寂しかったわ」

「ぼくも」

短い沈黙のあとで、ジェイクが訊いた。「きみもずいぶん忙しかったんじゃないの?」

「仕事のあとで、いくつか用事があったの。どうして?」

「きみより二十分遅れで、ヴァーン・ヤンシーに会いにいったんだ。きみとグレースに質問攻めにされたことが、おもしろくなさそうだったぞ」

「あら、驚き」

「何が？　きみの質問に答えるのをヴァーンが不愉快に思ったことが？」

「いいえ。わたしたちと話をしたことを、ヴァーンが認めたってことが。世界でいちばん率直と言えるタイプではないでしょ？」

「単音節の返事をするのが好きなやつだな」

「まあ、警官なのに、〝単音節〟なんてむずかしい言葉が使えるのね」こちらの微笑をジェイクも感じとってくれればいいのにと思いながら、わたしは言った。

「クリスマスに何かの間違いで辞書をプレゼントされたんだ。だから、少しは活用しようと思ってね」

「なるほど。ヴァーンから何か特別な話は聞きだせた？　たとえば、殺人の夜のアリバイとか」

「何か言ってたが、裏をとるのはむずかしいだろう」

「どんなこと？　わたしが力になれるかも」

ジェイクは笑った。「申し出はありがたいが、ぼく一人でなんとかなると思う」

「ほかにも容疑者がほしかったら、わたしのほうで、すてきなリストを作成中よ」

「さすがだな」

急に彼に会いたくてたまらなくなった。彼が町を離れているときも辛いけど、エイプリル・スプリングズに戻ってきたとなると、会いたい気持ちがさらに強くなる。

「こっちにくる気があるなら、五分で身支度して待ってるわ」

「こんな遅い時間じゃ無理だよ」

「まだ九時を過ぎたばかりよ」

「きみの生活時間帯で言えば、もう真夜中に近い。馬車がカボチャに変わるのは、二人とも見たくないだろ。もう寝てくれ。明日は会えると思う。コーヒーを飲んでドーナツを食べるぐらいしかできなくても。ぼくがおごる」

それを聞いて、わたしは笑いだした。「ワオ、女の子のハートをつかむ方法をよくご存じだこと」

「仕方ないよ。モテモテ男だから」

「あとは追っかけてくる女の子がいればいいのにね」わたしは女生徒みたいにクスクス笑いながら言った。

「きみがやってみると約束してくれたら、ぼくは猛スピードで走るのを思いとどまることにする」

「そのほうがいいわ。おやすみ、ジェイク」

「電話してくれてありがとう」わたしは言った。「とってもうれしかった」

「こんな時間なのに？」

「こんな時間だからこそ。眠る前にあなたの声が聞けて、とってもうれしかった」

電話を切ったあと、わたしは布団をいつもよりきつく身体に巻きつけた。心の隅に何かがひっかかっていて、うとうとしかけたとき、何なのかがわかった。事件から手をひくようにという警告がジェイクの口から出ていない。これまではわたしが殺人事件に首を突っこむたびに、ジェイクがそう言っていたのに。うっかり言い忘れたか、わたしのことを以前より多少理解するようになったかの、どちらかだろう。いくら警告しようと、脅そうと、レスター殺しを調べようとするわたしを止めることはできない。ジェイクもようやくそれを悟ってくれたようだ。

なぜだか、いつもより甘い気分で眠りの世界へ漂っていくことができた。

「あたし、夜中のこの時間が大好き」翌朝、四時十五分前にドーナツショップの表で休憩をとっていたとき、エマ・ブレイクが言った。「安らぎに満ちてるから」

「厳密に言うと、夜中じゃなくてもう朝よ。でも、同意するしかないわね。町じゅうが静まりかえって、満ち足りてる感じ」

「ハッピー・クレーンが新聞配達にとりかからないかぎりはね。父がどうしてあの男に我慢してるのか、あたしにはわからない。二十年前から車を買い替えてなくて、あのポンコツ車ときたら、五十メートルおきにバックファイアを起こすのよ」

「でもねえ、あの車が近づいてくるのが聞こえると、なんとなく安心できるわ」エマの父親、レイ・ブレイクが発行している新聞は、読者に広告を届けるために存在するかのように思われているが、レイはいつも特ダネを探している。自分のつかんだ特ダネでヒッコリーとシャーロットの新聞を出し抜くことができたら、その日のうちに新聞社を無料で誰かに譲ると宣言しているが、これまでのところ、スクープしたことはただの一度もない。「お父さんはレスター殺しを解決しようとしてるの?」

「特ダネをつかむためなら、なんだってやる人だけど、殺人事件の捜査に直接関わるのは避けたがってる」

「だったら、わたしより頭がいいわね」わたしは認めた。「心情的には賛成なんだけど、わたしってどうも、事件から離れていられない運命みたい」

「スザンヌのせいじゃないわ。あなたの立場だったら、背を向けるわけにいかないもの。協力できなくて、ほんとにごめんなさい。父に言われたの。あたしがまた何かやろうとしたら、テスおばさんのところへ行かせるって。そう言われただけで、お行儀よくするには充分だわ」

「おばさんのことが好きじゃないの?」

「親戚じゃないのよ。家族の古くからの友人。もうじき九十なのに、いまも車を運転してる。もっとも、たまにだし、運転ももちろん上手じゃないけどね。それでも、お料理に比べたらまだましかな。これまであたしにどんなものを食べさせようとしてきたか、スザンヌにはきっと信じられないわよ」

「だったら、この件から離れてたほうが利口ね」

わたしはエマに対して過保護になりがちで、こちらの素人捜査に彼女を巻きこむのは極力避けようと思っている。もっとも、仲間はずれにされると、エマはいつも文句を言うのだが。

「スザンヌに教えても父のルールを破ることにはならない情報が、ひとつあるんだけど」エマは言った。

「大丈夫なの?」

エマは暗がりでわたしにニッと笑いかけた。わたしたちを照らしているのは、背後のドーナツショップのウィンドーから射す明かりだけ。あけっぱなしの厨房のドアから洩れてくるものだ。「たしかめる方法はひとつだけ。レイシー・ニューマンのことなの」

「レイシーがどうかしたの?」わたしは訊いた。エマを巻きこまないという方針はとりあえず忘れよう。

「父に言わせると、レイシーにはレスターに危害を加えたい理由がいくつもあるそうなの」

「レスターがレイシーについて〈エディトリアル〉でコメントしようとしてた内容は、そこまでひどいものだったの？」

エマはうなずいた。「そうみたい。レイシーには世間に隠してる秘密が何かあって、レスターはそれを暴露するつもりでいたの」

「どんな秘密か、お父さんは知ってるの？」

エマは肩をすくめた。「亡くなったご主人と何か関係があるみたいよ。父が知ってるのはそれだけ。あたしのほうで少し調べてみてもいい？」

「だめ」わたしはいささか大きすぎる声で言った。

「訊いてみただけ」エマは防御の姿勢になった。

わたしはもう少し静かな声で言った。

「おばさんの家へ行かなくてすむようにしてあげたいの。ねっ？」

「うん、わかった。あたしの言ったことは忘れて」

休憩時間が終わりかけていたので、先に立って店のなかに戻りながら、わたしは言った。

「情報をありがとう、エマ」

「もっと協力できるといいんだけど」

わたしはエマを抱きしめた。「ドーナツ作りへの協力を続けてちょうだい。それで充分よ」

十時になるころには、すでにかなりの数のお客がきていたが、ジェイクとジョージからはまったく連絡がなかった。どちらかに会えるものと思っていたのに。どちらかを選べと言われたときに、わたしがジェイクを選んだとしても、誰も驚きはしないはず。せっかく彼が町にいるのに会えないなんて、おかしくなりそう。殺人事件の話は出さないと約束すれば、今夜、ユニオン・スクエアの〈ナポリ〉のディナーに誘いだせるかも。やってみる価値あり。

そこで、お客の流れがとぎれたときに、携帯をつかんでジェイクの番号にかけてみた。すぐ留守電になったので、メッセージを残した。

「もしもし、わたしよ。今夜一緒に食事をして、外の世界のことは忘れましょうよ。〈ナポリ〉にしない？　電話ちょうだい。あ、こちらスザンヌ」

なぜ最後にそんなことをつけくわえたのか、自分でもわからないが、ジェイクが微笑してくれるという自信はあった。誰がそれ以上の理由を必要とするだろう？

誘ってみてよかったと思っていたとき、年配の女性が渋い表情で店に入ってきた。

「いらっしゃいませ」せっかくの楽しい気分に水を差されないよう、わたしは精一杯愛想よく言った。

「経営者に会いたいんだけど」女性は無愛想に言った。

「わたしが経営者のスザンヌ・ハートです。どういったご用件でしょう？」

女性はわたしを上から下まで二回見て、それから言った。

「あなたがやってるのは恥さらしなことだと思うわ」

なんて妙なことを言うんだろう。「わたし、何かお気にさわることをしました？」

女性の渋面がひどくなった。「しらばっくれないで。聖職者と交際してるでしょ。恥を知りなさい」

「は？」女性の非難に、わたしは心底ショックを受けた。風変わりな客はけっこういるものだが、この女性はエキセントリックどころではない。例の道化師がふたたびきてくれたほうがましなぐらいだ。

「聖職者と交際してるでしょ」

そこでハッと気がついた。「聖職者《プリースト》じゃなくて、ビショップです」

ビショップというのはわたしの恋人の名字で、〝司教〟の身分をあらわすものではないと説明しようとしたら、向こうは「よけい悪いわ」と言った。

こちらが説明する暇もないうちに、荒々しい足どりで出ていってしまった。

客商売をしていると、興味深い人生を送ることができる。それだけは間違いない。

十一時を過ぎ、店内がほぼ空っぽになったころ、町長が入ってきた。思いもよらぬ訪問。ふだん、この店にくるような人ではないのに。

「何にしましょう？」わたしは訊いた。

町長はケースに目を向けた。「ドーナツを四ダースもらおう。種類はそっちで選んでくれ」どうなってるの？　わけがわからなかったが、文句を言うつもりはなかった。買ってもらえるなら大歓迎。

ドーナツを箱に詰めながら訊いてみた。「何か特別な理由でも？」

「シニア・センターで話をすることになってね、手土産にと思ったんだ。ついつい再選のことを考えてしまう。政治家の本能ってやつかな」

「お察しします」箱詰めを続けながら、わたしは言った。おかげで今日は黒字だ。ドーナツをどこかへ寄付する必要もない。たまにはこういうのもいいものだ。

町長に百ドル札を渡され、お釣りを計算しようとしたら、向こうは笑顔をよこし、「釣りはいらん」と言った。

「ドーナツ代よりチップのほうが多いなんて困ります」わたしは言った。

「まあ、とっときなさい。町の価値ある小売業者を応援するための、わたしなりの方法なんだから。わたしから見れば、きみに力を貸すのは、わたし自身のためにもなることだ」

この人、賄賂でわたしの機嫌をとろうとしてるの？　わたしの忠誠心を買おうとするなら、こんなものじゃ足りないけど。町長が箱を持とうとしたが、わたしは片手で箱を押さえておいて、反対の手でレジからお釣りをとりだした。箱の上にお釣りを置き、手を放した。

町長は眉をひそめた。「わたしの金は受けとれんと言うのかね、スザンヌ？」

「いいえ」わたしは冷静に答えた。「ドーナツの代金は喜んでいただきますけど、この仕事でチップをもらうわけにはいきません。町長さんなら、誰よりもよく理解してくださるはずです」

「どういう意味だ?」町長はとがった声で訊いた。

「べつに非難してるわけじゃないんですよ。ただ、店の経営者はチップをもらう立場にはないと申しあげてるだけです」とにかく、あなたからはもらえないわ――心のなかでひそかにつけくわえた。

「ほう、どうしてもいやだというのか」町長はドーナツを見て、それから言った。「なあ、ちょっと気が変わったんだが」

「あいにくですが、返品はできません」レジのうしろのほうにかけてあるボードを軽く叩いて、わたしは言った。難癖をつけて食べかけのドーナツを突き返そうとする連中を撃退するためのものだ。かけておいてよかった。

「わかった」町長は政治家らしい冷静さを一瞬失い、そのあとで箱の上の釣銭をとってポケットに押しこんだ。

箱を持とうとする町長に、わたしは「ドアを支えてましょうか」と訊いた。

「自分でなんとかする」町長は言って、強引に出ていこうとした。箱をひとつかふたつ落としてくれればいいのにと思ったが、わたしの作ったドーナツが無駄になることは考えただけで耐えられない。

町長が出ていったとき、笑い声が聞こえたので、見ると、店に一人だけ残っていたお客のエリザベス・ブーンだった。エリザベスは優しい老婦人で、週に一度、ドーナツを一個だけ食べにくる。おいしそうに食べるその様子は、まるでドーナツが黄金でできているかのようだ。「町長さんはあなたのファンじゃなさそうね、スザンヌ」

「わたしの応対、そっけなかったですか」わたしは訊いた。

「完璧だったと思うわ。わたしに言わせれば、キャム・ハミルトンは昔から、この小さな町にはちょっと狡猾すぎる人物だった。わたし、町長と握手したあとはいつも、指の数をかぞえて、五本そろってるかどうか確認することにしてるのよ」

わたしが笑うと、エリザベスは急いでつけくわえた。

「こんなこと言っちゃいけなかったわね。きっと、ドーナツのおかげで口が軽くなったんだわ」

「ドーナツにそんな効果があるなら、わたしも用心しなきゃ。おかげで楽しい気分になれました。ドーナツ、もうひとついかが？　サービスしますよ」

エリザベスは強く誘惑された様子だったが、やがて言った
「すごく惹かれるけど、どういう結果になると思う？　今日二個食べたら、来週お店にきたときは三個になる。そのあとは、毎日何個か食べるようになって、気がついたら、同窓会に

着ていくつものワンピースが入らなくなってるかもしれない」エリザベスは言葉を切り、それから言った。「偏屈なおばあさんの言い草だわね」

「とってもよくわかります。わたしにもあなたのような意志の力があればいいのに。ドーナツの試食を我慢しようとして、大変な思いをしてるんですよ」

エリザベスは微笑した。「よく我慢できるわねえ。あなたが毎日直面してる誘惑をわたしが経験したら、体重が二百キロぐらいになってしまうわ。でも、ドーナツを勧めてくれてありがとう」

「どういたしまして」

ジョージもジェイクもあらわれないまま、そろそろ店を閉めようと思っていたら、シェリー・ランスが入ってきた。どういう風の吹きまわし？

「何をさしあげましょう？　わたしの勧めるドーナツを買いにいらしたのなら、喜んで選ばせてもらうわ」

シェリーは首をふった。「社交辞令を交わしてる暇はないの。今日、町長と喧嘩したんですって？」

「厳密には、喧嘩とは呼べないわね。言葉は交わしたけど、どちらも声を荒らげたりしてないし。どうしてそんなこと訊くの？」

「さっき知ったばかりなんだけど、町長が郡の保健所の検査官に頼んで、この店の緊急点検をさせるそうよ」

「こっちは隠すことなんて何もないわ」それが真実であることを願いつつ、わたしは言った。店の清潔さがわたしの誇りだが、検査官に悪意があれば、どんな厨房であろうと不備な点を簡単に見つけだすことも、わたしは知っている。「どうしてわかったの?」

「町役場で書類仕事をしてたら、町長が電話で話す声が聞こえてきたの。気をつけなさい、スザンヌ。あの町長はみんなから愛想のいい人間だと思われてるけど、あれでけっこう悪辣《あくらつ》なんだから」

「油断しないようにするわ。警告をありがとう」

シェリーは肩をすくめ、ドアに片手をかけた。

「わたしは弱いものいじめをする人間が好きになれないだけ。昔からずっとそう。わたしで何か力になれることがあれば言ってね」

「わかった」

シェリーが帰ったあと、わたしは自分では認めたくないほど動揺していた。町長がわたしにムッとしたことはわかるけど、そこまで過剰に反応するのはなぜ? チップを受けとることに関して、向こうの神経にさわることを、わたしが何か言ったのかしら。ひょっとすると、かつて何かの便宜を図る見返りに賄賂を受けとり、それで良心が咎《とが》めているため、つい八つ当たりしてしまったとか? 町長がわたしを脅して追い払う気でいるなら、失敗に終わるだろう。ジェイクとジョージにこの話をして、町長の行動をどう思うか訊いてみなくては。それから、店のなかをできるかぎり清潔にしておかないと。閉店時刻までまだ二、三分あったが、表のドアをロックして、サインを裏返した。

奥へ行くと、エマが最後の分の皿洗いをしていた。iPodの音量が最大になっていたに違いない。だって、わたしに肩を叩かれて、ビクッと飛びあがったんだもの。

「こっそり近づくの、やめてくださいよ」

「音を小さくすれば、わたしがこっそり近づくのを防げるわよ。今日は少し遅くまで残ってほしいんだけど」

エマは落胆の表情になった。「今日？　ほんとに？　特別注文なんて入ってないでしょ？」

「ええ。でも、そろそろ徹底的に大掃除しなきゃ。何か予定でもあったの？」

「変更できない予定は何もないけど」

「ランチデートの約束があるのなら、居残らなくていいわよ」

「ううん、手伝います」

わたしはエマに微笑した。「よかった。その分のバイト料を一・五倍にしてあげる。そしたら、かわりに彼をディナーに誘えるでしょ」

「手伝います。彼、喜ぶわ」

大ニュース。こっちは冗談のつもりだったのに。「目下、あなたの人生に誰かがいたなんて、気づかなかったわ」

エマはニッと笑った。「あたしのこと、知ってるでしょ。恋に恋する子なの」

「彼の名前は？」

「知りたい？」エマは笑顔で言った。「長続きするとは思えないけど、いまのところ、一緒にいて楽しい人なの。大事なのはそれでしょ」

「気をつけてね」

「はあい、ママ」エマは笑顔で答えた。「どうして急に大掃除なんか？」

「何が起きても大丈夫なように準備をしておきたい、とだけ言っておくわ」

二人でせっせと掃除をしていたとき、ドアにノックが響いた。保健所の検査官だったら、まずいことになる。店のなかをピカピカに磨きあげるにはあと一時間必要だし、いまの状態を舌先三寸でどうやって切り抜ければいいのかわからない。

幸い、表の様子を窺《うかが》うと、そこに立って店内をのぞきこもうとしていたのはグレースだった。

ドアのロックをはずした。「入って」

「出かける準備はできた？」

「ううん、掃除中なの。手伝ってくれない？」

「いいわよ」グレースはそう答えてわたしを驚かせた。さまざまな面を持つ彼女だが、そのなかに掃除好きは含まれていない。「何を手伝えばいい?」

売れ残ったドーナツ二ダースをなんとかしなくてはならない。

「これを片づけてもらえると助かる」

「教会へ持っていこうか」

「だめ」わたしは言った。「しばらくあいだを空けてほしいって頼まれたの。最近、売れ残りが多いから、教会のほうもうんざりしてるのね。何か考えて」

「やってみる」

わたしは彼女を送りだし、それからエマのところに戻った。「エンジン全開よ」

「はいはい、ついていきます」

掃除をしながら、グレースが戻ってきたら何を頼もうかと考えつづけたが、こちらの掃除時間が長くなればなるほど、頼みたい仕事が減っていった。グレースにやれる仕事はなんだろうと心の隅で考えていたものの、誰にも邪魔されずにエマと二人で掃除できるのがうれしくもあった。掃除を終えたときには、〈ドーナツ・ハート〉は徹底的な検査に耐えられるまでになっていた。

エマを帰らせてから、ドアをロックした。グレースが五百メートルほど向こうにいた。足もとに空箱がひとつ置かれ、もうひとつの箱は蓋をあけたままだ。「何してるの?」

「試食用に配ってるの。あなたが思ってるほど楽な仕事じゃないのよ」

笑いながら箱をのぞくと、オールドファッションドーナツが何個か残っていた。

「無理して配ることなかったのに」

「おもしろかったわ。どうして突然、大掃除熱にとりつかれたの？」

「町長と口論しちゃったの。わたしはべつに気にしてなかったけど、さっきシェリーが店に寄って、町長が衛生検査でこの店を営業停止にするつもりでいるって警告してくれたの」

「まあ、あなた、町長に何を言ったの？」

「自分の仕事をしてるだけの人間が贈物を受けとるのはよくないって、遠まわしに」

グレースは笑いだした。「あなたがお鍋をかきまわすときは、思いきり派手にやってしまう。そうよね？」

「わたしのこと、よくわかってるじゃない。何事も中途半端にできない性格なの」

「ドーナツ、残ってるかい？」背後で声がした。

わたしはふりむいて言った。

「一日じゅう、どこへ行ってたの？　ずっと待ってたのよ」

12

ジョージは微笑しながら、残ったドーナツを一個とって食べはじめた。

「調査は苛酷な労働だからな。すぐに腹が減る」笑顔で言った。「それに、いつあんたに連絡するかなんて、何も約束してないぞ。いったいどうしたんだ？」

わたしがこれまでのことを説明し、町長の過剰反応について話すと、ジョージは言った。

「町長に関する噂を聞いたことはあるが、どうせでたらめだろうと思っていた。だが、それがレスターとどう関係してくるんだね？」

「図書館用地の売買に関してレスターに悪事を暴かれるのを、町長が恐れてた可能性はないかしら」

ジョージは顔をしかめた。「レスターがほんのわずかな証拠でも手に入れてたら、殺された夜、番組でドーナツを罵倒するかわりに、町長を攻撃してたと思うが」

「よくわからないけど、わたしが町長の心になんらかの恐怖を植えつけたことだけはたしかね」

「警戒を怠るなよ、スザンヌ」

「今日、そう警告してくれた人は、あなたで二人目よ」

「ジェイクがきみに気をつけろと言うのは当然だ」

「ジェイクじゃないわ。シェリー・ランスよ」

ジョージは最後のドーナツをとりながら口笛を吹いた。

「きみの調査のほうがずっと先を行ってるようだ」

「どうして？　そちらは何が見つかった？」

「報告するほどの価値もない。だから、連絡をとるのがこんなに遅くなったんだ。あまり運に恵まれなくてね」

「元気出して」わたしはジョージの肩を叩いた。「レースじゃないんだから」

「よかった。レースならこっちの負けだ」ジョージはドーナツを宙でふり、それから言った。

「じゃ、またあとで。危ない橋を渡るのは避けるよう、あんたたち二人に忠告したいが、言うだけ無駄だな」

わたしは彼に笑みを返した。「見かけより頭がいいのね」

「喜ぶべきことだ」

ジョージが去ったあとで、わたしはグレースから空箱をとりあげて捨てにいった。

グレースもゴミ入れまでついてきて、それから訊いた。

「つぎに何をすべきか、ご意見は？」

「ユニオン・スクエアまで出かけて、もう一度ナンシー・パットンと話をしようと思うの。この前質問したときの返事だけじゃ、どうも納得できなくて」

「それがいいわね」

二人でわたしのジープに向かおうとしたとき、リサイクル衣料の店〈リニュード〉からギャビー・ウィリアムズが声をかけてきた。

「お二人さん、話があるんだけど」

歓迎する気になれない。たとえこちらが最高に調子のいい日でも。

「いまから出かけるんだけど」わたしは言った。「大事なことなの？」

「大事なことでなかったら、呼び止めたりする？」

ギャビーは五十代のほっそりした女性だが、五十代になったばかりなのか、もう六十代に近いのかは、彼女が町に越してきて以来、みんなの推測の的になっている。エイプリル・スプリングズの最新事情にくわしく、リサイクル衣料の店をやっているおかげで、あらゆる階層の人から情報を集めることができる。貴重な情報源ではあるが、これを利用したいとは思わない。ギャビーの友人と敵のあいだの境界線はごく細いもので、それを踏み越えるとまずいことになる。もっとも、過去に一度か二度、境界線を越えてしまったことはあるが。

拒絶の返事を受け入れるつもりは、ギャビーにはなさそうだった。

「紅茶でも飲みながら話しましょうよ」

グレースのほうを見ると、彼女は肩をすくめ、それからうなずいた。

「紅茶ね、すてき」グレースは以前、ギャビーのご機嫌を損じたことがあるので、それを埋めあわせるべく最大限の努力をしている。

ギャビーは微笑した。「よかった。もう支度ができてるから、お待たせせずにすむわ」

みんなでギャビーの店に入った。店内の整理整頓が行き届いていることに、今日も感銘を受けた。ここで売っているのが中古品ばかりであることを知らなければ、新品か中古品かを判断するのに、わたしは困りはてることだろう。一部の商品は町の人が持ちこんだものだが、よその怪しげな業者から仕入れたもののほうがはるかに多い。それ以上のことを知りたい気があるかどうか、自分でもよくわからない。このところ、中古品の店ばかり訪れているというのも不思議なものだ。みんなもう、新品は買わなくなってしまったの?

奥のほうに紅茶の用意ができていた。わたしたちが出かけるのを予期して、ギャビーが〈ドーナツ・ハート〉をずっと見張っていたのは間違いない。何を言うつもりにせよ、当人はそれが重要なことだと思っているらしい。

わたしたちが腰をおろすと、ギャビーが紅茶を注いでくれた。

「この銘柄は?」カップをとりながら、わたしは訊いた。すばらしい香り。

「特別に作らせてる専用のブレンドなの」ギャビーは自慢そうに言った。

「まあ、すごいわね」

「ありがとう。二人でレスター・ムアフィールド殺しを調べてるんでしょ」ギャビーはそう言いながら、わたしからグレースへ、そしてふたたびわたしに視線を移した。

二人とも黙りこんでいると、ギャビーはさらにつけくわえた。

「どちらかが答えてくれない？」

「いまのが質問だとは思わなかったので」わたしは言った。「調べてるわ。犯人逮捕をわたしが必死に願ってる理由は、あなたにも想像できるでしょ。うちのエクレアが死因だなんて非難されたくないの。それを作った人間が非難されるのは、なおさら迷惑だし」

「疑惑のおかげで、商売がすでに痛手をこうむってるんじゃない？」

わたしは紅茶から顔をあげた。「どうしてわかるの？」

ギャビーは笑った。「スザンヌ、店がとなりどうしなのよ。わたしが表を通る車に目を光らせていないなんて、あなた、一瞬でも思ったことがある？」

「ないでしょうね」わたしは答えた。グレースにちらっと目をやると、紅茶をゆっくり飲んでいるだけで、ひとこともしゃべろうとしない。それがもっとも賢明な態度だろう。でも、わたしは状況がどうであれ、賢明な態度で通したことが一度もない。

ギャビーがわたしの手を軽く叩いた。

「南部の小さな町で店を経営してる女どうしなのよ。相手のことに目を配るのが、おたがいのためでしょ」

「ありがとう」わたしは言った。心からの言葉だった。親友どうしではないにしても、ギャビーを味方につけておいて損はない。

「ところで、あなたたちの容疑者リストには、これまでのところ誰が入ってるの？」

この瞬間、グレースが口をはさんで、身の破滅を招くこととなった。

「情報を提供してくれると思ってた。集めるんじゃなくて」

ギャビーがグレースに向けた視線ときたら、石をも溶かしてしまいそうで、グレースは自分が言いすぎたことを悟った。

「両方を同時にやったって、べつにかまわないんじゃない？」

グレースはあわてて弁解した。「べつに深い意味はなかったのよ。あなたが何を知ってるのか、興味津々なだけなの」

ギャビーがその説明で怒りを静めたとしても、顔には出さなかった。催促の表情でこちらを見たので、わたしは、これまでに誰を容疑者リストに入れたのか、話しておいたほうがいいだろうと覚悟した。

「いまのところ、レイシー・ニューマン、キャム・ハミルトン、シェリー・ランス、ヴァーン・ヤンシーという名前の建設業者、ナンシー・パットン、そして、カーラ・ラシターよ」

リストの名前をわたしがひとつずつ挙げるたびに、ギャビーはうなずいた。

「知ってる人ばかりだわ。ナンシー・パットンを除いて」

「レスターの奥さんよ」わたしは言った。

「えっ？」ギャビーはあえぎ、紅茶にむせそうになった。「レスターが結婚してた？」

「あら、知らなかった？」ギャビーの知らないことを探りだしたのだから、得意な顔をしたかったが、必死に我慢した。

ギャビーは首をふった。「申しわけないけど、そろそろ帰ってもらえないかしら。わたし、偏頭痛の持病があって、急に猛烈な痛みが襲ってきたの」

いいえ、このまま逃がすわけにはいかない。

「そちらの情報ってなんだったの？　わたしのほうは、知ってることを全部話したわよ」

ギャビーはわたしたちを店のドアまで追い立て、外へ押しだすさいにこう言った。

「レイシーには十二年間も秘密にしてきたことがあって、レスターがそれを暴露する気でいたんですって。殺人の充分な動機になりうるでしょ。さてと、悪いけど、家に帰って横になることにするわ」

「頭痛が治まるといいわね」ギャビーにドアから押しだされながら、わたしは言った。

「いまのはなんだろ？」グレースと二人でジープのほうへ歩いていく途中、わたしは言った。

「レスターの奥さんの話が出たとたん、ギャビーったら、紅茶にむせかけたわね。ギャビーの知らないことをこっちが知ってたんだと思うと、痛快だったわ」

「それだけじゃないわ、グレース。奥さんの件でひどく動揺して、わたしたちを追い払うためのまともな口実を思いつく余裕もなかったみたい。動揺する理由があるはずだけど、いったい何なのかさっぱりわからない」わたしの心に、口にするのもはばかられるような途方もない考えが浮かんだ。あわてて打ち消したが、グレースがわたしの顔をじっと見ていたに違いない。

「どうしたの?」と訊いてきた。

「えっ?」

「何か思いついて、すぐさま打ち消したでしょ。何を考えてたのか教えてよ」

「荒唐無稽なことなの」

「じゃ、わたしたちにぴったりじゃない」

わたしはしばし躊躇してから言った。「レスターとギャビーが交際してた可能性はない?」

グレースは首をふった。「どうもありがと。そのイメージが頭にこびりついて離れなくなりそう。おっしゃるとおりね。荒唐無稽だわ」

「だから言ったのに」

グレースはさらに一歩進んで、それから言った。「でも、筋は通るわね。レスターが結婚してたことを知って、ギャビーは異常とも言える強い反応を示した」

「本当かどうか突き止めなきゃ。二人が交際してたのなら、ギャビーにもレスターの死を望む理由があったかもしれない」

「わたしだって、レスターとつきあってたら、そんな気になりそうだわ」グレースは言った。

「とりあえず、それは脇に置いときましょ。そうそう、レイシーにも話を聞きにいかなきゃ」わたしはそう言ったあと、グレースがジープのドアのところでためらっているのに気づいた。「どうかしたの?」

「好意を寄せてる老女をどうやって尋問すればいいのか、わたしにはわからない」グレースは正直に答えた。

「一緒にきてくれなくてもかまわないのよ。わたし一人でやれるから」

グレースは首をふり、ジープに乗りこんだ。

「いいえ、あなたがやるなら、わたしもつきあう。どんなふうに進めるか考えてある?」

「今回もやっぱり、単刀直入にアプローチするつもりよ」ジープをスタートさせながら、わたしは言った。

「型破りな調査員ね。自覚してる?」

「質問する相手が友達だと、その理由を隠すのはむずかしいでしょ。でも、希望を捨てないで。事件が解決するまでに、作り話でほかの誰かをだませるときもあるはずだから」

「せめて挑戦する機会でもないことには、わたし、落胆してしまうわ」

グレースはそう言ってニッと笑った。彼女が喜んでわたしに協力してくれる理由のひとつは、わたしたちが追い求める情報を手に入れるために考えだす奇抜な作り話にある。ときどき、グレースが遊び気分でやっているのではと心配になることもあるが、あれこれ考えあわせてみれば、わたしを守ろうとしてくれるいい友人だ。

ジープでレイシーの家まで行くと、彼女が庭仕事をしていた。こんなきれいな花を咲かせられることが、わたしには信じられない。母とわたしはコテージの裏にハチドリと蝶々の飛びかう庭を造ろうとがんばったが、ほとんど成功しなかった。質問を始めるきっかけとしては、ガーデニングの話題がぴったりかもしれない。レイシーの家の前の通りにジープを止めながら、わたしはグレースに言った。「わたしに調子を合わせてね」

「レイシーをひっかけるつもり？　スザンヌ、こっちが赤ちゃんのころから、レイシーはわたしたちのことを知ってるのよ」

「質問するだけよ。なんなら、ジープのなかで待っててくれてもいいのよ」

「一緒に行く」グレースはそう言ってジープをおりた。どんな事柄でも、どんな相手でも、ぜったい恐れない人間なのに、レイシーの感情を害することだけは何があっても避けたいようだ。理由を知りたいけど、このタイミングで探るのはまずい。レイシーに質問したいことがいくつもある。柔らかくスタートして、終わりはきびしく。

「すてきなお花ですね」近づいていきながら、わたしは言った。「グレースと一緒に通りかかり、思わず車を止めて見とれてしまいました」

グレースに気づいて、レイシーの目が優しくなった。「元気にしてた?」

「ええ、元気です」グレースが言った。

「秘密を教えてください」わたしは言った。「母とわたしもこういうお花を、小規模ながら咲かせたくてがんばってるのに、お花より雑草のほうが多くなってしまって」

レイシーは微笑した。「まあ、おおげさねえ」

「それならどんなにいいか」わたしは言った。

レイシーはうなずいた。「新しい場所に庭を造ろうと思ったら、まず草とりをして、それからスコップで土を掘りかえすの。そのあと、熊手できれいにならすのよ」

「それだけですか」レイシーの言葉をさえぎって、わたしは訊いた。

「まだスタートとも言えないわ。つぎに、新聞紙を四枚重ねて敷きつめ、〈ハーディのガーデンセンター〉で買ってきたピックアップ・トラック一杯分の表土をまき、七十キロ分の馬糞を混ぜこむの。ガーデニング好きにとって、馬糞はまさに黄金よ」

「すごい重労働なんですね」

「ええ、そうよ。でも、成果を見れば、それだけの労力を注ぎこむ価値はあるわ。とにかく、アーサーはいつもそう考えてましたよ」

アーサーというのは亡くなった夫のこと。噂を信じていいのなら、レイシーの秘密とはこの夫に関することらしい。「ご主人のこと、わたしはよく知らないんです」わたしは正直に言った。「どうして亡くなられたんです?」

「心臓が止まったの」レイシーはそっけなく答えた。

「人はみな、最後にはそうなりますよね」レイシーの耳にどう響くかを考えもせずに、わたしは言った。

グレースにたしなめられた。「スザンヌ、そんなこと言わなくてもいいでしょ」

わたしが返事をする前に、レイシーが首をふった。

「いいのよ、グレース。この人も悪気があって言ったんじゃないから。結局は誰にでも起きることじゃない?」

レイシーは話をするあいだも、手にした草刈り鎌をせっせと使って、邪魔な雑草を造作もなく掘り起こし、抜きとっていた。わたしはそれを見守りながら、見た目は華奢な人だけど、このたくましい手なら充分に人を絞め殺すことができる、相手の不意を襲えばなおさら簡単だ、と思っていた。

「すみません、無神経なことを言うつもりはなかったんです。レスター・ムアフィールドはつぎにあなたを攻撃する気だったようですね」

嫌悪の表情がレイシーの顔をよぎった。「ほんとに不愉快で卑劣な男だったわね。あの男がラジオであなたのドーナツを攻撃するのを、わたしも聞いたわ」

「認めたくないけど、レスターの言葉にも多少の真実は含まれていました」わたしは答えた。「わたしが耳にした噂だと、あなたへの攻撃はもっと辛辣になる予定だったそうですが」

ほんの一瞬、レイシーの微笑が薄れたが、すぐまたもとに戻ったので、こちらの目の錯覚かと思った。

「あの男はたしかに想像力がたくましかったわ。それはわたしも認めますよ」

「ドーナツがわたしの罪でした」わたしは明るい声を崩すまいとした。「あなたの罪は何になるはずだったのかしら」

グレースが何か言いかけたが、わたしはすばやくにらみつけて黙らせた。それを聞きだすのがいちばんの目的なんだもの。

レイシーは草刈り鎌をもう一度地面に突き立ててから言った。

「疲れたわ。悪いけど、もう家に入らなきゃ。お二人に会えてよかった」

彼女が姿を消したあとで、グレースが訊いた。

「どういうつもり？　人殺しと呼んだも同然じゃない」

わたしは親友に慎重な視線を向けた。「グレース、何を隠してるの？」

「なんのことだかわからないわ、スザンヌ」

何かがグレースを悩ませている。それは間違いない。

「あのねえ、わたしたち、生まれたときからの友達なのよ。何を秘密にしてるのか知らないけど、わたしを信用してくれていいのよ」

「あなたにはわからないわ」そう言ったとき、グレースの声が少し震えていた。

「とにかく言ってみて。あなたの味方なんだから。わかってるでしょ。何があっても味方よ」

グレースがいまにも泣きそうな顔になったので、わたしは本物の悪党になったような気がしたが、彼女がレイシーになぜ遠慮しているのかを、どうしても知りたかった。

一分近くたってから、わが友は言った。「小さいころ、両親は喧嘩ばかりしていて、わたしはどこへも行くところがなかった。あなたの家へ逃げるしかなかった。でも、あなたにはあなたの人生があったしね。ある晩、あなたが町を留守にしてたとき、うちの両親が大喧嘩を始めて、わたしはいたたまれなくなった。家を飛びだし、たまたま、レイシーの家の前を通りかかったの。レイシーがポーチに出ていて、わたしの涙に気づき、呼び止めてくれた。二人で何時間もいろんな話をして、寝る時間がくるころには、わたしも家に帰る気になっていた。でも、帰るときは一人じゃなかった。レイシーがうちまで一緒にきてくれたの。わたしをポーチで待たせておいて、なかに入り、両親に話をした。どんな話をしたのか知らないけど、以後、両親がわたしの前で喧嘩をすることはなくなった。わたしを守ってくれたレイシーには、返しきれないぐらい恩があるのよ」泣きながら話すグレースを、わたしはあわてて抱きしめた。

「どうして話してくれなかったの？」グレースが少し冷静になったところで、わたしは訊いた。

「両親のことが恥ずかしかったから。そして、わたし自身のことも」

「これからは、レイシーにもっと優しく接するようにするわ。でも、この件をうやむやにするわけにはいかない。わかってくれるでしょ？」

「ええ。ただ、あなたと一緒にここにくることはもうできないと思う。辛すぎるもの」

「よくわかるわ。今日はもうやめにする？　それとも、どこかほかの場所なら、わたしと一緒に行く元気がある？」

「場所によるわね」ジープに乗りこむさいに、グレースは言った。「どこへ行くつもりだったの？」

「ユニオン・スクエアまで出かけて、ナンシー・パットンともう一度話をしようと思ってたの。罪を告白させるか、裏づけのとれるアリバイを聞きだすかするまでは、帰らないつもりよ。どう？　一緒にくる？」

「ご心配なく。あの女をいじめるのは平気よ」グレースは笑みを浮かべて言った。

ジープを止め、ナンシー・パットンの店へ向かっていたとき、近くに見慣れた車があるのに気づいた。

「延期したほうがいいかもしれない」わたしは言った。

「どうして？」グレースが訊いた。「容疑者の一人に尋問しにきたのに、ここで怖気《おじけ》づいたわけじゃないでしょうね？」

わたしはジェイクの車を指さした。「彼が店のなかにいるとすると、わたしが怖気づくのも当然でしょ。〈ナポリ〉に飛びこんで、軽く食べることにしない？」

「この前ご馳走になったばかりじゃない。どこかよその店にしましょうよ」

「どうしてよそへ行こうとするんだい？」こちらに近づいてきたジェイクが訊いた。「〈ナポリ〉が大好きな人なのに」彼はナンシーの店のなかだろうと思いこんでいたので、まさか通りの向こうにいるとは考えもしなかった。どうやら、こちらの会話の一部を聞かれてしまったようだ。「二人そろって、なんの用でこの町に？」

「あなたを捜しにきたと言ったら信じてくれる？」わたしは訊いた。

クスッと低い笑いが洩れた。「まるっきり信じない。きみがここにきたのはミズ・パットンを締めあげるためだ。否定しようとしても無駄だよ。きみが必死の形相になるだけだ」

わたしは彼に笑顔を見せた。「ばれちゃったわね」両方の手首を差しだした。「二人とも刑務所行き？」

「誘惑しないでくれ」ジェイクのほうもニッと笑って答え、それからグレースのほうを向いた。「またしても、スザンヌの事件調査につきあわされてるようだな」

「否定できないようね」グレースは答えた。

「わたし、通りを散歩してきましょうか。そしたら、二人で内緒話ができるでしょ」

わたしが「ありがと」と言うと同時に、「必要ない」とジェイクが言った。

グレースはわたしたち二人を見てから言った。

「ほらほら。あなたたちって、こんなことすら意見が合わないんだから」

二人ともひとことも言えないでいるうちに、グレースは歩き去った。

「どういうこと？」わたしはジェイクに訊いた。「わたしを避けてるんじゃないでしょうね」

「避けてるとしたら、それはきみを守るためだ」

思いもよらない返事だった。「何から？」

「主として、陰口を叩く連中から。だが、突き詰めて言うなら、きみ自身から」

「わたしのことはご心配なく。自分の面倒ぐらい自分でみられます」

「わかった。じゃ、ぼくのために事件から離れててくれ」

「あなたが捜査したほうがずっとうまくいくものね」わたしは認めた。

「捜査対象となっている連中にぼくたちの関係を知られずにいるほうが、ぼくの仕事は楽になる、とだけ言っておこう」

わたしはジェイクに向かって眉をひそめた。

「はっきり言わせてもらうと、気に入らないわ。わたしと一緒のところを見られるのが恥ずかしいの？　そんなことないわよね？」

「何バカなこと言ってるんだ？　大歓迎さ。ただ、ときに、ややこしくなりすぎる」

「じゃ、今夜〈ナポリ〉へ食事に行くのは無理ね」

　ジェイクは肩をすくめた。「すまない。捜査のことがあるから、あの店じゃ人目につきすぎる」

「あなたに会いたいの」わたしは必要以上に力をこめて言った。「こうしない？　うちにきてくれたら、母とわたしの手料理をご馳走するわ。車は警察署の駐車場に置いて、草地を歩いてうちまでくればいい。あなたがうちにいることは誰にも知られずにすむ」

「そこまで人目を避ける必要はないよ」

「危険は冒さないほうがいいわ。六時でどう？」

「バッチリだ。ほんとに迷惑でないのなら」

わたしは笑った。「うちの母のことはご存じでしょ。あなたがきてくれれば、きっと大喜びだし、わたしの気持ちのほうは、わざわざあなたに言うまでもないわね」委託販売店を指さした。「あちらとはもう話をした？」

ジェイクはうなずき、眉間にしわを刻んだ。

「気の強い女だな。正直に白状すると、あまりうまくいかなかった」

「グレースとわたしなら、もっとうまくやれるかも」

「できなくはないだろうな」

「信任投票をありがとう」わたしはかすかな笑みとともに言った。

「スザンヌ、信頼がきみに備わった資質のひとつだってことは、おたがい、よくわかってるじゃないか」

「ほかには？」

「ここに立って、一日じゅう、きみの美点を数えあげてもいいが、ぼくにも仕事がある。今夜会おう」

「わかった、今夜ね」

13

グレース抜きでナンシーの尋問をするのは予定になかったことだが、ほかの客が一人もいないチャンスを無駄にしたくなかった。今日こそ、ナンシーにきびしく質問しなくては。

「話があるんだけど」店に入り、彼女に近づいて、わたしは言った。

「話ならあの男とすでにすませたわ」ナンシーは答えた。「あの男でさえ三振したのに、あなたったら、わたしから話をひきだせると本気で思ってるの？」窓からジェイクの姿が見え、ナンシーは彼が車に乗りこんでこちらの視界から消え去るまで、その姿にじっと目を向けていた。「あなたたち二人が外で話してるのを見たわよ。彼、あなたになんの用だったの？」

「あの男から迷惑をこうむってるのは、あなた一人じゃないのよ。あの男をわたしたちの前から追い払うために、あなたに手を貸してもらえないかと思ったの」

「どうやって追い払う気？」

少なくとも、ナンシーの関心を惹くことができた。どうやら、ジェイクに質問されたことで、顔には出さないものの、内心ひどく動揺しているようだ。

「わたしの知りたいことを教えてくれれば、あの男の注意を誰かほかの人のほうへそらしてあげる」

「わたしのためにどうしてそこまでするのよ？」この女ときたら、誰一人信用しようとしない。

わたしは肩をすくめた。「あなたの力になれば、わたし自身の得にもなるから。尋ねたいことはひとつだけなの。レスターが殺された夜のアリバイ、あなたにはあるのかしら」

「ある人物と一緒だったわ」

「州警察の警部にもそう言ったの？」

ナンシーは一瞬、下唇を噛んだ。「ややこしい事情があってね、その人、結婚してて、奥さんがすごく嫉妬深いタイプなの」

もと夫のマックスに浮気された過去があるため、わたしは不倫をする人間がどうしても好きになれないが、いまはこの女性を味方につけておくしかない。

「相手の人に電話して、わたしになら本当のことを話しても大丈夫だと言ってちょうだい。そしたら、あなたの犯行ではありえないことを、わたしから警察に話して納得させるから」

〝無実〟という言葉を使いそうになったが、それはおおげさすぎる。

「ちょっと待って」ナンシーが言って席をはずした。電話をかけるために奥の部屋へ行く彼女を見ながら、その謎の男とは誰だろうと思わずにいられなかった。ナンシーのためにアリバイ証言をするだろうか。それとも、窮地に陥った彼女を見捨てて、つぎの獲物に狙いを移すのだろうか。浮気をした男はやがて相手を裏切り、べつの女と浮気をする——母がいつもそう言っていた。マックスを指して言ったのでないことはたしかだ。だって、わたしとつきあいはじめたとき、彼は独身だったのだから。でも、愛に目がくらんでいたわたしには見えなかった何かを、母がマックスに感じとっていたのではないかと思わずにはいられない。あんな目にあった女はわたしが最初ではないし、おそらく、最後でもないだろう。

そんなことを考えていたとき、ナンシーが戻ってきた。

「あいにくだけど、お役に立てないわ。彼、いま、町を留守にしてるの」

都合のいいことね——わたしは思ったが、口には出さなかった。三秒後、口を閉じておいた自分自身に感謝した。ナンシーがこうつけくわえたからだ。

「明日、ドーナツショップに寄るそうよ。わたしのアリバイを証言してくれるって」

「わたし、いま時間が空いてるの」中途半端にしておくのがいやで、わたしは言った。「その人のいるところへ、こっちから会いにいくわ」

「シカゴまで？」ナンシーが言った。「出張で出かけてて、戻ってくるのは今夜遅くなの。それまで待って。いやなら、この話はなかったことにするわ」

「わかった」わたしは言った。「どんな人を待てばいいのかしら」

「ご心配なく。彼のほうから声をかけるから」

外で観光バスが止まったらしく、買物客の群れがどっと入ってきて、店内を物色しはじめた。ふとナンシーの顔を見ると、わたし自身にも覚えのある表情が浮かんでいた。商売をしていると、ときどきこういうことがある。客がこなくて、暇で、それが永遠に続くかと思っていると、突然、てんてこまいの忙しさになる。

入ってきた客すべてに同時に目を光らせようとするナンシーをあとに残して店を出ると、外でグレースがアイスクリームを食べていた。

「おいしそうね」

「あっちでいろいろ売ってるわよ」グレースは近くの店を指さした。「あなたがどこに消えちゃったのかと思ってたら、なかにいるのが見えたの。ナンシーと熱心に話しこんでる様子だったから、邪魔しないことにしたのよ。何かわかった？」

「ナンシーにはアリバイがあったわ」

「じゃ、リストから消していいのね」

「そう単純じゃないのよ」わたしは説明した。「相手の男に奥さんがいるため、ナンシーは男の名前を明かそうとしないの」

「じゃ、リストに残るわけか」

「いまのところはね。明日、その男が〈ドーナッツ・ハート〉に寄って彼女のアリバイを証言するそうよ」

「ジェイクがきっと大喜びね」グレースはあたりを見まわし、彼の車がないことに気づいた。「どうしたのよ？　あなた、まさか、追い払ったんじゃないでしょうね」

「ううん、忙しいから帰らなきゃいけなかったの。でも、今夜、食事の約束よ」

グレースの目が輝いた。「どこへ連れてってもらうの？　きっと、すてきなレストランね」

「母とわたしの手料理」わたしは正直に答えた。「それで思いだしたけど、家に電話して、母に警告しておかなきゃ」

「エイプリル・スプリングズに戻る途中ですればいいでしょ」

「すぐすむから」自宅の番号をダイヤルすると、母が出た。「もしもし、わたしだけど」

「あら、どうしたの？」

「夕食は何？」

「フリーザーを漁《あさ》って〝残りものの夜〟にしようかと思ってたの。どうして？」

わたしは噴きだしたいのを我慢して答えた。

「すてきだわ。ジェイクを食事に招待したの。きっと、わたしたちと一緒にフリーザーのなかを大喜びで漁るでしょうね」

たちまち、母の声がシャキッとした。「バカ言わないで。ええと、ローストビーフを用意する時間はあるかしら。ジェイクは何時にくるの？」

「六時」

「あら、時間が足りない。でも、心配しないで。何か豪華なメニューを考えるから」

「ママ、気を悪くしないでほしいんだけど、ジェイクのお目当ては料理だけじゃないと思うの。少なくとも、わたしの希望としてはね」

「スザンヌ、メニューはママにまかせて。あなたが帰ってくるのは何時ごろ？」

「いまユニオン・スクエアだから、しばらくかかりそう」

「まあ、よかった」

「わたしが町の外に出てるのが、ママ、そんなにうれしいの？」実の母親がそんなことを言うなんて、ずいぶん変わってる。

「ううん、ユニオン・スクエアにいると聞いてうれしくなったの。帰る前に〈オルソン〉に寄って、ちょっと買物してきてちょうだい」

「グレースも一緒なんだけど、ママ」買物ツアーに出かけずにすむなら、そうしたい。

「グレースにも手伝ってもらえばいいわ。ペンと紙、そばにある？」

グレースのほうへ書くまねをしてみせると、グレースはバッグに手を突っこんで紙と鉛筆をとりだした。わたしは財布か小さなバッグしか持ち歩かない主義だが、グレースは世界の終わりを除くすべてのことに備えておくのを好んでいる。

「どうぞ」わたしは母に言い、母の言葉に遅れないよう必死にメモをとった。終わったあとで、皮肉たっぷりに訊いた。「たったこれだけ？」

「いいえ。でも、残りの材料は家にあるから。よかったら、グレースにもきてもらって。おおぜいのほうが楽しいわ」

「ついでに、グレースの親しいお友達を十二人加えてもらう？　大量に作らなきゃね」

「くだらない。ジェイクが家庭料理を味わう機会はめったにないのよ」

電話を切ったあとで、わたしは言った。

「いまのやりとりから、買物に行くことはあなたにもわかったでしょ」

グレースはニッと楽しげに笑っていた。

「お母さんったら、ノーと言うチャンスを与えてくれなかったわね。心配しなくていいのよ、スザンヌ。わたしもついでに自分の買物をするから」

わたしの事件調査は、とりあえずいまのところ、終了したようだ。


シャワーから出て髪をタオルで拭いていたとき、携帯が鳴りだした。ジェイクからキャンセルの電話なら、彼の皮を生きたままはいでやる。母が大張り切りでチキンローフとミートローフをこしらえ、付けあわせとして、ガーリック味のマッシュポテト、ホウレンソウのクリーム煮、ニンジンのグラッセ、それから、サツマイモのキャセロールまで作ったんだから。わたしも手伝おうとしたが、母の邪魔ばかりしたため、ついには、追い払われて二階へ行き、シャワーを浴びて髪にしみついたドーナツの匂いを洗い流すことになった。百パーセント成功したことは一度もない。永遠にしみついているような気がするほどだ。でも、マンゴーかストロベリーの香りのシャンプーでごまかすべく最善を尽くすことはできる。ジェイクは揚げたドーナツの匂いが大好きだと言ってくれるけど、わたしの気を楽にしようとしているに過ぎないことは、こちらもわかっている。

携帯を手にして画面を見ると、ジェイクではなかった。

「いつ電話をくれるのかと思ってたのよ」もしもしと言ったあとで、わたしはジョージに言った。「レスターの人生を探ってみて何か成果はあった？」

「こうしてしゃべってるあいだも、あるものを追ってるところなんだ」ジョージは謎めいたことを言った。

「何か具体的なもの？」

「もちろん」

「教えてくれない？」ジョージったら、どうして急に謎めいた態度になったの？

「それはできないな。わたしが間違ってたら、ある人物の評判をめちゃめちゃにすることになりかねない。無実かもしれない人物に対して、そんなことはできない」

「誰にも言わないから。わたしが信用できる人間だってことは知ってるでしょ」

ジョージが何か言いかけたのをわたしは肌で感じたが、そこで、彼は急に黙りこんだ。

「ほらほら、言いたいくせに」ジョージをその気にさせようとして、わたしはつけくわえた。

「たぶん、明日」ジョージは言った。「明日がだめでも、あさってにはかならず」

「まさか、危険なことなんかしてないわよね？」

「ときに危険なこともしなくては、生きてる甲斐がないだろ」電話の向こうからジョージの微笑が伝わってくるような気がした。

「ジョージ、お願いだから気をつけて。わたしの手伝いをしたばかりに、あなたの身に何かあったら、わたし、けっして自分が許せない。真剣に言ってるのよ」

そこで彼もまじめな口調になった。「スザンヌ、状況を考えて、できるだけ気をつけることにする。レスター殺しを解決するのに必要な突破口になるかもしれん」

わたしが何か言いかけると、急にジョージがさえぎった。「もう切らないと。戻ってきた」

「誰が戻ってきたの？　ジョージ？　聞いてる？」

わたしは切れた電話に向かって話していた。

ジョージったらどうして危険なことばかりしたがるの？　警官時代をなつかしみ、日々、自分の人生を危険にさらしている。わたしの手伝いをするのは、アドレナリンの分泌を高めるための手段に過ぎないの？　わたしがそれを助長してるの？　ジョージが無事なことを知るまで、その身を案じる気持ちは消えそうもない。

ふたたび携帯が鳴ったので、発信者番号を見もせずに電話をつかんだ。

「ジョージ？　大丈夫？」

「ぼくだよ」ジェイクが言った。「ジョージがどうかしたのかい？」

「いえ、べつに」すぐにはうまい返事が思いつけなかった。

「スザンヌ」

「わたしのために何かしてくれてるみたいで、だから、ジョージの無事をたしかめたかったの」

ジェイクが深く息を吸い、それからゆっくり吐きだすのが聞こえた。

「ジョージが何をしてるのか、ぼくも知っておいたほうがいいのかな？」

「さあ、どうかしら」わたしはできるだけ正直に答えた。「わたし自身も知らないんだから、強引に聞きだそうとしても無駄よ」

「オーケイ、いまの言葉は忘れてくれ。悪い知らせがある」

「まさか、約束をキャンセルする気じゃないでしょうね？　母が大変な手間をかけて食事を用意したのよ」

「いや、そうじゃない。ちょっと遅くなりそうなんだ」

じゃ、生皮をはぐのはやめておこう。「どれぐらいの遅刻？」

「三十分かな」

「十分ね？　それぐらいなら平気よ」

「はいはい。短縮すべく最善を尽くします」

「そのほうがいいわ。今夜の食事を逃したくないでしょ」

「かならず行く。ぼく抜きで始めたりしないでくれよ」

わたしは笑った。「努力するけど、何も約束できないわ」

「じゃ、もう行かないと」ジェイクはそう言って電話を切った。

わたしは着替えをしながら、遅刻の原因はなんだろうと考えずにいられなかった。事件に関係のある何か？　それとも、何かべつのこと？　訊きたくてたまらなかったが、ジェイクの答えを聞くのが怖くもあった。

六時きっかりにおりていくと、母が階段の下でわたしを待っていた。

「ずいぶんのんびりしてたのね、スザンヌ。そろそろジェイクがくるころよ」

「じつはね、遅くなるんだって。電話があったんだけど、ママに言うのを忘れてた。ごめん」

「どれぐらい遅くなるのかしら」

「最初、三十分ってジェイクが言ったけど、わたしが十分に短縮させた」

「どうして遅れるのか言ってた？」

「何も言ってくれないし、こちらからも訊かなかった」ダイニングルームに入りながら、わたしは言った。今夜はフォーマルに食事をする予定で、メニューも、テーブルセッティングも、母は思いきり張り切っていた。わたしは身をかがめて、母の頭のてっぺんにキスをした。

「こんなにすてきにしてくれてありがとう」

「ママの楽しみなの。あなたも知ってるでしょ」

「もちろん。でも、やっぱり、ママにお礼を言いたい」

「どういたしまして。ママの分だけお皿に盛って、部屋に持っていきましょうか。あなたたちを二人だけにしてあげたいから」

母がベッドの端に危なっかしくすわって、皿の中身を床にこぼさずにチキンを切ろうとしている姿を想像し、わたしは思わず噴きだした。

「ママがそんなことするのなら、わたしも自分の部屋で食べるわ。ジェイクの分はドギーバッグに入れてあげればいいけど、彼がどこで食べるのか、わたしは知らないわよ」

「いい提案だと思ったのに」

九分後、ドアのチャイムが鳴った。

玄関ドアを勢いよくあけると、ジェイクがブーケを持って立っていた。

「わたしに？　きれい」

「そうだよ」ジェイクはうなずいたが、わたしに差しだそうとはしなかった。

「きみだけのためじゃないんだ」

「よその女の分も含まれてるなんて、喜んでいいものかどうか」

「鋭い指摘だ。つぎのときは、ふたつ持ってこよう」ジェイクは答えた。

「ぜひそうすべきよ。ふたつももらったら、母が大喜びだわ」

キッチンから母が大声で呼んだ。「スザンヌ、早く入ってもらったら？」

「ママがこっちにきて」

母が首を突きだした。「どうして？　グレービーに最後の仕上げをしてるところなんだけど」

「ママにお花を持ってきてくれたのよ」

「じゃ、グレービーはあとまわし」返事をしながら、母が出てきた。

ジェイクが母にブーケを渡し、それから言った。

「ご招待ありがとうございます、ドロシー」

「よくできました。今日は口ごもらずに言えたわね。いつだって大歓迎よ」母はわたしに花をよこして言った。「スザンヌ、お水につけておいて」

「了解」わたしは母からブーケを受けとった。ジェイクはほんとに気の利く人。母の前で大いに点数を稼いだのは間違いない。わたしの前でも多少の点数稼ぎを忘れずにいてくれるよう願うのみ。

「おいしそうな匂いだ」ジェイクが言った。

「うんと食べましょう。ねっ？」母が答えた。

みんなでダイニングルームに入って席についた。ご馳走がすでに並んでいて、母が言った。

「そのままますわってて。ママ、すぐに戻ってくるから」

母がいなくなったとたん、ジェイクが豪華な料理の数々に目をやった。

「ほかに誰がくるんだい？　軍隊にふるまってもいいぐらいの量だね」

「ご心配なく。食べきれなかった分は冷凍するから。母の手料理でいちばんおいしいもののひとつが〝残りもの〟なの」

「想像がつく」

まだ時間があったので、こちらから訊いてみた。「ところで、どうして遅くなったの？」

ジェイクは腕時計を見た。「おいおい、十分という約束のところを九分で着いたんだぞ。それ以上早くは無理だよ」

「事件に何か進展があったの？」

「その話はできない。きみも質問は遠慮してくれ」

ジェイクの声はそっけなく、言葉には感情がこもっていなかった。おたがいに尊重するはずだった一線を、わたしが踏み越えてしまったのだ。

「ごめん」急いで謝った。「図々しかったわね。忘れてくれる？」

ジェイクは考えこむ様子だったが、やがて言った。「きみの分の花を持ってこなかったことを許してくれるなら、あいこにしよう」

わたしは片手を差しだした。「契約締結」

ジェイクが立ちあがり、身をかがめて、わたしにキスをした。「こうやって唇で締結するのが好きだな」

「誰かと契約するたびにこの方法を使うのは、できればやめてよね」わたしは言った。顔をあげたとき、母がドアのところに立っているのに気づいた。母の顔に浮かんでるのは微笑？いまの場面をどのあたりから見られてたのかしら。

「みんな、食べる準備はできた？」母が訊いた。

「充分すぎるほどできてます」ジェイクが答えた。

母のすばらしい手料理を楽しみながら、わたしは魅力たっぷりにふるまおうと心がけ、生まれついての社交の名手である母に近づくことすらできた。さっき、わたしにはなんの権利もないのにジェイクから強引に情報をひきだそうとしたので、償いのためにできるだけ愛想よくふるまう必要があり、そうしようと心に決めていた。

食事がすむと、母が言った。「気持ちのいい夜よ。二人で公園を散歩してきたら？　帰ってきたら、パイを出してあげる」

「なんのパイですか」ジェイクが訊いた。

わたしは笑って、彼を優しく小突いた。「まだ入るの？　ディナーの食べっぷりもすごかったのに」

「スザンヌ」母が言った。母親っぽい声に戻っていた。

「いいんですよ」ジェイクが言った。「スザンヌの言うとおりだ。でも、前にパイをご馳走になったことがあるからな。覚えてます？　公園を一周してくれば、ひと切れぐらい入るでしょう」わたしのほうを向いて訊いた。「どう？　散歩に賛成？」

「あなたが行くのなら、つきあうわ。でも、先に行っててくれる？　皿洗いを手伝いたいから」

しかし、母は聞く耳を持たなかった。「バカね。行ってらっしゃい。二人で」

母と議論しても無駄なだけ。わたしにはよくわかっている。

「行きましょ、ジェイク。ママに抵抗しても勝てないから。ほんとよ。わたしには長年の経験があるの」

「じゃ、しばらくしたら帰ってきます」ジェイクは言った。「スザンヌ、花を贈るほかに、お母さんにもっとお礼をしなくては。ほんとにすてきなお母さんだ」

「わたしに何が言えて？　この母にしてこの娘あり」

「こっちは真剣なんだぞ。いつも親切にしてくれるお母さんへのお礼に、何をすればいい？」

「その娘を大切にすることね」真剣そのものの顔でわたしは言った。

「それならすでにやってる。そうだろ？」

わたしは彼にキスをしてから、笑みを浮かべて身をひいた。

「オーケイ、それは認める。何がいいか考えてから、あらためて連絡するわね」

「真剣に言ってるんだぞ」

「わたしも。さてと、パイが入るよう、散歩をしましょうか」

公園のなかを歩き、わたしのお気に入りの隠れ場所や、考えごとをする場所や、〝愛国者の木〟のそばを通りすぎながら、わたしの手を握ったジェイクの手の感触の心地よさにうっとりした。外でのディナーをやめて、家で食べることにしてよかった。好きな人と家で過ごす時間こそ、結婚生活を捨てたあとでいちばん恋しく思っていたことだ。あのマックスでさえ、誰かに守られたい、ささやかな幸せに浸りたい、満ち足りた日々を送りたいというわたしの願いを、ある程度まで叶えてくれた。わたしが甘えすぎなのかもしれないけど、ジェイクは喜んで応えてくれる。わたしも同じだけのものを返せるよう、精一杯努力しなくては。

14

家が近くなると、母がポーチに立ってわたしたちを待っているのが見えてきた。

「お帰り」そばまで行ったわたしたちに母が言った。「ジェイクに緊急連絡が入ってるみたい」

ジェイクは眉をひそめ、ポケットに手を入れた。「なんでぼくの携帯にかけてこな……あれっ、携帯はどこだ？」

母がかざしてみせた。「きっと、食事の席についたとき、ポケットから落ちたのね」

ジェイクは母から電話を受けとった。「すみません。用件を確認したほうがよさそうだ」

そう言ってポーチの階段をおりていった。彼が離れたあとで、母が言った。「ごめんね、スザンヌ。せっかくのデートを邪魔したくなかったんだけど」

「散歩に出てただけよ。たいしたことじゃないわ」

「手をつないで公園を歩くのは、誰に言わせても、たいしたことよ。あなたのパパとママもそうだったわ」

「いまでもパパが恋しくてたまらないのね？」母が父に対して抱いていた愛の深さを、わたしもようやく実感するようになってきた。それゆえ、人生を続けていくのが母にとってなおさら辛いことだというのは、わたしにも理解できるが、そこまで深く誰かを愛することのできる人間、恋をするために生まれてきたような人間ならば、愛に背を向けるべきではないと思う。人生で愛を見つけることができるなら、とにかく、そのために努力してもいいではないか。

「とっても恋しいわ。それは事実よ。ひどく落ちこむ日もあるわ」

「じゃ、もう一度恋をしてみたいと思わない？」

母は涙に濡れた目でわたしを見た。「どうすればあんな熱い恋に出会えるというの？　世間では、一度もそんな体験をしていない人がほとんどなのよ」

「恋に落ちる回数に制限はないわ。たとえあるとしても、恋と完全に縁を切ってしまう前に、そこのところをたしかめておきたいと思わない？」

母が返事をしようとしたとき、ジェイクが大あわてでポーチにやってきた。その表情を見ただけで、いい知らせではないことがわかった。

「どうしたの？」わたしは訊いた。「出かけなきゃいけないの？」

「そう。一緒にきてもらいたい」

不意に、心臓が足もとまで落下したような気がした。

「ジェイク、脅かさないで。グレースに何かあったの？」

「グレースではない。ジョージだ。事故にあったらしい」

「無事なの？」わたしの頭のなかで、ジョージから最後に聞いた言葉が何度も再生されていた。わたしが彼を調査に送りだし、そのせいで、とんでもない災いが降りかかったに違いない。

「無事ではなさそうだ」ジェイクは言った。「病院に運ばれた。わかっているのはそれだけだ。意識を失う前に、きみの名前を二回呼び、話をしなくてはと言ったらしい。ジャケットをとってきてくれ。出かけよう」

わたしは母に行ってきますのキスをしてから、ジェイクと一緒に彼の車まで行った。郡立病院へ向かうあいだ、どちらもひとこともしゃべらなかった。ジョージから聞いたことをジェイクに話すべきだとわかってはいたが、どうしてもできなかった。病院の駐車場に入ってからようやく、話すしかないと覚悟した。

「ジェイク、ジョージはわたしのために、レスター・ムアフィールド殺しに関係のあることを調べてくれてたの。ジョージが病院に運ばれたのはわたしのせいなのよ」わたしはレンガ造りの病院を見あげて身を震わせた。あそこに運ばれたわたしの知りあいに、助かった人はほとんどいない。ジョージがそのリストに加えられないよう、ひたすら祈るしかない。

「何を調べてたんだ？」ジェイクが訊いた。

「知らない」涙をこらえて、わたしは言った。「あなたがくる前にジョージから電話があって、事件解決の突破口になるかもしれない新たな事柄を見つけたって言ってきたの。でも、くわしいことを聞こうとしても、危険だってこと以外、何も教えてくれなかった」

叱責が飛んでくるのを覚悟したが、ジェイクが黙りこんだままだったので、ホッとした。

病院に入るときにようやく、ジェイクがわたしの手をとって言った。

「この件についてはあとで話しあうことにして、いまはとにかくジョージのことだけ考えよう」

受付まで行き、ジェイクが言った。「ジョージ・モリスに面会にきたんですが」

受付の女性がパソコンをチェックして、それから言った。

「申しわけありませんが、面会は無理です」

ジェイクが警察のバッジを見せた。「重要な件なんだ」

女性は生真面目な顔でうなずき、それから言った。

「それはわかりますが、刑事さん、まだ手術中なので」

「何があったの？」わたしは思わず尋ねた。

「何か事故にあったようです」

「どんな事故かわかるかな？」ジェイクが訊いた。

「何も聞いておりません。よかったら、あちらでお待ちください。何かわかりしだい、お伝えします」

ジェイクとわたしは窓辺のベンチシートにすわった。静けさに満ちた庭が見渡せるようになっている。何年ものあいだに、大切な人を亡くしたばかりの人々がいったい何人ぐらい、ここで慰めを見いだしてきたことだろう。

ジェイクは二分近く無言ですわっていたが、やがて、さっと立ちあがった。

「何があったのか、知ってる者がどこかにいるはずだ」

わたしも立とうとしたが、ジェイクの手に押し戻された。

「きみはここにいてくれ。誰かが出てきて、どんな様子か知らせてくれるかもしれないから。きみが残っていれば、知らせを逃さずにすむ」

「何もできずにじっとすわってるだけなんていや」

「スザンヌ、ぼくたちにできることは何もないんだ。何かわかったら、すぐ戻ってきてきみに話すから。その前にきみのほうに知らせが入ったら、電話してくれ」

「わかった」

そのまますわっていたら、五分ほどたったころ、聞き覚えのある声がした。

「スザンヌ、お母さんの具合でも悪いの？」

顔をあげると、救急救命室の看護師でドーナツの大好きなペニー・パーソンズが目の前に立っていた。わたしも立ちあがった。

「ううん、ここにきたのはジョージ・モリスのためなの」

ペニーはうなずいた。「事故にあったそうね」

「いったいどんな事故？」

「通りを渡ろうとしたとき、轢《ひ》き逃げにあったんですって。轢いた車は現場で止まりもしなかったそうよ。間違い通報を受けてその区域に救急車が出動したばかりでなかったら、おそらく助からなかったわ」

「そんなにひどいの？」

ペニーは眉を寄せて、どう答えるべきかと考えこんだ。

「わたしの聞いた話だと、よくないみたい。さっき確認したときは、まだ手術中だったわ」

「もう一度訊いてみてくれる？」

ペニーはうなずいた。「あなたたち二人、親しいものね。ちょっと待ってて」

受付の女性のところへ行って短く言葉を交わし、それから、パソコンのキーをいくつか叩いた。画面に何が出ているか知らないが、それを見るペニーの表情にはなんの変化もなくて、わたしはその瞬間、彼女とポーカーをするのはぜったいやめようと決心した。彼女が戻ってきたときも、いい知らせなのか、悪い知らせなのか、まったくわからなかった。

「目下、予断を許さない状況ね」前置きなしに、ペニーは言った。「今後四十八時間が峠だわ。とりあえず、手術室からは出たようよ」

「スザンヌ、いまの彼には、あなたとベッツィ・ロス（星条旗の生みの親と言われる女性）の区別もつかないと思う。危険な容態なの。あなたの携帯番号を教えて。そしたら、こまめに最新情報を送るから。ここでじっと待つ必要はないのよ。わたしの推測が間違ってなきゃ、あなた、あと何時間かしたら起きなきゃだめでしょ」

「店は休みにするわ」わたしは言った。休みにしたことはこれまで一度もなかったが、ジョージが病院で生きるために闘っているときに、商売なんてできるわけがない。

「それはかまわないけど」ペニーは言った。「忙しくしてたほうがいいかもしれないわよ。ジョージのために何かしたいのなら、ナースステーションにドーナツをどっさり届けてちょうだい」

ペニーは冗談だと言いたげに微笑していたが、わたしのほうは、それも悪くない考えだと思った。病院のスタッフがプロフェッショナルぞろいで、すべての患者の治療に最善を尽くしてくれていることは、わたしも知っているが、ドーナツ一個、もしくは二個、もしくは十ダースでジョージの命の助かる見込みが少しでも大きくなるなら、ぜひそうしよう。

「オーケイ、届けるわ」

わたしがまじめに応じたことに、ペニーは驚いた顔をした。

「やだ、ほんの冗談よ。気分を明るくしようとして。わかるでしょ？」

「わかるけど、あなたの言うとおりだわ。忙しくしてなきゃね。ここにすわってたらおかしくなりそうだから、ドーナツ作りに励むことにする」

わたしがペニーと話しているのを目にして、ジェイクが飛んできた。

「ジョージに何か変わったことでも？」

「スザンヌから聞いてちょうだい」ペニーはそう言って、近くのドアの奥へ姿を消した。

「ぼくのほうは収穫なしだ。何か知ってるなら教えてくれ」

わたしはこれまでの経過をジェイクに伝え、話を終えたあとで、彼の顔にかすかな安堵が浮かぶのを見た。

「いまの話のなかに、何か安心できる点があったの？」

「この事故は、殺人事件の調査とは無関係のようだ」

「どうしてそう断言できるの？　ジョージが何か見つけて、それが有罪の証拠になることを犯人が知ったとしたら？」

「そういうのは映画のなかの出来事で、現実の人生ではありえない」

ジェイクがそんなことを言うなんて信じられない。

「まじめに言ってるんじゃないわよね？」

「単なる事故の可能性が大きいとしても、きみだって気をつけなきゃ。車で送ろうか。それとも、このまま待ってる？」

「家に帰らないと。何か変化があれば、ペニーが知らせてくれることになってるし。ドーナツを作るために、明日の朝も早起きよ」

ジェイクはホッとしたようにうなずいた。「働く気になってくれてよかった。ここでじっとすわってても、誰のためにもならないからね」

わたしたちはほぼ無言のまま、車でわたしの家に戻り、別れぎわにジェイクが軽くキスしてくれた。

ジェイクにどう言われても、ジョージの身に起きたことは単純な事故ではありえないと、わたしは信じている。もちろん、これからも毎日ドーナツを作るつもりだし、できるだけ多くのドーナツを病院に届けようと思っているが、だからといって、事件を調べるのをやめようとは思わない。

家に帰ると、母が起きて待っていた。「ジョージはどんな様子?」母もジョージとは長いつきあいだ。小さな町に住む利点のひとつであり、不便な点でもある。

「ついさっき、手術室から出たそうよ。病院はそれだけしか教えてくれなかった。轢き逃げにあったんだって。でも、それ以上はわからないの。明日もドーナツ作りが待ってるから、少しでも寝ておくことにするわ」

それを聞いて、母は驚いた顔になった。「どうして病院に残らなかったの?」

自分の行動を母の前で正当化するのがいやで、〝ほっといてよ〟とわめきそうになったが、そのとき、母の心配そうな表情に気がついた。

「看護師の友達が最新情報を知らせてくれることになってて、その友達から、ジョージが最高の看護を受けられるように願うなら、ドーナツで看護師たちを丸めこむのも悪い考えじゃないって言われたの。向こうは冗談のつもりだったんだけど、少しでもジョージのためになるなら、わたし、そうするつもりよ」

「なんてすばらしい思いつきかしら。よかったら、一回目のドーナツはママが届けるわ」

母のこういうところがわたしは大好き。ときどき――たいていは、こちらが予想してもいないときに――力になろうとしてくれる。「ありがと。でも、自分で届けたいの」

母はわかってくれた。「ママの手が必要だったら、いつでも電話一本で飛んでいきますからね」

「わかってる」わたしはそう言って母の頭のてっぺんにキスをした。「さてと、少しでも眠らなきゃ」

時計を見ると、十時を過ぎたところだった。運がよければ、いまから三時間の睡眠がとれる。過去にはそれ以下の睡眠時間でがんばったこともある。ただし、好きでそうしたわけではない。二十代のころは短い睡眠でも楽にやっていけたが、そんな日々は過ぎ去った。明日は昼寝をしなきゃ。でも、それは店の営業を終えてから。

あっというまに目覚ましに叩き起こされ、まともに身体を動かせるようにするには冷たいシャワーを浴び、コーヒーを大量に飲むしかないと悟った。コーヒーのほうはそうむずかしくないだろう。わたしは以前、ドーナツショップでコーヒーを淹れる仕事をエマに一任し、エマはそのチャンスに大喜びで飛びついた。彼女のブレンドしたコーヒーには、桟橋からフジツボをはがすこともできるほど強烈なカフェインが含まれているが、エマも今日だけは、わたしから文句を言われずにすむだろう。

ドーナツショップに着くのがいつもより十分遅くなった。エマはあと二十分しないと出てこないのに、正面ドアに近づいたとき、厨房に明かりが見えた。以前のわたしなら、そのまま店に飛びこんだだろうが、ジョージの事故の件があるだけに、警戒心が働いた。エマの携帯にかけたら、すぐ留守電に切り替わったので、よけい警戒を強めた。エマはおそらく、まだベッドで熟睡しているのだろう。自分の携帯をつかんで九一一にかけた。

「こちら、スザンヌ・ハート。ドーナツショップにいます。店の様子を調べるために、誰かよこしてもらえません？　わたし、表にいますから、撃たないように伝えてね」

冗談のつもりだったのに、夜間の通信指令係には通じなかった。

「警察の人間が到着するまで、建物には入らないように」

「最初からそのつもりだったわ」

四分後、びっくり仰天したことに、われらが町の警察署長がじきじきに姿を見せた。

「マーティン署長、わざわざお出ましにならなくてもよかったのに」

「眠れなくて、署に出てたんだ。鍵をくれ」

挨拶はここまで。言われたとおりにすると、署長は音のしないようにドアのロックをはずしたあと、声をひそめて言った。「ここで待ってろ」

「喜んで」

署長は銃を抜いた。空いたほうの手で厨房のドアをあけたときの冷静そのものの態度を見て、わたしは感心した。署長が姿を消していたのは三十秒ぐらいだったが、銃声が響くのを待つあいだに、わたしは三年分ぐらい老けこんでしまった。

署長が出てきた。背後にエマを従えて。

「あーあ、規定時間外の労働はしないようにって前にスザンヌに言われたけど、あれ、本気だったのね。警官のエスコートをつけてくれなくたって、あたし、おとなしく帰ったのに」

エマが言った。

「どうしてここに？　時間より早くきたことは一度もないでしょ」

エマはわたしに笑顔を見せた。「今日、スザンヌに会えるかどうかわからなかったから。ジョージの事故のことを父に聞いて、お店に出て一人でドーナツを作ることにしたの」

「お母さんもここに？」ごくたまにわたしが店を空けなくてはならないとき、お母さんがいつもエマの手伝いにきてくれる。

「ううん、一人でやろうって決めたから。そうむずかしいことじゃないでしょ？　スザンヌだって週に一度、あたし抜きでドーナツ作りをしてるわけだし。だから、恩返ししようと思ったの」

署長が口をはさんだ。「わたしが必要ないのなら、帰ることにする」

「すぐ飛んできてくれてありがとう」わたしは言った。本心からの言葉だった。署長とわたしは過去に何度か角突きあわせているが、困ったときは署長を頼りにできるとわかって、なんだかうれしくなった。

署長が帰ったあとで、ドアをロックし、エマのほうを向いた。

「わたしも帰ったほうがいい？　あなた一人で大丈夫みたいだし」

エマは首を横にふった。「できればいてほしい。どうしても帰るって言うのなら、あたし、大声でわめくわよ。スザンヌの手書き文字がすらすら読めればいいのにと思ってたところなの。カボチャはどれぐらい使えばいいの？」

わたしはエマのあとから厨房に入って、レシピに目をやった。

「わたしなら、いっさい使わない。だって、これ、アップルソースドーナツのレシピだもの」

エマはわたしからレシピをとりあげ、ちらっと目を走らせて、それから言った。

「ぜったいパソコンに入れる必要ありだわ。あたしにも読めるように」

「どうしてそんなことしなきゃいけないの？　わたしがいなくてもあなたがレシピを読めるようになったら、わたしは必要とされなくなってしまう」

「そんなことないって、おたがい、わかってるじゃない」

「ぜーんぶ自分一人でやろうという意気込みは、どこへ消えてしまったの？」

「あれははったり」エマは大きな笑みを浮かべて答えた。「スザンヌがきてくれて、マジでうれしい」

「コーヒーを一杯飲ませてちょうだい。それから仕事にかかりましょう。ところで、コーヒーがいい香りね。どんな豆を使ったの？」

「知らなくてもいいの。でも、最高の味わいよ」エマは一瞬言葉を切り、それからつけくわえた。「ただ、ちょっと強いかも」

エマが強いと言うのなら、たぶん、戦艦から錆《さび》をはがすこともできるだろう。

「よかった。頭をシャキッとさせるものが必要なの」

「じゃ、ぴったりだわ」

カップにコーヒーを注ぎ、ひと口飲んだとたん、飲みほす前に陶製のマグが溶けてしまうのではないかと心配になった。

でも、頭をシャキッとさせる役には立った。あとでがっくりつぶれてしまうわけにはいかない。

材料を混ぜあわせる作業を始めながら、エマに計画を説明した。エマはうなずいた。

「じゃ、けさはどの種類も二倍ずつ作るのね。了解」

「材料費には目をつぶってね。収支がとんとんになれば、わたしは満足。これはジョージのためなの」

「ジョージのためね」エマはオウム返しに言い、わたしたちは忙しく働きはじめた。

四時にはオールドファッションドーナツの第一弾ができあがり、第二弾のための生地作りも終わっていた。病院に届けるドーナツを箱に詰め、エマに訊いた。

「あなた一人を残して出かけても、ほんとに大丈夫?」

「まかしといて。でも、なるべく早く帰ってきてね」

わたしはエマに笑いかけた。「あなたならできるわ。信頼してる」

「うれしい。信頼の気持ちはおたがいさまよ」

15

暗いなかを車で出かけたところ、病院の駐車場は車が一台もないわけではなかったが、がらあきだった。駐車スペースがたくさんあったので、正面入口に近いところにジープを止め、作ったばかりのドーナツが入っている箱を八個抱えた。どうやって正面のドアをあけようかと悩んでいたとき、車椅子用の大きな赤いボタンが目に入った。よかったと思いながらボタンを押し、ゆっくり開きはじめたドアからなかに入った。

わたしを見て、受付の守衛が驚きの表情になった。

「なんのご用でしょう？」

「ジョージ・モリスの担当の看護師さんたちに会いにきたの」

「申しわけないが、直接そちらへ行くのは無理です」いかにもすまなそうな口調だったが、それ以上の同情は示してくれなかった。

「容態が悪化したんじゃないでしょうね」

守衛はパソコン画面をちらっと見た。「あいにく、ここには何も出てないです」

オーケイ、これがだめなら、方法を変えてみよう。

「ペニー・パーソンズを呼びだしてもらえません？」

守衛はわたしにちらっと目を向け、それから、笑みを浮かべて言った。

「わたしの電話リストには番号が出ていないようだね。ドーナツを食べれば記憶が戻るかもしれん」

わたしはドーナツを賄賂に使うのをためらいはしない。物事を円滑に進めるためのすばらしい手段であることを、ずっと以前に学習した。箱を受付デスクに置いて、いちばん上の箱の蓋をあけた。「ここに入ってるのは、チョコレートのアイシング、パンプキン、ブルーベリー、スプリンクル、プレーン、ダブルディップのストロベリーよ」

守衛は信じられないと言いたげに箱をのぞきこんだ。

「グレーズドドーナツはないのかい？」

「じゃ、このつぎ呼び止めてちょうだい。今日はオールドファッションだけなの」

蓋を閉めようとしたとき、守衛がふたたび笑顔になった。

「そう急がないで。オールドファッションも好きなんだ」チョコレートのアイシングをかけたドーナツを一個とり、デスクに置いた。手早く電話をしたあとで言った。「ペニーがすぐくるそうだ。あっちで待つんだったら、箱はわたしが喜んで番をしよう」

わたしは守衛に笑顔を向けた。「あなたを信用しないわけじゃないけど、どうしてあなたの前に誘惑の品を置かなきゃいけないの？　自分で運べるから大丈夫よ」

ペニーがむずかしい顔であらわれたが、わたしを見たとたん、渋面が消えて笑顔になった。

「こんな早朝に誰が訪ねてきたのかしらと思ってたの」そこでドーナツに気づいた。「スザンヌ、冗談なんか言って悪かったわ。わざわざ作ってくれなくてもよかったのに」

「気にしないで。何か変化は？」

「ないわ。最新データの記入もしばらく中断したままよ」

「手術がどんな様子だったか知ってる？」

ペニーは声をひそめた。「わたしから聞いたってことは伏せておいてね。手術中に二回、危篤状態に陥ったそうよ。でも、年齢のわりに頑健で、どうにか持ちなおしたの。いまは術後の経過を見守っているところ」

「意識は戻った？」

「まだ麻酔で眠らせたままだけど、麻酔が切れても、参考になることはあまり聞きだせないでしょうね。でも、ある意味で、運がよかったわ。車をぶつけられた場所があと五センチでもずれてたら、助からなかったと思う」

「最高にうまくいった場合のシナリオは？」わが友人が生きるために闘っていることを思うと、辛くてたまらなかった。

「この二日間を乗り切ったら、あとは回復に一カ月ぐらいね。いまあれこれ推測しても意味がないけど」

「これをみなさんに配ってもらえない？」わたしはドーナツをペニーに渡そうとした。

「ちょっと待って」ペニーは守衛のほうを向いた。「カートが必要だわ」

「すぐ持ってくる」一分後、守衛は黒い金属製カートを押して戻ってきた。わたしはドーナツをそこに置いてから、守衛に訊いた。「帰るときのために一個どう？」

「遠慮しとこう」しばらく躊躇してから、守衛は言った。

「いいじゃない。内緒にしておくから」

そう促すだけで充分だった。今度はダブルディップのストロベリードーナツをとって、わたしに礼を言った。「こんなうまいドーナツを食ったのは生まれて初めてだ」

「〈ドーナツ・ハート〉にきてちょうだい。定休日なしよ」

カートを押そうとしたペニーに、わたしは言った。「三時間したら、グレーズドーナツを持ってくるわ。それまでに何かあったら電話してね」

「スザンヌ、これだけドーナツを差し入れてもらえばもう充分。ジョージの看護はちゃんとするから。約束する」

「遠慮しないで。わたし、ロビーをうろうろするかわりに、ドーナツ作りに打ちこめるし、それでみなさんの人生が一瞬でも明るくなれば、さらにうれしいから」

「あなたの気持ちはわかるけど、とりあえず、グレーズドーナツは明日にしましょうよ。みんながドーナツを食べすぎても困るでしょ」

「じゃ、明日ね」わたしは言った。ドーナツを山のように届けて、かえってうんざりされるのもよくない。「何かわかったら、すぐ電話してね」

「わかった」

〈ドーナツ・ハート〉に戻ると、何かが床にガチャンと落ちる音が聞こえた。あわてて店に飛びこんだところ、いまにも泣きだしそうな顔のエマがいた。オールドファッションドーナツ半ダースが床に散らばっていた。

「通路4を清掃しま〜す」わたしは箒《ほうき》とちりとりを手にしながら、笑顔で言った。「ドーナツはすべりやすいからね」

「スザンヌはどうして、一人でいろんな作業を同時にこなしていけるの？」

「このとんでもない商売を始めたときの失敗の数々を、あなたも知ってるでしょう？　初めてドーナツを作ったときなんか、おろおろしてしまって、フライヤーで揚げたドーナツをひきあげるのを忘れてしまった。それから一週間、店のなかは放火事件の捜査現場みたいな臭いだったし、そのとき着てた服は捨てるしかなかった。それに比べれば、これぐらいどうってことないわ。大丈夫よ」

「少し気分が軽くなったわ。ジョージの様子は？」

「いまはそっと見守るしかないの」

エマはうなずいた。「でも、これまでのところ、順調なんでしょ？」

「そう思うことにしましょうね。そろそろイーストドーナツ作りにとりかかってもいい？」

「こんなドジはもうやらないように気をつけなきゃ。スザンヌ、しばらくどこへも行かないわよね？」

わたしは思わず苦笑した。「心配しないで。あとはあなた一人でも大丈夫という段階になるまで、もうどこへも出かけないから」

「わーい、ここにいてくれるのね」

わたしはエマの肩を軽く叩いた。「一人で立派にやってるじゃない。そうだ、グレーズドーナツの生地を二倍用意するのは、今日は結局やめにしたわ」

「ドーナツはいらないって言われたの？」

「ありがた迷惑かもしれないから。グレーズドーナツは明日届けることにする」

エマと二人で床を掃除し、そのあと、イーストドーナツ作りにとりかかった。手慣れた作業のリズムのおかげで、気持ちが沈みこまずにすんだが、作業をしながらも、携帯が鳴ってくれないかと待ちつづけていた。

ふだんはたいてい、〝便りのないのは良い便り〟だと思うことにしているが、今日は沈黙のせいで頭がおかしくなりそうだった。開店三分前になってもなんの連絡もないので、何か変化がなかったか確認したくて、こちらからペニーに電話してみた。応答がないため、パニックに陥りかけた。

エマがわたしの表情に気づいたに違いない。「どうかしたの、スザンヌ?」

「ペニーに電話したのに、出てくれないの」

エマは外を指さした。「店に入ろうとして、あそこで待ってるせいじゃないかしら」

わたしは思わず携帯を手から落とし、外へ走った。「ジョージに何かあったの?」

「ううん、ごめんね。驚かせるつもりはなかったのよ。わたしのシフトが終わったから、じかに最新情報を伝えたほうがいいと思って」

わたしの全身に安堵が広がった。「じゃ、ジョージは無事なのね」

「そこまでは言えないけど、少なくとも、悪化はしてないわ」

「もっといい知らせかと思ったのに」わたしは正直に言った。

「もっと悪い知らせを聞いたこともあるでしょ。またまた心配させてごめんね」

わたしは深く息を吸い、ペニーのために無理に笑みを浮かべた。

「わたしもいまの態度を謝らなきゃ。親切に寄ってくれたのにね。さ、入って。ドーナツとコーヒーをサービスするわ」

「ありがとう。でも、さっき届けてくれたドーナツでおなかがいっぱいだし、コーヒーなんか飲んだら、いまから睡眠が必要なのに眠れなくなってしまう。また今度ね」

「わかった」

ペニーがシフトを離れたら、誰から最新情報をもらえばいいのかと心配になったとき、ペニーが言った。「何か変化があったらあなたに連絡してくれるよう、友達に頼んでおいたわ。うちの病院にきたばかりだけど、看護師仲間なの。何かあれば、彼女が電話してくれるから」

「その人の名前は？」

「マーシャ・ニコルズっていうの」

わたしが微笑を浮かべるのに一秒もかからなかった。「二人で一緒に出かけると、からかわれたりしない？　小銭のジョークが出なかったとは思えないけど」

「一セント《ペニー》と五セント《ニッケル》は対になってるようなものだしね。あと、ダイムとクォーターって名前のスタッフが見つかれば、十セントと二十五セントが加わって、ワンセットできあがり」

「なかなか楽しそうね」わたしはペニーに言った。「わざわざきてくれてありがとう。いくら感謝してもしきれないわ」

「なんでもないわよ」

「だめだめ、なんでもなくはないわ。寄り道するのって、けっこう面倒なのよ」

ペニーが帰ったあとで、店内に戻ってサインを表に返し、〝開店〟にしてから店の前の照明をつけた。

ドアのところでエマが待っていた。「あの人、なんて言ってたの？」

「変化なし《ノー・チェンジ》」こう答えたとき、〝チェンジ〟には小銭という意味があって〝ペニーとニッケル〟にぴったりだと気がついた。思わず笑いだした。笑いの発作はなかなか治まらなかった。

「あなたのことが心配だわ、スザンヌ。家に帰って、しばらく寝てきたら？　ドーナツ作りが終わったから、あとの重労働はあたし一人で大丈夫よ」

「寝不足でおかしくなってるわけじゃないわ」わたしはペニーとニッケルと小銭《チェンジ》のことをエマに説明した。納得してはもらえなかったが。「わたしはまともよ。信じて」

「仰せのままに」エマは言った。

「よかった。一件落着でうれしいわ。さてと、お客さんが少しでもきてくれたら、ドーナツ販売が始められるんだけど」

ジョージの姿がないのが寂しかった。ホカホカのドーナツと安らぎと静けさを求めて、早朝からよくきてくれていたのに。ジョージの身に起きたことを考えたせいでまたもや悲しくなり、罪悪感に襲われたため、かわりに、いま抱えている仕事に集中することにした。まだお客が一人もこないから、新商品のアイディアを練る時間があるかもしれない。

「洗いもののほうはどう？」奥の厨房に戻りながら、エマに尋ねた。お客が入ってきたらすぐわかるよう、あいだのドアはあけたままにしておいた。

「片づいたわ。少なくとも、お客さんが何人か入ってくるまでは」

「じゃ、レジをお願い。わたしは商品にできそうな新しいフレーバーのドーナツをいくつか考えてみるから。一緒にどう？」

「遠慮しときます。一人でやってください」

「いいことを思いついた。あなたは店で出すコーヒーをあれこれ工夫してみるのが好きだし、わたしは新しいドーナツの試作が趣味。なかには、とんでもなく奇抜なものもあるでしょ。ねえ、週のうち一日だけ、レギュラーメニューのほかに、突飛なものを目玉商品にする日を作らない？」

「〝ドキドキワクワクの火曜日〟とか呼ぶことにしましょうか」たちまちこのアイディアに飛びついて、エマが言った。「今週のスペシャルとして、そのドーナツとコーヒーをセット販売すれば、お客さんがどんどん入るかも」

「あなたがやる気なら、わたしもオーケイよ。わたしのレシピブックに、試してみる勇気のなかった奇抜なアイディアがいくつかメモしてあるの」

わたしは店の奥にレシピブックを置いていて、そこには、昔からのお気に入りドーナツの作り方や新しいアイディアが書きとめてある。すべて手書きで、そのため、エマから〝読めない〟と文句を言われたのだ。コピーをとって安全な場所に保管すべきだとわかってはいるが、なかなか実行に移せない。せっかく計画を立てても、人生にはとかく邪魔が入りがちだ。ほどなく、お客が入りはじめたため、レシピブックにたくさん書き足すことはできなかった。〝三層ドーナツ〟と〝ビスマルク・マッドネス〟がどういう意味かを、あとで思いだせればいいんだけど。

ようやく携帯が鳴った。「もしもし？」

「ぼくだ」ジェイクが言った。

「あら」わたしは落胆が声に出ないよう精一杯気をつけて答えた。

「よその州へ護送する重罪犯から受けた挨拶だって、もう少し温かかったぞ。きみとのあいだに、ぼくの気づいていない問題が何かあるのかな？」

「ううん、わたしたちの仲は順調よ。ジョージの容態を知らせる電話かと思っただけ。あなたのほうは何も聞いてない？」

「それが知りたくて電話したんだ。こういうことを探りだすための秘密のネットワークが、きみにはあるようだから。最新ニュースは？」

「手術は無事に終了。いまはじっと見守るしかないそうよ」

「それはよかった」

「店に寄らない？　ドーナツをサービスするから」

「警官がドーナツショップにどんな感情を持ってるか、よくご存じのようだね」ジェイクは答えた。「自然と親近感を持つものだ。顔を出すよう努力するが、約束はできない。寄れなかった場合は、ぼくのために二個とっといてくれ。今夜もらうから」

「あのう……わたしたち、何か約束してたっけ？」

「きみを誘うのを忘れてたかな。スザンヌ、今夜二人で出かけられたらうれしいんだが。いまから夕方までに邪魔が入らなければ」

「落ち着きなさい、わたしの心臓さん。そんな甘い言葉をささやかれると、有頂天になってしまうわ」

ジェイクはクスッと笑った。わたしがどんどん好きになっているこの声。

「ぼくのことはわかってるだろ。こういう仕事をしてると、条件付きの約束しかできないんだ。キャンセルするしかなくなったら、電話する。そうでなければ、六時に迎えにいく」

「どこへ行くの？」

「それは着いてからのお楽しみ。あ、心配しなくていいよ。喜んでもらえると思う」

ジェイクが電話を切ったあと、わたしは笑みを浮かべずにいられなかった。ジェイクがわたしの人生に登場したのはすてきなことで、もとの夫でさえ、これが真剣な交際であることを認めはじめている。マックスはせっかくわたしと結婚したのに、それをぶちこわしてしまった。ジェイクとつきあいはじめたのは、わたしにとって最高に幸運なことだった。母に言わせれば、わたしなりに苦労したおかげで、それが実感できるのだという。

午前八時をまわったころ、乱暴そうな茶色の目をした、やや肥満気味の、背の高いハンサムな男性がドーナツショップに入ってきたが、客の列に並ぼうとせず、わたしが接客をするあいだ、脇のほうに立って待っていた。どこかで見たような気もしたが、それはしょっちゅうあることだ。ドーナツショップのカウンターで仕事をしていれば、エイプリル・スプリングズの住人のほぼ全員と顔を合わせていても不思議ではない。

列がようやく消えたところで、男性がわたしに近づいた。「スザンヌ・ハートさん？」

たしかに聞いたことのある声。

「はい？」

「あなたがわたしに会いたがってると、ナンシーに聞いたので」

ああ、彼女のアリバイを証明する人ね。「寄ってくださってありがとう。わたしの名前はすでにご存じのようね。そちらのお名前は？」握手の手を差しだしながら、わたしは訊いた。

「ナンシーの友達だ」わたしの手を無視して、男性は言った。

どうやら、手強い相手らしい。

「あなたから聞いたことはぜったいに口外しないと約束します」

「ドーナツの告解室か」男性の顔にかすかな笑みが広がった。「あの晩、ナンシーとわたしは一緒だった」

「それを裏づけてくれる人はいます？　あるいは、それを証明する何かほかの方法は？」

「わたしの言葉を信じないのか」

「あなたがどういう方か知りませんもの。でも、信じるとしても、あなたの言葉だけでなく、もっとしっかりした証拠が必要だと思います」

男性は険悪な目をわたしに向け、それから言った。

「もういい。そっちが理不尽なことを言うなら、協力はできん」わたしのほうに詰め寄ってつけくわえた。「よけいなことをするんじゃないぞ。この件がひとことでもうちの妻の耳に入ったら、あらためてお邪魔させてもらう」

わたしが反応する暇もないうちに、男性は立ち去った。脅しをかけていったのは間違いない。世間の人が噂するのを、わたしにどうやって止めろというの？　こっちは男性の名前も知らないのに！　でも、この殺人事件が解決するまで、もっと気をつけなくては。一生のあいだ、あの男から逃げまわって過ごすわけにはいかない。

いまのやりとりについて考えこんでいたとき、マックスが入ってきた。

「フランクのやつ、何してたんだ？　あいつが店にいるあいだに何かあったのかい？　おれを突き飛ばしそうな勢いで通りを遠ざかっていったが」

「その人、名字は？」

「ウィーラー。いま、この店から出てっただろ？」

「どうしてその人を知ってるの、マックス？」わたしのもと夫は顔が広いが、まさか、容疑者のアリバイを証明できる人物とも知りあいだとは思いもしなかった。

「以前、シャーロットで一緒に芝居をしたことがあるんだ。だが、もう何年も会ってなかった。いつのまにか消えてしまった」

「どういうタイプの人？」

マックスは顔をしかめた。「おれがこんなこと言ったら、お笑い種かもしれんが、やつはいつもつぎの獲物に目をつけてる男だった。出演者の女性のなかに、やつに口説かれなかった者は一人もいない。きっぱりノーと言えた女はそう多くなかった」

「じゃ、あなたといい勝負だったのね」

マックスは首をふった。「違うよ。あっちは心の底から冷酷な男だ。おれは人生で最高の決断をしそこねたかもしれないが、故意に卑劣なまねをしたことは一度もない。おれがきみなら、やつには近づかないようにするだろうな」

「アドバイスをありがとう。今日は何にしましょう？」

「ベアクローを六個」

わたしはドーナツを箱に詰めながら尋ねた。「小腹がすいたの？」

「返さなきゃいけないんだ」代金を払いながら、マックスは答えた。

「いくらあなたでも、ドーナツを借りるなんて、ずいぶん変わったことをしたものね」

「きみが考えてるようなおふざけじゃないんだよ」マックスはドーナツを受けとって出ていった。さっきの彼の言葉がわたしにはけっこう衝撃だった。マックスは誰が相手でもけっして萎縮する男ではないのに、フランク・ウィーラーに怯えているのは明らかだった。ウィーラーも容疑者リストに加えることにしよう。ジョージに頼んで……一瞬、わが友が病院のベッドに横たわり、生きるために闘っていることを忘れていた。頼みごとを抱えて彼のところへ行くことにすっかり慣れっこになっていた。でも、たとえジョージに助けてもらったことが一度もなかったとしても、いなくなられたら、辛くてたまらないだろう。ただの常連客ではなく、大切な友達だった。病院に電話してふたたび容態を尋ねたいという衝動を、必死に抑えつけた。ジョージの容態にわずかでも変化があれば、仲間の看護師がすぐこちらに知らせると、ペニーが約束してくれたし、わたしは彼女を信頼している。

九分後、携帯が鳴りだしたとき、あわててパチッとひらき、危うくこわしてしまうところだった。今度こそいい知らせでありますようにと、一縷《いちる》の望みをかけた。

16

「やあ、スザンヌ」わたしが電話に出ると、ジェイクが言った。「もう一度様子を訊こうと思って」

「いまのところ変化なし。病院に電話してどんな様子か尋ねたいという誘惑と、わたしもいま必死に闘ってたところなの」

「抵抗しがたい衝動だが、きみも友達を信頼しなきゃ。何かあったら、こっちにも知らせてくれ」

「わかった。いまどこ？」

「ハドソン・クリークで聞込みを終えたところだ」

ジェイクが無愛想な建設業者にふたたび質問している姿を想像して、わたしは思わず笑ってしまった。「なつかしのヴァーンは元気だった？　この前あなたが話をしたときに比べて、多少は協力的だったかしら」

「有罪ならいいのにと思わないでもないが、やつにはたしかなアリバイがある。ぼくの口からは言えないが、あの男はシロだ」

信じられない言葉だった。「ジェイク、それって、わたしの容疑者リストから一人消してもいいってこと？」

ジェイクは低く笑った。「そんなこと言えないよ、スザンヌ。表向きには、ぼくはきみの調査を認めるわけにいかないし、どんな形であれ、きみに手を貸すことは許されない。おたがい、それはわかってるよね。いまのぼくは、きみの交際相手として、今日の出来事を話してるだけなんだ」

「話してくれて、言葉にできないほど感謝してる。わたしも今日のこれまでの出来事を話していい？」

「もちろん」

「とってもも興味深いお客さんがきたのよ。名前はフランク・ウィーラー、ナンシー・パットンのアリバイを証言するためにきたの。わたしが向こうの話を信じないものだから、露骨に脅しをかけてきたわ」

それを聞いて、ジェイクは険悪なうなり声をあげた。「そいつ、具体的に何を言ったんだ？」

「浮気してることが奥さんにばれた場合は、もう一度この店に押しかけてくるって」

「二十二分後にはそっちへ行ける。それまでのあいだ、署長に頼んで誰かを差し向けてもらい、きみを守ってもらうとしよう」

「そうカッカしないで。心配してくれるのはうれしいけど、脅しがいますぐ実行に移されるわけじゃないから。ドーナツショップの外に見張りを立ててくれても無駄骨よ」

それでジェイクの動揺も少し治まったようだ。

「誰であれ、きみに脅しをかけるとは許せない」

「わたしだっていい気分じゃなかったわ」わたしは認めた。「でも、あなたに何ができるというの？」

返事をよこしたときの彼の声は荒々しかった。「きみが考えている以上にいろいろできる。その男のことは心配するな。こっちでそいつに目を光らせておく」

「マックスがね、ウィーラーとばったり出会って震えあがったのよ。そう簡単に怯える人間じゃないのに」

「きみ、マックスまで巻きこんだのか」

「ウィーラーの名前を教えてくれたのが彼なの。ウィーラーがドーナツショップを出たとき、たまたまマックスが見かけただけよ」

「わかった。そのウィーラーって男と、ぼくが直接話をすることにしよう」

「どうぞご自由に。ウィーラーがまた店に押しかけてくることは、あなたと同じく、わたしも望んでないもの。でも、変ねえ、前にどこかで会った気がするのよ。ただ、いつのことか思いだせないけど」

「店の客とか？」

「わたしもまずそれを考えたけど、どうも違うような気がするの」

「大丈夫だよ。そのうち思いだすから。じゃ、また」

「電話してくれてありがとう」

「どういたしまして」

電話を切ったあとで、ヴァーンの名前を容疑者リストから消した。なぜ消していいのか、くわしい根拠を知る必要はない。ジェイクが彼を容疑者からはずしたのなら、わたしもそれに従えばいいだけのこと。レスター・ムアフィールドの死を望んだ可能性のある人間はまだまだたくさん残っているが、とりあえず一歩前進というところだ。たとえ、わが恋人の捜査に助けられたものであろうと。

もうじき閉店というとき、エマがタオルで手を拭きながら出てきた。

「奥の仕事は全部すんだわ。掃除にとりかかる？」

わたしは時計に目をやった。「早く帰りたくて焦ってるの？」

エマは微笑した。「ランチデートなの。でも、スザンヌに必要とされるかぎり、あたし、お店に残ります」

「その相手って、あなたの人生に新たに登場した謎の男性と同じ人？」わたしの助手はいつもあっというまに恋に落ち、たいてい、同じくあっというまに別れてしまう。わたしはそのすべてを、少しも羨ましいと思わずに見守ってきた。ジェイクとめぐりあえたのは想像以上に幸せなことだが、おたがいの愛を確認しあうのにけっこう時間がかかった。エマもいずれそういう幸運に恵まれるよう、心から願っている。

「まったくの新しい人よ」エマは笑顔で言った。

「おやまあ、もっとくわしく話して」

店内は空っぽで、わたし自身もそろそろ閉めようと思っていたところだった。売上げはいまだ、レスターが亡くなる前の水準には戻っていないが、作るドーナツの量をそれに合わせて減らすことにした。これでしばらくはなんとかやっていけるだろう。でも、収益が減ったままでは、この先どれだけ持ちこたえられるかわからない。経費とエマのバイト代ぐらいは出るだろうが、わたし自身の給料は、このスランプ状態を脱するまで我慢するしかない。サインを裏返して、ドアをロックした。

「話してくれるまで、帰らせてあげない」

エマに圧力をかける必要はなかった。「名前はブライアン、ユニオン・スクエアに住んでるのよ。先週末、ヒッコリーの野外コンサートで知りあったの」

「で、ブライアン坊やがあのドアから入ってきたとき、わたしは何を目印にして見分ければいいの?」

「腕と顔の切り傷ね。だって、ドアがロックされてるから、ブライアンが入ってくるにはガラスを突き破らなきゃいけないでしょ」エマはそう言って微笑した。

「ええと、ずんぐりむっくりで、眉がつながってるのね。目は片方が緑色で、もう一方が茶色、そして、どんなときも両方の目の焦点が合っていない。はいはい、わかりました」

「大違いよ。背が百八十センチを超えてて、ほっそりしてて、見たこともないような淡いブルーの目をしてるの」

「まあ、すてき。失恋しないよう、がんばりなさい」

「あたしのこと、知ってるでしょ。そのすべてを危険にさらすのも、恋の楽しみなのよ」

わたしもかつてはこんなに若くてナイーブだったの？

「はいはい。もう帰っていいわよ。残りの掃除はわたし一人でできるから」

「ありがと、ボス」

エマが出ていったあとで、売れ残った一ダースちょっとのドーナツを箱に詰め、ラックとトレイをきれいにした。テーブルの掃除が終わりかけたとき、ガラスをコンコン叩く音がした。

グレースがかすかな笑みを浮かべてそこに立っていた。

彼女を店に入れながら、わたしは尋ねた。「何をニタニタしてるの？」

「今日は清掃タイムに遅刻か」グレースは言った。「ジョージがあんな災難にあったなんて、信じられない」

「どこで聞いたの?」

「何言ってるのよ? エイプリル・スプリングズがどんなところか知ってるでしょ。町じゅうに噂が広まってるわ。ジョージは大丈夫なの?」

「まだはっきりしないみたい」わたしは答えた。

「あとでお見舞いに行かなきゃ」カウンターに置かれたドーナツの箱を見つけたあとで、グレースは訊いた。「これ、行き先はもう決まってるの?」

「自由に食べて。コーヒーもポットに少し残ってて、片づけようと思ってたところ。それもどうぞご自由に。あなたの胃が今日は特別に頑丈ならば」

「コーヒーはパスして、かわりに、チョコレートミルクにしちゃだめ?」

「あら、いいわね。わたしもつきあおうかな」

「外はいいお天気よ」グレースは答えた。「あなたの掃除が終わりしだい、二人でちょっとピクニックに出かけましょうよ」

「ことわる理由が思いつけないわね。わたしのウェストラインも膨張を続けてることだし。三分待って。そしたら出かけられる」

「あなたが働いてるあいだ、わたし、新聞を読むことにするわ」誰かが《エイプリル・スプリングズ・センティネル》を忘れていったので、リサイクルに出そうと思っていたところだった。本格的なニュース記事はわずかで、多数の広告がそれを補っている。

最後の皿を大急ぎで洗い、拭いてから、チョコレートミルクのパックを二個つかんで、ダイニングエリアで待っているグレースのところへ行った。

近づくわたしに、グレースが新聞を叩いてみせた。「ここに注目すべきことが出てるわよ」

「あなたの家に入れる新型食洗機の広告でも見つけたの？」

「もしそうなら、あなたのために一台買うわ。うちのはいまもどうにか動いてるから。でも、あなたが食器をシンクで手洗いしてるなんて信じられない。どう考えても時代遅れだわ」

いまの収入では、新しい電化製品はおろか石鹼さえ買えないことを、グレースに打ち明ける勇気はなかった。

「一度に大量の洗いものが出ることはめったにないのよ。エマと二人でやれば大丈夫なの」

そろそろ話題を変えるときだ。「ねえ、《センティネル》に何かおもしろい記事でも出てるの？」

グレースがわたしに新聞を見せた。こともあろうに、レスター・ムアフィールド殺人事件についての社説だった。

読もうとすると、グレースが言った。「外に出てからにしましょう。わたしたちがここに立ってる姿を見て、ドーナツを買おうとする人があらわれるかも」

「わかった」わたしは笑顔で言った。外に出るときに照明を消し、ほどなく、新芽を出そうとしているメープルの木陰に置かれたベンチを見つけた。

「ねえ、それもらっていい？」新聞を指さして、わたしは言った。

「物々交換」グレースがドーナツの箱を指さした。

二人で新聞とドーナツを交換し、わたしは新聞と一緒にアップルクリームドーナツを一個とった。わたし自身、この味にはまだ満足していないが、お客のなかに不満な人がいるとしても、文句は出ていない。いつかこれを完璧なドーナツにできるよう、たえずレシピの改善に努めている。二、三度、それに近い結果を出したことはあるが、完璧と呼べる域にはまだ達していない。おかげで、努力目標を持つことができる。

レイ・ブレイクの社説を読みはじめた。彼の筆力はすばらしい。それだけは認めなくては。父親の跡を継いだのだが、新聞社はたぶんそのころから傾きかけていたのだろう。レイの名誉のために言っておくと、より良き日々の到来に期待をかけて必死に経営を続けている。そんな日がくるとは、わたしにはとうてい思えないけど。

〝この小さな町でまたしても殺人が起きた。派手な銃撃戦によるものではなく、蝶の羽ばたきのごとくひそやかに。今週、町の住人のほとんどが外の危険な世界を無事に締めだし、安全な自宅にこもっていたとき、住人の一人がわれわれのもとから奪い去られた。レスター・ムアフィールドに関してさまざまな情報が浮上するにつれ、彼のことを本当に知っていた者がわれわれのなかにいたのかどうか、疑問に思えてくる。われわれの仕事場に、車のなかに、家庭に、彼の声があふれてはいたが、彼という人間の背後にどれだけ複雑なものが潜んでいたかは、誰一人気づいていなかった。われわれが完全な真実を知ることはけっしてないだろうが、疑いの余地なく証明されたことがひとつある。人生はあっというまに消え去るものであり、つぎに誰が消えるかは誰にもわからない〟

わたしはドーナツのことを一時的に忘れて、新聞から顔をあげた。

「レイはここに書いた以上のことを知ってるんじゃないかしら」

「わたしもそう思う。レイがわたしたちに話してくれる確率はどれぐらい？」

「わたしたち、レイとけっこう口論してきたしね。でも、レイなら、つかんだ情報を大喜びで言いふらすに決まってる。どうやら裏はまだとれてないようね。でなきゃ、社説なんかじゃなくて、トップ記事にするはずだもの」

「わたしたちに必要なのは、証明できる事実じゃないわ」バイエルン風クリームドーナツをもうひと口かじって、グレースが言った。「わたしに言わせれば、噂も、ほのめかしも、大歓迎よ」

同意しようとしたとき、アイリッシュセッターが飛んできて、わたしが手にしたドーナツを隠す暇もないうちに、くわえて逃げていった。

「シム、戻ってきなさい」わめき声が聞こえた。見ると、われらが容疑者の一人である獣医にして町会議員のシェリー・ランスだった。

「ごめんなさい」ようやく犬に追いついたシェリーが言った。「この犬、しばらく寝こんでたものだから、いまは暴れまわりたくて仕方がないの。たったいま丸呑みしたドーナツのお代は、もちろん払わせていただくわ」

「いいのよ」わたしは言った。「まだあるから。一緒にどうぞ」

シェリーは犬にふたたび首輪をはめながら言った。「いえ、けっこうよ」

「まるでドーナツが毒物のような口ぶりね」ドーナツを勧めてもことわられることに、わたしは不意にうんざりした。「ドーナツは人に危害を加えたりしないわ」レスターの場合はべつとして。でも、あれだって厳密に言えば、直接の死因ではなかった。

「でもね、一個が二個になり、二個が六個になり、そのうち、二度と足を踏み入れまいと決心した場所に戻ることになってしまうのよ」

「それもそうね」わたしは言った。「あなたには二度とドーナツを勧めないって約束する」

シェリーがちらっとこちらに目を向けた。なんと、その目に涙が浮かんでいた。

「わたし、ほんとはドーナツが大好きなの。信じて」

「信じられない。これまでのことからすると」

シェリーはうなずいた。「そうでしょうね。スザンヌ、わたしはこの町の生まれじゃないから、あなたが知るはずはないんだけど、子供のころすごいデブだったの。ほんとにデブだったのよ。ドーナツが大好物で、ポケットにお金さえあれば、一日じゅう食べていたいぐらいだった。でも、家を出て大学に入ったとき、自分を変えようと決心したの。エクササイズを始めて、大好物のほとんどをあきらめて、昔の知りあいが見てもわたしだとはわからないほどのスタイルに変身したの。それ以来、絶えざる闘いを続けているのよ。一度でも気を抜けば、すべてが水の泡になってしまう。デブの女の子には二度と戻りたくないの」

わたしは手の汚れを払った。「ごめんなさい。夢にも思わなかったわ」

シェリーはわたしに笑顔を見せた。「卒業と同時に故郷から遠く離れたのはなぜだと思う？ 誰も理由を知らないし、知られないままにしておきたいの」

「その秘密はしっかり守るわ。いいわね、グレース、あなたも守るのよ」

「誓います」胸に十字を切って、グレースは言った。

シェリーはわたしたち二人に笑いかけた。

「正直に言うと、秘密を打ち明けて肩の荷が下りた気分よ」

「わたしたち、いつでも話を聞くわよ」わたしは言った。「ドーナツショップに寄ると誘惑に負けそうでいやだというなら、自宅のほうに電話してね。夜の七時前ならいつでも大丈夫」

シェリーは笑った。「あなたの生活時間帯って変わってるわね」

「あら、まだ半分もわかってないのね」グレースが言った。「それで我慢してくれる恋人を、スザンヌがどうやって見つけたのか、わたしには永遠の謎だわ」

「世の中にはすごく幸運な人間もいるってことよ」わたしは言った。

わたしたちの会話の流れにシェリーが居心地の悪そうな表情を見せたが、どうしてなのか、わたしにはわからなかった。「目下、あなたの人生に誰か特別な人はいないの?」わたしはシェリーに尋ねた。

「いたわ」シェリーは認めた。「でも、結局、ネズミみたいな男だった。ううん、その言い方はネズミに失礼ね。ペットのネズミを治療したことがあるけど、とっても可愛い子たちだった。あの男には〝悪党〟という言葉のほうがお似合いだわ」

「わたしたちの知ってる人?」グレースが訊いた。

わたしならそんな質問はとうていできなかっただろうし、もちろん、シェリーが質問に答えるとも思えなかったが、どうやら、いまのシェリーは気弱になっていたようだ。

「キャムよ」とても低い声だったので、こちらの聞き間違いかと思った。

「キャム・ハミルトン?」わたしは訊いた。「何をされたの?」

「約束をすっぽかされてばかりだったわ。最後にすっぽかされたときのことは、永遠に忘れられない。じつは、レスター・ムアフィールドが殺された夜だったの。レスターとキャムはどうしてもそりが合わなかった。キャムはいまごろきっと、すっぽかしたことを後悔してるわ。すっぽかしていなければ、誰かにアリバイを訊かれたときに、わたしが証言できたはずなのに。わたしはハドソン・クリークのダイナーで夜中過ぎまでキャムを待ってたの。わたしのアリバイはウェイトレスが証言してくれるけど、キャムには誰もいない。いい気味だわ。あんな男、いないほうがわたしは幸せになれる」

「ぜったいそうよ」グレースが言った。

「正確に言うと、どこで待ってたの？」わたしは訊いた。

「言いたくないわ」シェリーは答えた。

「あなたのためなのよ」わたしは言った。シェリーが答える気になったのを感じとったそのとき、彼女の携帯が鳴りだした。

早口で言葉を交わしてから、シェリーは言った。

「ごめんなさい。もう行かなきゃ。獣医をやってると、いつもこうなんだから」

シムをうしろに従えて彼女が立ち去ってから、わたしはグレースに訊いた。

「わたしだけかなあ。ずいぶん都合のいいアリバイだと思ったのは」

「あらかじめ用意してたような気がする。早く訊いてほしいって感じだった。でも、ダイナーの名前をどうして言おうとしないのかしら。調べられたくないのかもね」

「シェリーの言葉を信じる？」

「さあ、わからない。あなたは？」

「ほんとのことを言ってるのなら、ジェイクが調べれば、あっというまに裏がとれるわ。ひょっとしたら、すでにとってるかも」

「えっ、まさか、デートのときに犯罪撲滅のための情報交換なんてしてないでしょうね？」

グレースが言った。

「正直に言いますと、ヴァーン・ヤンシーのアリバイが成立することを、ジェイクから聞いたばかりなの」

グレースは信じられないと言いたげにわたしを見た。「それ、冗談でしょ?」

「いいえ。ジェイクは心を開いて話してくれたわ」

「すてき。じゃ、つぎはシェリーのことを調べるよう、ジェイクをけしかければいいのね」

「ねえ、それはしばらく延期しない? ジェイクに頼りすぎるのは避けたいの。彼から完全にシャットアウトされてしまうかもしれない」

「危ない橋を渡ってるわけだもんね」グレースはドーナツの箱をあけながら認めた。三十秒ほど考えたあとで、ドーナツをとらずに蓋をした。

「満腹なの?」

「わたしが? そんなことないわ。でも、ドーナツはもう入りそうもない。気を悪くしないで」

「いいのよ。わたしだって、ドーナツなんか見たくもない日があるもの。ありがたいことに、しょっちゅうではないけど。これは処分して、レイを捜しに出かけましょ」

「待って」わたしがドーナツの箱を近くのゴミ箱に投げこむ前に、グレースがわたしの腕をつかんだ。「そんな芝居じみたことしなくていいわよ。あとで食べたくなるかもしれない」

「わたしのために無理して食べることないのよ。あなたの気持ちはよくわかるから」

「スザンヌ、手荒なまねをさせないでちょうだい。さあ、ドーナツの箱を渡して。そうすれば怪我人を出さずにすむから」

わたしは言われたとおりにして微笑を浮かべた。「あなたがわたしの友達でよかった」

「便利でしょ。わたし、どこへも行かないから」

グレースが車のところで足を止めてドーナツを後部シートに置き、それから、二人で新聞社へ向かった。レイと話をして、レスター・ムアフィールド殺しについて彼がどの程度知っているのか、レスターの身に何があったと彼が推測しているのかを、聞きださなくては。うまくいけば、容疑者をあと一人か二人リストから消して、もっと楽に調査を進められるようになるかもしれない。

新聞社に着くと、ドアに貼り紙がしてあった。

〝火事現場へ行ってくる。消えたら戻る〟

わたしはあたりを見まわし、空気の匂いを嗅いだ。「煙の臭いがする？」

グレースも同じようにしたが、やがて、首を横にふった。「火事の現場はよその町かも」

「あるいは、そういう種類の火事じゃないのかも」

「いまからどうする？」グレースが訊いた。

「待つしかないわね」

「わたし、そういうのってあまり得意じゃないの。わたしの車に乗って、もっといいアイデイアが浮かぶまで、そのへんをドライブすることにしない？」

「賛成」その場を離れる前に、「紙と鉛筆、持ってる？」とグレースに訊いた。

「ペンでもいい？」グレースは尋ねながら、わたしに両方の品をよこした。

「大助かりよ」わたしはメモを書いた。

〝レイ、訊きたいことがあってお邪魔しました。あなたに提供できる特ダネがあるかもしれません。午後八時では遅すぎるので、それまでにお電話ください。スザンヌ・ハート〟

グレースがわたしの肩越しにメモを読んでいた。「これなら、レイの注意を惹けるわね」

「気を持たせすぎ？」

グレースは首をふった。「ちょうどいいと思うわ。さ、行きましょ」

グレースの車に戻ったとき、わたしの携帯が鳴った。ジェイク？　それとも、ひょっとして、病院からの最新情報？

焦って電話に出た。

17

「どんな特ダネを売りこもうというんだ、スザンヌ」わたしが電話に出たとたん、レイが言った。入れ違いだったらしい。「ジョージ・モリスに何かあったとか？　さっき病院へ行ったばかりだが、ジョージの容態にはなんの変化もなかったぞ」

「わたしのところにも、新しい知らせは入ってないわ。ちょっとお時間あります？」

「オフィスにいるから、五分以内にきてくれれば、二十分ぐらいは大丈夫だ」

「二人ですぐ行きます」わたしはそう言って電話を切ろうとした。

「待ってくれ。〝二人で〟って？　ジェイク・ビショップが一緒なのか。コメントがほしくて一日じゅう追いかけまわしてたのに、あの男ときたら、〝ノーコメント〟としか言わなかったぞ」

「いえ、グレース・ゲイジよ」

「オーケイ、彼女にも話をしよう」

「すぐ行きます」

新聞社の真ん前に駐車スペースが見つかり、入口のドアをノックすると、すぐにレイがドアをあけた。「入ってくれ」通りの左右に目をやりながら、レイは言った。

「誰を捜してるの？」わたしは訊いた。

「いくら用心してもしすぎることはない」

「ノイローゼ？」グレースがそっと尋ねたが、レイにも聞こえてしまったに違いない。

「誰かがわたしをつけまわしてるんだ。勘でわかる。相手の姿はまだ目にしていないが。ま、心配しないでくれ。そのうち見つけてやる」

デスクの向こうに無事に腰をおろして、レイはようやくくつろいだ様子になった。

「きみの置いていったメモ、ずいぶん謎めいてたな、スザンヌ。わざとあんな書き方をしたのかい？」

「あなたの注意を惹きたかったから」わたしは正直に答えた。

「うん、効果はあった。何を提供してくれるんだね？」

「残念ながら、いまのところ、答えより質問のほうが多いんです」

レイの顔がわずかに曇った。「特ダネがあると書いてあったように思うが。まさか嘘じゃあるまいな？」

「質問にきちんと答えてくれれば、こちらで調べたことをお話しします」約束しすぎてはいないよう願いつつ、わたしは言った。

「悪いけど、これがいまのわたしたちにできる精一杯のことなの」グレースがつけくわえた。でも、効果があったようだ。

「質問を始めてくれ」椅子にもたれて、レイは言った。

「レスター・ムアフィールド殺しに関して、新聞に書かれていないことを何かご存じなんですか」わたしは尋ねた。最初の質問としては無難な線だ。レイが自分で見つけた何かを人に話したがっているのなら、これでいっきに吐きだすかもしれない。

「きみや、きみの恋人が知っている以上のことを」レイは言った。

どういうわけか、レイは防御の構えになっていた。簡単には話してくれそうもない。

「わたし、協力をお願いしたくてここにきたんです。あなたは重要と思われることを何か知っていて、それを隠している。ジョージも同じように考えて、情報をわたしに隠しておこうとしたってことを、ここでわざわざ言わなきゃいけません？　あなたの身にも何か起きたりしたら大変でしょ？」

少なくとも、こう言われてレイは考えこんだ。

「たしかにな。だが、いまからわたしが言うことは極秘にしてほしい。どんな形であれ、きみたちがそれを口外したり、わたしから聞いたなどと言ったりしたら、二人とも嘘つきだと断言してやる。それでいいね？」

「いいですとも」わたしは答え、グレースも同意のしるしにうなずいた。

「よし。これまでにわかったことを話しておこう。わたしの勘では、レイシー・ニューマンが第一容疑者だな。立証はできないが、彼女がレスターを殺したのだと、わたしは信じている」

「彼女を疑う理由が、わたしにはわかりませんが」

「何言ってるんだ？　夫の思い出を守るためなら、レイシーはなんだってやるさ。アーサー・ニューマンは自殺だったんだ。知ってたかい？」

「心不全って聞いたけど」グレースが言った。

レイは肩をすくめた。「誰にとっても、結局はそれが命とりになるんじゃないかね？　心不全というのはかなり広範囲にわたる死因で、この場合は、自殺を隠すために使われたわけだ。わたしの聞いた噂では、彼の経営する銀行が調査されることになり、不名誉に直面するのに耐えられなくて、睡眠薬を大量に呑んだということだ。ムーニー老先生がレイシーのためを思って、死亡証明書に心不全と記入し、署名したらしい」

「先生に訊くわけにはいかないわね」わたしは言った。ムーニー医師は何年も前に亡くなっている。

「そうだな。だが、わたしはサラソタに住む看護師を見つけだした。その看護師は、宣誓証言は拒んだものの、あのときの処理にはどうも腑に落ちないものがあったと言っていた」

「でも、ずっと以前のことなのに、どうしてそんなことが問題に？」グレースが訊いた。

「考えてみてよ」わたしは言った。「夫婦で作った庭のほかには、夫の思い出だけが、レイシーに残されたすべてなのよ」

「秘密を守りたくて人を殺すなんて、考えられない」グレースはきっぱりと言った。

レイは薄くなりかけた髪を手で梳《す》いた。「それが強力な動機になることを知ったら、きみも驚くだろう」

「ほかには誰を調べてたんですか」わたしは訊いた。

「そっちから提供できるものは何もないのかね？」

それもそうだ。わたしからも何か渡さなくては。

「あらゆる方面の人たちを調べた結果、目下、わたしたちの容疑者リストはかなりの人数にのぼっています。くわしく説明できればいいんですが、さらに多くの証拠が手に入るまで、誰一人糾弾《きゆうだん》するつもりはありません」

「だが、証拠が手に入ったら、わたしにも教えてくれるね？」

「もちろんです」

レイはうなずいた。「こっちから要求できるのはそこまでのようだな。わたしが疑っているもう一人の人物は、この町では相当な有力者だ」

レイったら、わたしを焦らそうとしている。誰のことなのか、わたしはすでに知っているのに。

「キャム・ハミルトンね」

レイは名前を言われて驚いた様子だった。「どこでそれを？」

「カーラ・ラシターと話をしたの。レスターの標的にされていた人々のリストをカーラが渡してくれて、町長がリストのかなり上にきてたんです。そのことで町長と話をしたところ、否定され、さらにしつこく追及したら、向こうはかなり防御の姿勢になりました」

「無実だとすれば、そういう反応を示すのも当然じゃない？」グレースが言った。

「誰かがレスター・ムアフィールドを殺したのよ」わたしは言った。

「わたしの個人的な意見としては、奥さんの犯行だと思うわ」グレースは言った。

これがレイの注意を惹いた。「レスターのやつ、結婚してたのか」

「ユニオン・スクエアに住む女性」わたしは言った。

レイは鉛筆をつかんだ。「そっちのほうが疑わしい。女性の名前は？」

グレースが答えようとしたとき、わたしが割りこんだ。

「まだだめ。名前を教えるのはあとよ」

「名前ぐらい、いま教えてくれてもいいと思うが」

われらが容疑者の一人をレイにひきわたすのは気が進まなかった。でも、レイのほうはわたしたちに率直に話をしてくれた。教えたところで害はないだろう。

「言いますよ。二十四時間後に」こう言っておけば、レイが新聞記者をレスターの妻のもとへ差し向ける前に、もう一度彼女と話をする時間ができる。

「二十時間にしてくれ。それで手を打とう」

「しつこく言うと、四十八時間に延びるわよ」グレースが交渉モードに入った。

「わかった、わかった、二十四時間でいい」

「ほかに何かありません？」わたしはレイに訊いた。

レイは目の前のリストをざっと見た。「レイシーとキャム以上に怪しいやつは一人もいない。だが、考えてみれば、レスターが結婚してたこともわたしは知らなかった。ええと、それから、シェリー・ランスとカーラも怪しいな。レスターみたいな男と毎日仕事をしなきゃならないなんて、想像できるかね？」

シェリーをリストから消したことは、伏せておくことにした。

わたしが返事をする前に、グレースが言った。「殺人の動機としては弱いわね。新しい仕事を見つけるのは、どれぐらい大変かしら」

「じつはね、カーラはすでに、新しい番組のアシスタントになってるの。レイ、情報はそれだけ？」

「おいおい、充分すぎると思うが」

「そうね」グレースとわたしは帰ることにした。

「約束を忘れるなよ」レイが大声で言った。

「どの約束?」

「両方だ。明日、レスターの妻の名前をわたしに教える。それから、証拠が手に入ったら、その特ダネをこちらに渡す」

外の歩道に出てから、わたしはグレースを見た。「あなたが考えてるのは、わたしが考えてることと同じ?」

「つまり、いま〈ボックスカー〉のチーズバーガーを食べたら、さぞおいしいだろうとか?」

わたしはわが友を見て笑った。「ユニオン・スクエアへ行く途中で何か食べましょ。ナンシー・パットンの名前をレイに教える前に、彼女からもっと情報をひきだせないか、やってみなくては」

「そうよね。名前を教えちゃったら、ナンシーがわたしたちに話をしてくれる見込みはなくなるもの」

途中の店でサンドイッチを食べた。〈ボックスカー〉でトリッシュが出してくれるものには及びもつかないが、さっと食べられて値段も高くなかった。ナンシーの店に着いたが、最初は彼女がなかにいるのかどうか、よくわからなかった。ドアの上のベルを押しても、誰も出てこなかった。

「こんにちは」グレースが大声で言った。

「シーッ。不意打ちをかけられるかどうか、やってみましょう」

店を通り抜けて奥の部屋まで行ったところ、誰かの泣き声が聞こえたのでびっくりした。「ナンシー?」ドアの脇を軽くノックして、そっと声をかけた。「大丈夫?」

ナンシーはアンティークのレースのハンカチで目頭を押さえた。

「あなたたちが入ってきたのに気づかなかったわ。ごめんなさい」

「邪魔するつもりはなかったのよ」わたしは言った。「何かあったの?」

「男ときたら……」ナンシーはふたたび泣きはじめた。

グレースがわたしの横を通り抜けて、ナンシーの肩に軽く手を置いた。

「すてきな男だっているわ。そうでしょ?」

「世間にいい男がたくさんいることは、わたしだって知ってるわよ」ナンシーは言った。

「だけど、そういう男にはめぐりあえない運命みたい」

「レスターのことを言ってるの?」わたしはそっと尋ねた。

「なんですって?」この質問に、ナンシーは驚愕《きょうがく》の表情になった。「いいえ、わたしたち、とっくの昔に終わってたわ。レスターが離婚しなかった理由はただひとつ、どこかの女に結婚を迫られたとき、言い訳に使えるから。わたしはべつにかまわなかった。なんの不自由もなかったし。少なくとも、フランクがあらわれるまでは」

「あなたのアリバイになる男性ね」わたしは言った。

「それ以上の存在よ」ナンシーは認めた。「愛しあってると思ってた。でも、フランクがわたしの身辺に探りを入れてることを知って、すごいショックだった」

「どういう意味？」

「わたしがレスターを殺したって彼に思われてることが、ついさっきわかったの！」ナンシーはそう言って、ふたたび泣きだした。

彼女が落ち着きをとりもどしてから、わたしは訊いた。

「じっさいにそう非難されたの？」

ナンシーは首をふった。「言葉に出したわけじゃないけど、そう言ったも同然だわ。あの男、本当は何があったかを探ろうとして、変装してエイプリル・スプリングズをうろつきまわってたの」

どこか見覚えのある男だと思っていたが、ここでピンときた。

「道化師の衣装を着てたんじゃない？」

「なんで知ってるの？　道化師の扮装が好きな男なの」

「ドーナツショップから追いだしたことがあるの」わたしは正直に言った。

「えらいわ。わたしにも人生からあの男を追いだす勇気があればよかったのに」

「そう自分を責めるものじゃないわ」グレースが言った。「よくあることよ」

「わたしの場合は、ありすぎだわ」ナンシーは言った。「フランクがプロポーズしてこなければ、こんなことにはならなかったのに。最悪なのは、わたしがやったんじゃないっていう確証を、彼が求めてること。誰かがレスターを殺した時刻には、わたし、ちょうど彼にプロポーズされてたのよ。なのに、そう言っても、耳を貸そうとしないの」ナンシーは涙を拭いた。「たぶん、殺人事件を口実にして、わたしから離れようとしてるんだわ」

「そんな男、いないほうがましじゃない？」グレースが言った。

「わたしにはわからない。たぶん、あなたの言うとおりね。でも、判断を下すには時期が早すぎる。ま、どうでもいいけど。向こうが去ってしまったから。面と向かって別れを告げるだけの気遣いもなかったのよ。メモが届いただけ」

ナンシーはデスクに置かれたくしゃくしゃのメモを指さした。別れの手紙にしては短すぎるようだ。

「残念だったわね」ほかに言うべき言葉が浮かばなかったので、ようやく、わたしは言った。

店を出るときに、グレースが言った。「ナンシーをレイにひきわたすのは残酷な気がしてきた。もっと優しくしてあげるべきだと思わない？」

「彼女の話が本当だったらね」携帯をとりだしながら、わたしは言った。

グレースが携帯に片手を置いて、ボタンを押そうとするわたしをさえぎった。

「どういう意味？」

「アリバイ証人が急に町を出てしまうなんて、都合がよすぎるんじゃないかしら。わたしたちが手に入れたのは、夫を殺してはいないというナンシー自身の言葉だけよ」

「だからジェイクに電話しようとしてるの？」

わたしは驚いてグレースを見た。「ナンシーの名前を早めにレイに知らせようと思ったのよ。レイなら何かべつのものを彼女からひきだせるかもしれない」

「レイに教えるのは明日の約束だったでしょ」

「ま、いいじゃない。計画には変更がつきものよ」レイの番号にかけて、ナンシーの名前と住所を教え、フランク・ウィーラーのことも話すと、レイは三十分でユニオン・スクエアに着くと約束した。

電話を切ったとき、グレースが眉をひそめてこちらを見ていた。

わたしは深く息を吸ってから言った。「賛成してもらえなくて残念だわ」

「ちょっとびっくりしたのよ。それだけのこと」

「グレース、これは殺人事件なのよ。ナンシーが夫を殺したのなら、明るみに出さなきゃ。レイはあなたが思ってるより有能よ。わたしたちは力不足だったけど、レイなら何か聞きだしてくれるかもしれない」

「できなかったら？」

「その場合は、ナンシーの涙は一日で乾くでしょうね。レイに期待するしかないわ。わたしはこの事件をどうしても解決したいの。それも、なるべく早く」

「ドーナツショップを続けていこうとして必死なのね。わかるわ、その気持ち」

「もっと深刻な事態なの。わたしの評判を守らなくては。あなたにはまだ言ってなかったけど、レスター殺しのせいで、店の経営が苦しくなりつつあるのよ」

「そんなにひどいの？」

「こなくなったお客さんがたくさんいて、黒字が赤字に変わってしまったし、貯金もそう多くないしね。事件をつついてみるしかないの。その結果が好ましいものであってもなくても」

グレースは考えこむ様子だったが、やがて、うなずいた。

「あなたの言うとおりね。わたしったら、何を躊躇してたのかしら。きっと、ヤワになってたんだわ」

「レイシーが関係してるから、あなたには辛いんだと思う」

「公私混同しちゃだめよね。もし、レイシーが犯人だとしても。リストのつぎに出てるのは誰？」

「病院へ行ってジョージの容態をたしかめたいんだけど」わたしは言った。「新しい知らせが入ってこないのが信じられない」

グレースは腕時計に目をやった。「オーケイ。時間を作るわ」

「何か予定が入ってたの？」

グレースはうなずいた。「ボスと電話会議の予定だったけど、明日に延ばしても、たぶん大丈夫よ」

「バカ言わないで。仕事が最優先。病院へ行く途中でおろしてあげる」

車をスタートさせたわたしに、グレースは言った。

「あなたを見捨てていくようで、気がとがめていやなんだけど、スザンヌ」

わたしはグレースにちらっと笑みを見せた。

「何言ってるの？　わたしの人生で最大の支えになってくれてる人なのに」

「〝スザンヌがそう言ってました〟って、あなたのお母さんに報告しておくわ」グレースもニッと笑って答えた。

「どうぞ、どうぞ。わたし、否定するから」

「ぜったいそうよね」

二人の会話はわたしの携帯の音に邪魔された。わたしがずっと待っていた知らせ？　それに劣らずうれしいものだった。誰がかけてきたのかを知って、わたしは言った。

「もしもし、ジェイクね」

「やあ、お日さまくん。元気？」

「とっても。そちらは？」

「元気だよ。今日もまた、予定よりちょっと遅れてるけど」

「理由を訊いてもいい？」質問するだけの価値はある。

「言えるものなら言いたいんだが」そう言って、ジェイクは電話を切った。

「なんの電話だったの？」グレースが訊いた。

「わずかな手がかりでもあれば、あなたに話すけどね」

グレースの車のところで彼女をおろして、それから病院へ向かった。車で走っていたとき、カーラ・ラシターもそちらの方向へ歩いていることに気づいた。そばに車を寄せ、警笛を鳴らしたが、カーラはこちらを見ようともしなかった。

「カーラ、スザンヌよ」わたしは言った。

そこでようやく彼女が向きを変え、笑顔になった。「しつこい記者がわたしの注意を惹こうとしてるのかと思った。この古風で小さな町はどうなってしまったの？」

「オオカミはどこにでもいるものよ。乗っていかない？」

「わあ、助かる」

カーラがジープに乗りこんだあとで、わたしは訊いた。「どこまで送ればいいの？」

「家に帰るところなの。うちのポンコツ車がまた故障したんだけど、お金がなくて修理に出せないのよ。高額小切手が届いたら、まともに走れる車に買い替えるつもり」

「誰から届くの？」わたしは訊いた。

ジープのなかにはわたしたち二人しかいないのに、カーラは声をひそめた。

「まだ誰にも言ってないんだけど、このあいだ、宝クジで大当たりしたの」

「クジで大儲けする人がほんとにいるっていうの？」

「そうね、確率からするとかなりむずかしいけど、運試しのつもりでしょっちゅう五ドルずつ注ぎこんでて、今回、それが大当たり。莫大なお金ではないけど、わたしの生活が楽になることはたしかよ。スザンヌ、黙っててくれたら感謝する」

「誰にも言わないわ。おめでとう」

「ありがとう。いまからどこへ？」

「病院へジョージ・モリスのお見舞いに」

「そう言えば、あなたたち、親しかったのね。ジョージの容態について何か聞いてる？　さっき聞いた噂では、意識がまだ戻ってないそうだけど」

「だから、病院へ行こうと思って。意識不明の状態がずっと続いてるみたい」

「あそこでおろしてくれればいいわ」近くの交差点を指さして、カーラは言った。「あとは歩いていけるから」

道路脇にジープを寄せると、カーラは飛びおりた。「助かったわ、ありがとう」

「あなたが新車を買ったら乗せてね」

「もちろん」

カーラが殺人犯かもしれないなんて、どうも信じる気になれないが、グレースがレイシー犯人説を受け入れようとしないのに比べれば、抵抗は少ないかもしれない。相手に好意を持っているせいで判断が曇ってしまうのは避けたいが、なかなかむずかしいことだ。マーティン署長はどうやって避けてきたんだろう？　わたしにしては珍しく、署長に少しばかり同情を覚えた。

　集中治療室《ICU》まで行ったが、ジョージには面会できないとわかった。ペニーは勤務中？　看護師に尋ねたところ、待つように言われた。わたしが大の苦手としていることだ。

　十分後、ペニーが出てきた。「あら、スザンヌ。まさか、またドーナツの差し入れじゃないでしょうね？　看護師ラウンジにまだいくつか残ってるのよ」

「明日の朝、揚げたてを持ってくるわ。ジョージに関して何かニュースは？」

「いまも意識不明のままなの」ペニーは認めた。ひどく心配そうな表情だった。

「あまりよくないのね？」この言葉を口にするだけで、心臓がはりさけそうだった。

「前にも言ったように、断言はできないけど、明日の朝になっても意識が戻らない場合は、ちょっと危険かもしれない」

「公式には、あなたはわたしに何ひとつしゃべれない立場にある。でも、あなた個人の意見があるはずね。わたしは一人前の女。何を言われても大丈夫よ」

「憶測はしない主義なの」ペニーはきっぱりと言った。「憶測がはずれたことが、過去に何回もありすぎたから」

　ペニーが言いおえたそのとき、ＩＣＵのコードナンバーがスピーカーから流れてきた。

ペニーはそれ以上何も言わずに、大急ぎで戻っていき、一人残されたわたしは不安に苛まれた――ジョージは危機を脱してくれる？　それとも、わたしがなすすべもなくここに立っているあいだに、息をひきとろうとしているの？

18

十五分後、ペニーが戻ってきた。悲しみに沈んだ顔だった。わたしの恐れていた知らせが現実になったようだ。

「助からなかったのね?」近づいてくるペニーに、わたしは訊いた。

ペニーが無言でうなずいたので、その場でくずおれそうになった。倒れかけた私をペニーがかろうじて抱き止め、椅子のところまで連れていってくれた。

「ジョージじゃないの。ジョージじゃないのよ」

この言葉が頭にしみこむのに数秒かかった。

「たったいま、ヒックマンさんが亡くなったの」ペニーは言った。「回復の望みは誰も持っていなかったけど、大切な患者さんを失うのは、いつだって辛いことだわ」

「ジョージのほうはどうなの?」

「まだ変わりなし」

「いい知らせだわ。そうよね?」

「悪くはないわ」ペニーは言った。

「勤務はまだ続くの？」

「シフトに入ったばかりよ。何か変化があったら電話してあげる。約束する」

わたしはうなずいた。「どうすればこんな大変な仕事をこなしていけるのか、わたしには想像もつかないわ」

「ＩＣＵで数えきれないほどの患者さんを亡くしてるけど、助かる患者さんもいる。そちらに目を向けるようにしなきゃね。じゃ、またあとで、スザンヌ」

「じゃあね」ＩＣＵに戻るペニーにわたしは言った。赤字経営にならないよう、週に七日間ドーナツを作らなくてはならないことを、ときに愚痴りたくなるが、それはけっして生死にかかわる問題ではない。医師や看護師がどうやって生死の問題と向きあっていけるのか、わたしには想像もつかないが、そういう人々がいてくれることを心からありがたいと思う。

　家に帰る途中でドーナツショップに寄って、小麦粉の注文をしておこうと決めた。二週間前に注文を見合わせたため、在庫が底を突きかけている。今日グレースが店に急にやってきたため、業者に電話するのを忘れてしまった。ドーナツ作りを続けたければ、小麦粉を確保しておかなくては。

　注文をすませたあとで、店のドアをロックしていたとき、となりの店からギャビーがこちらをじっと見ているのに気づいた。今日は長い一日だったので、知らん顔をしようかと思ったが、避けがたい運命を先延ばしにすることになるだけだ。深く息を吸ってギャビーの店のほうへ歩いていくと、向こうが出てきたのでびっくりした。

「わたし、以前、レスター・ムアフィールドとつきあってたの」いきなり、ギャビーが言った。「奥さんがいたなんて知らなかった。知ってれば、最初から彼と出かけたりしなかったわ」ようやく人に打ち明けることができて、ホッとした様子だった。

「いつ別れたの？」

「半年前よ。つきあってることは誰にもしゃべるなってレスターに言われて、秘密にしなきゃならないことにうんざりしてしまったの。彼と別れたのは事実だけど、殺してはいないわ、スザンヌ」

恨みを抱きつづけるにしては、半年は長すぎる。いくらギャビーでも。

「あなたを信じるわ」わたしは言った。

ギャビーはわたしの目を見つめた。「ほんとに信じてくれるのね？」

「ええ」

ギャビーが訊いた。「マーティン署長に話したほうがいい？」

「話す必要はないと思う。署長のほうからあなたに質問がきた場合は、わたしも否定しないけど、わたしたち以外の人に知らせる必要があるとは思えないわ。どう？」

ギャビーはうなずいた。「ええ、すばらしいアドバイスだわ。ありがとう、スザンヌ」

「いいのよ」わたしは答えた。レスターとギャビーが一緒にいる光景なんて想像できない。ま、このカップルの姿を心に描きたいとは思わないし、ギャビーの問題なんだから、よけいなお節介はやめておこう。ジープで家に向かいながら、エイプリル・スプリングズの人々がどうやって秘密を守っていけるのかと、あらためて不思議に思った。こんな小さな町なのに、まったく忙しいところだ。舞台裏と、スプリングズ・ドライブ以外の場所ではとくに。

「キャム、こんなところで何してるんです？」

わが家の車寄せに見慣れない車が止まっているのに気づいたが、母の知りあいの車だろうと思っていた。ところが、わが町の町長が玄関前のステップに腰をおろし、わたしを待ち受けていたのだった。

「話がある」陽気な町長は姿を消し、真剣な顔つきの男に変わっていた。

「どういうご用件で？　もうじき、ジェイク・ビショップがくる予定なの。州警察の警部に会ったことはありますよね？」

「偶然顔を合わせたことはある」立ちあがりながら、町長は言った。「では、急いですませよう。シェリーはきみに嘘をついている」

「交際の件で？」

「アリバイの件だ。あの晩、わたしは自宅で彼女を待っていた。約束をすっぽかしたのは彼女のほうだ。きみがなぜ事件をしつこく探ってるのか、わたしには理解できん。手をひかないと、犯人に命を狙われることになりかねんぞ」

「脅しですか」

「前にも言ったが、わたしは脅しをかけるようなことはしない。きみは危険なことに遊び半分で首を突っこんでるが、ボーイフレンドがかならず守ってくれるという保証はないぞ」

ステップをおりようとする町長に、わたしは訊いた。

「わたしがシェリーと話をしたことを、どこで知ったの?」

「シェリーから聞いた。たぶん、何度もくりかえすうちに、本人もそれが事実だと思いこんでしまったのだろう。きみはあの女にだまされてるんだ、スザンヌ」

「で、あなたの言葉を信じればいいの?」

「事実だからな。いいかね、きみが何をしようとわたしには関係ない。ただし、わたしの人生に首を突っこむのはやめてくれ」

「声の調子に気をつけることね、町長さん」わたしの背後で母が言った。母が玄関をあける音さえ、わたしは気づいていなかった。

キャムがふりむき、母に笑顔を見せた。「やあ、ドロシー」

「やめてよ」母が言った。

「何を?」

「その愛想のいい口調を。あなたがさっき言ったことを聞いたわよ。あなた、きっと、町長の職に嫌気が差してきたのね」

キャムはそれを笑い飛ばした。「なんでそんなこと言うんだ?」

「あなたの態度からすると、そろそろ変化を求めるときかもしれない」

そう言われて、キャムは嘲笑した。「つぎの選挙で誰がわたしを負かすというんだ? きみかね?」

「わたし、あなたが思ってる以上に友達がたくさんいるのよ」母は言った。

「ママ、いいってば。話は終わったから」

母は〝黙ってなさい〟という顔でちらっとこちらを見てから、町長に視線を戻した。

「そろそろお帰りくださいな」

「きみなど怖くもなんともない、ドロシー」

「〝ミセス・ハート〟と呼んでいただきたいわ」母はとっておきの険悪な表情で町長を凍りつかせた。

やがて町長は帰っていったが、彼がハート家の女たちを良く思わなくなったことはたしかだった。彼の車が見えなくなったとたん、母がわたしのほうを向いた。

「あの男に何を言われたの?」

「脅しばっかりかけてくるのよ。事件から手をひけって。ところが、そのあとで、いまのは脅しじゃなかったって言いはるの」

「危険な男ね」

「ママも、詮索《せんさく》するのはやめろって言いたいわけ？」

母はこれまでも、事件に首を突っこもうとするわたしに文句ばかり言ってきた。今回だってそうに決まっている。わが子がいくら大人になっても自分の手で守ってやらなくては、という母の気持ちは理解できるが、それを歓迎する気にはなれない。

母は首を横にふった。「その逆よ。あなたの力になるには何をすればいいの？」

いま耳にした言葉が、わたしには信じられなかった。「本気？」

「こんなことで冗談なんか言わないわよ。ママの意見を述べさせてもらうなら、キャム・ハミルトンはつぎの選挙ではもう勝てないわね」

「わたしにあんな態度をとったから？」

母は首をふった。「これまでもキャムをめぐる噂は耳にしてきたけど、信じたことはなかった。でも、あなたに対するキャムのさっきの態度を見て考えが変わったわ。本質的には、弱い者いじめの好きなやつね。断じて許せない」

突然、わたしは町長を気の毒に思った。母が彼に狙いを定めた。彼を町長の座から追い落とすまで、母は攻撃の手をゆるめないだろう。

「もう一度訊くわ」母は言った。「何をすればいいの？」

「シェリー・ランスのアリバイを確認する必要があるの。殺人の起きた夜、レストランでキャムを待ってたって、シェリーは主張してるけど、どこのレストランなのかどうしても教えてくれないの」

「ちょっと待ってて」

母のあとから家に入ると、母はまっすぐ電話のところへ行った。「もしもし、シェリーね」と言って、以前のわたしと同じ質問をするのが聞こえてきた。そして、母は返事を待った。しばらくすると、シェリーに礼を言って電話を切った。「ボナムズ埠頭の〈イーストサイド・ダイナー〉にいたんですって。ベティっていう年配のウェイトレスがひと晩じゅうシェリーのテーブルを担当したそうよ」

レストランの電話番号を調べる母に、わたしは訊いた。「どうしてママに教えたのかしら。わたしにはひとことも言ってくれなかったのに」

「われらが町長と違って、シェリーはこの町の権力機構を理解してるもの。そうだわ、キャムの対立候補として彼女をかつぎだそうかしら」

「あの二人、ごく最近までつきあってたみたい」

「興味深い対決になりそうね」母はそう言いながら電話のボタンを押した。「もしもし」相手が出たので言った。「おたくのウェイトレスの一人と話がしたいの。名前はベティ」沈黙があり、やがて、母は言った。「一分だけでいいの。わたしがそちらへ出向かなきゃいけないとなると、おたくにとってもっと大きな迷惑になると思うけど」

しばらくしてから、母は言った。「ベティ？　シェリー・ランスっていう女性のことでちょっと訊きたいことがあるの。今週、そちらにお邪魔したはずよ。ええ。外見を言ってちょうだい。それはいつの晩？　お時間をとってくれてありがとう」

母は電話を切って、わたしに笑顔を見せた。「向こうはシェリーのことをよく覚えてたわ。レスターが殺された晩だったそうよ」

「シェリーの外見を向こうに言わせるなんて冴えてる。わたしだったら、とうてい思いつけなかったわ」

「あら、きっと思いついたわよ。だって、あなたのスキルは母親から受け継いだものだから」

「じゃ、シェリーの名前は容疑者リストから消していいのね」

「でも、キャム・ハミルトンは消せない」

「当然でしょ。黄色いマーカーを塗りたいぐらいだわ」わたしは答えた。

「容疑者リストにはほかに誰が入ってるの？　その一部について、ママが力になれるかもしれない」

母に名前を教えようとしたそのとき、キッチンから何かの臭いが漂ってきた。

「何か焦げてない？」

「グレイビーだわ」母はキッチンへ飛んでいった。わたしもあとに続くと、ガス台の鍋から煙があがっていた。母は鍋をつかむなり流し台に投げこんだ。

「わあ、もうだめみたい」わたしは言った。

「グレイビーは省略するしかないわ」

「ごめん、ママに言うのを忘れてた。ジェイクが今夜食事に連れてってくれるの」

母はまばゆい笑みを浮かべた。「だったら、グレイビーは必要なしね」

あたりに目をやると、母がかの有名なレモンチキンをオーブンから出したばかりなのに気づいた。「ママがせっかく焼いたのに、無駄になっちゃったわね」

「そんなことないわ。今週は、チキンサラダ、チキンのトルティーヤ包み、ベイクドポテトチキンを食べればいいのよ」

「チキンはわたしの大好物」わたしはニッと笑った。

「ジェイクは何時に迎えにくるの？」

腕時計をちらっと見た。「美人になるのに使える時間は十分間」

「もっと必要だわ」

「お世辞をどうもありがとう」わたしは階段のほうへ向かいながら言った。

「そんなつもりで言ったんじゃないわよ。短時間で身支度するのは大変だって言いたかっただけ。手伝ってあげましょうか」

「ううん、充分すぎるぐらい力になってもらったわ」

「あら、そう?」こちらの皮肉に気づきもせずに、母は言った。

階段を二段ずつのぼりながら、わたしは思わず噴きだした。母に協力を頼んだのはなかなかの名案だった。母はエイプリル・スプリングズで大きな影響力を持っている。わたしなんか足もとにも及ばない。わたしがキャム・ハミルトンの立場だったら、この瞬間、死ぬほど怯えているだろう。町長室の改装計画は立てないほうが賢明だと思う。長くとどまるのは無理だろうから。わたしはシャワーを浴びながら、シェリーが消えたいま、容疑者リストに誰が残っているかを考えた。トップにくるのはキャム、そのあとに、もう少し容疑の薄いレスター、カーラ、ナンシー、フランク・ウィーラー。でも、もしかしたら、わたしのレーダーにまだひっかかっていない人物ということもありうる。この事件を解決するのがジェイクであっても、さらにはマーティン署長であっても、わたしはいっこうにかまわない。わたしにかけられた殺人の疑いを晴らすことさえできるなら、なんだって大歓迎。事件解決の手柄は喜んで誰かに譲ってあげよう。

ジェイクの到着予定時刻の三十秒前に身支度が整ったので、車でやってくる彼を迎えようとポーチに出た。二分後、携帯が鳴りだし、誰がかけてきたかを知って小さくうめいた。電話の向こうの男性と話をしたい気分ではなかった。でも、留守電にまかせることもできない。

「レイ・ブレイクだ。お邪魔だったかな」

「いえ、いまは大丈夫。どうしたんです？」

「ナンシー・パットンのアリバイが確認できた。それから、フランク・ウィーラーのアリバイも」

「早業でしたね」

「新聞記者たる者が持つべきスキルだ」

「どうやって確認したんです？」

「ハドソン・クリークのバーでフランクを見つけてね、酒を何杯もおごってやったら、どんどんしゃべってくれた。憤慨してたよ。ナンシーと愛しあってると思いこんでたのに、彼女に夫のいることがわかった。プロポーズしたんだが、レスターのことを知って、秘密を守るのがそこまでうまい女とは結婚できないと思ったそうだ」

「いつプロポーズしたかも話してくれました？」

「ことこまかに。空っぽの指輪の箱まで見せてくれた。いまではその箱が幸運のお守りになってるそうだ。その箱を見て、危うくナンシーと結婚しそうになったことを思いだしたいと言っていた」

「いやな男」

「いまはまだ、ショックから立ち直れないんだろう。とにかく、わかったことはきみに知らせる約束だったからな」

「ありがとう、レイ」わたしはそう言って電話を切った。リストに書いた二人の名前はすでに鉛筆で消してあるが、ここでインクに変えた。ジェイクに話すのが待ちきれない。でも、ジェイクったら、どこにいるの？

今夜は無理かと思ったそのとき、彼が車でやってきた。

車をおりた彼は、わたしにデイジーの花束を差しだした。「スザンヌ、遅くなってごめん」

わたしは彼から花束を受けとった。「許してあげる。デイジーがわたしの好きな花だってことを覚えててくれてうれしい」

「ほんと？」ニッと笑ってジェイクが訊いた。「道ばたに咲いてるのを見て、摘んできただけなんだ」冗談なのは明らかだった。だって、汚れひとつなくて、新鮮で、花屋さんの緑の包装紙でラッピングしてあるもの。

「じゃ、その創意工夫の才に点数をあげる。食事はどこへ行くの？」

「ここで食べるつもりだった」

「残念ながら、お花で稼いだ点数はたったいま失われました。外で食事って約束したじゃない」

「そんなに急いで点数をとりあげなくてもいいだろ」車のうしろのシートに手を伸ばしながら、ジェイクが言った。毛布が置いてあり、そばにピクニックバスケットもあった。「公園で一緒に食べようと思ったんだ。それでいいかな？」

「すてき！　ちょうどいい場所を知ってるわ」

二人で〝考えごとをするときの木〟まで歩き、ジェイクから毛布を受けとって草の上に広げた。夕闇が急速に広がりつつあり、空気がわずかに冷えこんでいた。この季節のこういう雰囲気をわたしは愛している。

「何を持ってきてくれたの？」バスケットのほうへ手を伸ばして、わたしは訊いた。

「ちょっと待って。ぼくが出すから」

わたしが毛布に腰をおろすと、ジェイクがバスケットの蓋をあけた。なかをのぞきこみ、それからもう一度見直した。「変だな」

「どうしたの？」

ジェイクはバスケットのなかの品を出しはじめた。出てきたのは、ベイクドビーンズのパックが四個と、レモネードの瓶が一本。それだけだった。瓶に〝シュルーズベリー〟というラベルがついていた。それで納得。これはユニオン・スクエアにあるレストランで、わたしたちは〝シュルーズ〟と呼んでいるが、客の注文に正確に応じたことが一度もない。町の住人はここへ行くのをとっくにやめてしまったが、ジェイクはどうやら、ミスばかりする店であることを知らなかったようだ。

「わあ、わたしの好物を全部知ってるのね」わたしはニッと笑って言った。

「フライドチキンと、ポテトサラダと、甘いアイスティーを頼んだつもりだったのに」

「ビーンズも注文した？」

ジェイクはうなずいた。「うん。だけど、四パックも頼んではいない」

「待ってて。すぐ戻るから」

家まで歩くと、母がチキンからアルミホイルをはがそうとしているところだった。

「それを強奪できる可能性はある？」わたしは訊いた。

「ジェイクに何かあったの？」

「ピクニックバスケット持参できたんだけど、それがベイクドビーンズでぎっしりだったの」

「容器なしで？」母は当然ながら、ギョッとした顔になった。

「あ、パック入りよ。でも、レストランがバスケットに入れてくれたのはそれだけ」

「きっと、〈シュルーズベリー〉で買ってきたのね」

わたしは笑いだした。「ジェイクの顔を見せたかったわ。ねえ、一緒にこない？　ベイクトビーンズが大量にあるの。ママにも食べてもらうのがフェアだと思うわ。だって、そのチキンを寄付してもらうんだから」

「ううん、二人で楽しくやりなさい。ビーンズ騒ぎでせっかくの楽しい時間をぶちこわしにしないようにね」

わたしは母にニッと笑ってみせた。

「ご冗談でしょ。どんなに楽しい思い出になるか、考えてみて」

セーターをつかんでから、チキンを持って公園にひきかえすと、ジェイクがベイクドビーンズのパックをひとつあけて、スプーンで食べていた。「ねえ、けっこうおいしいよ」

「気に入ったようでよかった。どっさりあるものね」

彼にチキンを差しだし、二人で大笑いした。ジェイクのこういうところがわたしは大好き。マックスと暮らすのは、いつも少々気詰まりだったけど、ジェイクとなら、どんな状況でも二人で思いきり楽しめる。

食事を終え、ゴミを片づけたあとで、ジェイクが言った。

「どこに毛布を広げるか、きみ、最初から決めてたようだね。どうしてこの場所に？」

「上を見て」わたしは空を指さした。

ジェイクは小さく口笛を吹いた。「星がきれいだ」

「それに、星空のながめを邪魔する照明がひとつもないでしょ」

二人で毛布の上に寝ころび、手をつないで空を見あげた。いつのまにか眠りこんでしまったに違いない。だって、ジェイクにそっと肩を揺すられるのを感じたから。

「あのさ」ジェイクが言った。「ぼくがモテモテ男じゃないことは自覚してるけど、デートの最中に相手の女性が寝てしまったのは初めてだ」

「光栄だと思ってくれなきゃ。ついうとうとしてしまったのは、あなたのそばでわたしがどんなにくつろげるかって証拠でしょ」

腕時計に目をやり、少なくともわたしにとっては遅い時刻になっていることを知った。立ちあがり、毛布の汚れを払い、それからたたんだ。ジェイクが家まで一緒にきて、おやすみのキスをして、帰っていった。

家に入ると、母がキャロリン・ハートの最新作を読んでいた。母がこの作家を愛しているのには、すばらしい著作の数々のためというより、もっと大きな理由がある。血のつながりはないが、名字が同じなので、母もわたしも親近感を持っている。いつの日かキャロリン・ハートに会うことがわたしの夢。エイプリル・スプリングズにくることが、はたしてあるかどうか、疑わしいけど。

「楽しかった?」本のページに指をはさんで、母が訊いた。

「最高だったわ」

「ベイクドビーンズでひと騒動だったのに?」そう尋ねる母の目にはきらめきが宿っていた。

「ええ、それでも楽しかった」

わたしはあっというまに眠りに落ちた。ジェイクのおやすみのキスを唇に感じたままで。

19

「まさか、いまから出かけたりしないわよね？」

よぶんに作ったグレーズドーナツの最後の一個をトレイからとり、用意した箱に移しているわたしに、エマが訊いた。いまは翌日の午前四時半を過ぎたところ。外はまだ闇に包まれている。

「すぐ帰ってくるから」わたしは言った。「最後の二、三回分は、あなた一人で揚げられるでしょ」

約束どおり、イーストドーナツをいつもの倍量作り、最初に揚げた分を病院に届ける時刻になった。病院へ出かけるついでに、ジョージの容態もたしかめてこよう。

「五時半までに帰ってきてね。それなら大丈夫」エマは言った。わたしが〈ドーナツ・ハート〉を留守にするのを、エマは内心いやがっている。その日に売るドーナツを作っている最中だとなおさらだ。でも、今日だけは仕方がない。

「なんだったら、電話でお母さんを呼んでもいいわよ」こんな安全策は必要ないはずだが、それでエマが安心できるなら、わたしも拒むつもりはない。

「まだ寝てるわ。行ってきて。あたし一人で大丈夫よ」

最後の箱を抱えようとしたとき、わたしの携帯が鳴った。「もしもし？」

「スザンヌね、ペニーよ」

「何かあったの？　いまからそっちへ行くつもりだけど」

「よかった。あなたと話したがってる人がいるのよ」

信じられなかった。「ジョージの意識が戻ったの？」

「そう。おまけに、とってもわがままなの。オールドファッションドドーナツを届けてもらえない？　一個よこせって、うるさくって」

わたしは安堵のあまり笑いだした。「ジョージの大好物だもの。いますぐ持っていく」

「ドーナツなんて食べてもいいのかどうか、わたしにはわからないけど、とにかく、ジョージのために持ってきて」

「スタッフのみなさん用に、グレーズドドーナツも用意してあるわ」

「スザンヌ、何回も言ったでしょ。そんなに気を遣わなくてもいいって」

「でも、突き返しはしないでしょ？　そちらの返事を待つつもりもないわ。数分後に会いましょ」

電話を切り、携帯をカウンターに置いて、トレイからオールドファッションドドーナツを一ダースとった。わたしの満面の笑みに気づいて、エマが訊いた。「意識が戻ったの？」

「そして、みんなを困らせてるそうよ。うちのドーナツを食べたがってるんですって。元気になった証拠ね」

「あたしのキスをあげてきて」

「いいわよ」

最後の箱をいちばん上にのせた。ジープまで行こうとすると、エマがドアをあけて支えてくれた。スプリングズ・ドライブにちらほらと車が走りはじめていたが、病院までジープを走らせるのは楽だった。どこかの間抜けがわたしのうしろを走っていて、ヘッドライトの当たり具合からすると、もう何年も角度の調整をしていない様子だった。それが神経にさわったが、せっかくの幸せな気分をそんなことでこわされてはたまらない。ジョージの意識が戻り、さらにうれしいことに、わがままを言っている。

病院の受付デスクまで行くと、守衛はどこかよそへ行っているようだった。でも、グレーズドーナツ二個をナプキンにのせて、彼のために置いておいた。今日は世界じゅうの人に無料でドーナツを配りたい気分。

ＩＣＵのドアのところでペニーが迎えてくれた。

「主治医に相談してみたけど、ドーナツはまだだめだって」

「じゃ、そのお医者さんにあげてくれる？」いちばん上の箱をどけながら、わたしは言った。

「あとは看護師さんの休憩室でどうぞ」

「ドクターたちの言葉を聞かせてあげたかったわ。ドーナツをほしがってるの」

「よかったら、半分ずつ分けてちょうだい」

ペニーは微笑した。「ひと箱だけあげようかな。ジョージに会っていく？」

「いいの？」

「規則からすると、まだだめだけど、今日あなたにノーという看護師はこの病院には一人もいないわ。さ、奥へどうぞ」

わたしはペニーのあとからガラスドアを通り抜け、カーテンで区切られたエリアを三つ通りすぎた。四つ目にジョージが寝ていた。

痛々しい姿だった。両目に黒あざができ、チューブが何本も身体につけられている。片方の眉の上に大きな包帯。右脚にはギプス。

でも、こんなすてきなジョージを見るのは初めてだった。

わたしを見て、ジョージの目が輝いた。

「ひどい格好だと思うなら、あっちにいる患者を見てもらいたいね」

ジョージを抱きしめたくてそばまで行ったが、ペニーがわたしの肩に手を置いた。

「いまはちょっと痛みがあるようなの」

「もっと近くにきてくれ」ジョージが言った。わたしに何か耳打ちしたがっているようだ。

言われたとおりにしたが、こちらが身を寄せても、ジョージは何も言わず、深々と息を吸いこんだだけだった。

わたしは身をひいてジョージに尋ねた。「どうしたの?」

「ドーナツはまだだめだと言われてるが、それでも、あんたの身体からドーナツの匂いがする」

わたし自身はドーナツの匂いにすっかりなじんでいるため、いまではめったに意識することもない。「ごめんね。シャワーと着替えの時間がとれなかったの」

「わたしの大好きな匂いだ。瓶詰めにするといい。興味を持った男がわんさと近づいてくるぞ」

「元気になったようね」わたしはそう言って、ジョージの手を軽く握った。彼が生身の人間で、わたしが夢を見ているのではないことを確認したくて。

「信じられんかもしれんが、そのとおりさ」一瞬の沈黙ののちに、ジョージはつけくわえた。「すまない、スザンヌ」

「何を謝ることがあるの?」

「何ひとつ思いだせんのだ」ジョージは言った。苛立ちが顔に出ていた。

わたしはペニーの存在を忘れていたが、モニターの鼓動が上昇したとたん、彼女がわたしの背後にやってきた。「ジョージ、さっきの約束を覚えてる? あなたが興奮すると、スザンヌは出ていかなきゃならないのよ」

「わたしなら大丈夫だ」ジョージが言い、心臓のモニターがほどなくそれを証明した。

「いまはとにかく、よくなることだけ考えて」わたしは言った。

「あんたの身が危険だ」ジョージは答えた。「覚えているのは、キャム・ハミルトンと話をしたところまで。そのあとの記憶はなくて……。まばゆい光を感じて、やがて、ここで目をさました」

「キャムがやったのかしら」

モニターの数値がふたたび急上昇し、ペニーが言った。

「申しわけないけど、約束よ。スザンヌに帰ってもらわなきゃ」

「行儀よくするから」ジョージがふたたび約束した。

「悪いけど、信じられない」ペニーは笑顔で言った。

「またくるわ」ペニーに急き立てられるようにして外へ出ながら、わたしは言った。

「興奮しすぎちゃいけないって、ジョージに言っておいたんだけど」ペニーは言った。「ごめんね」

「いいのよ。キャムのこと、警察に話した?」

「あなたがここに着く直前に、警察に電話しておいたわ。マーティン署長が町長との話しあいにすごく興味を持ったようよ」

「でしょうね。ジョージのことをよろしく、ペニー」

「まかせといて。それから、ドーナツをごちそうさま」

「みんなに分けるのを忘れないでね」

外に出ようとしたが、ジェイクに電話しなくてはという思いで頭がいっぱいだったため、歩道の縁で足をすべらせて、左の足首をくじいてしまい、腿の付け根まで激痛が走った。あーあ。わたしったら、まともに歩くことすらできないのね。足をひきずって病院に戻り、ペニーに包帯を巻いてもらったほうがいいかもしれないが、正直なところ、恥ずかしくて自分のドジを白状する気になれなかった。かわりに、ようやくジープにたどり着き、ジェイクの電話番号をプッシュした。すぐさま留守電に切り替わった。ということは、まだ寝ているか、マーティン署長と捜査にあたっているかのどちらかだ。いずれにしろ、どうにもできないので、〈ドーナツ・ハート〉に戻ることにした。店にいれば、事件がわたし抜きで進展するあいだ、とりあえず商売に精を出すことができる。

がらがらの道路をジープで走っていたとき、またしても、病院へ向かったときに目にしたのと同じハイビームのヘッドライトが背後に迫ってきた。まばゆい光がどうのって、ジョージが言ってなかった？　うしろにいるのはキャム？　キャムがジョージを轢いたの？　事故を起こした形跡がないかどうか、町長の車を調べてみることは、簡単にできるはず。でも、このあいだ彼の車を目にしたけど、傷ひとつついていなかった。

そこで思いだした――道路を歩いていたカーラ・ラシターをわたしのジープに乗せたことを。カーラは車が故障したと言ってたけど、そうじゃなくて、ジョージを轢いたときの損傷が残っているとしたら？　レスターのいちばん身近にいた人間はカーラだが、彼女が怪しいとは、わたしはあまり思っていなかった。なぜなのか？　カーラ以外のあらゆる人間を疑うべきもっともな理由を、当人が矢継ぎ早にわたしに告げたからだ。その点は賞賛に値する。じつに説得力のある理由ばかりだった。カーラ自身については、被害者を憎んでいたという以外に、はっきりした動機がなかった。でも、ジェイクか署長なら、きっと探りだしてくれるだろう。

反対側から走ってきた車がわたしのジープとすれちがうさいに、ほんの一瞬、ヘッドライトがカーラの顔を照らしだした。わたしの推理があたっていた。もっとも、いまはもうなんの役にも立たないけど。ジェイクに電話したが、あいかわらず留守電になっていた。「スザンヌよ。レスター・ムアフィールドを殺したのはカーラだわ。ぜったいそうよ」

携帯を助手席に放り投げ、前方の道路に神経を集中した。人気《ひとけ》のないこの道路を早く通りすぎてしまわなくては。カーラから逃げるだけのパワーがジープにあるよう願いつつ、アクセルを踏みこんだが、そこで突然、スピードががくんと落ちた。完全に止まってしまう前に道路脇に寄せるのが、わたしにできる精一杯のことだった。

カーラも車を止めた。彼女がジープに何か細工をしたに違いない。いまのわたしは、暗いなか、誰もいない道路で、カーラの言いなりになるしかない。

武器にできるものはないかと、ジープのフロント部分を探ったが、見つかったのは小型の懐中電灯と未開封の缶入り炭酸飲料だけだった。うしろを見ると、カーラがヘッドライトの前に出てくるのが見えた。手にした銃がギラッと光った！

逃げなくては。大急ぎで逃げなくては。ここでぐずぐずしていたら殺されてしまう。足首が死ぬほど痛くて、ちゃんと走れるかどうか自信がなかったが、痛くてもスピードを落とすわけにはいかない。

〝武器〟をつかんで、足首に体重をかけるたびに転倒しそうになりながら、近くの森に逃げこんだ。

「スザンヌ、どこへ行くつもり？」わたしをつかまえようとして、カーラが追ってきた。「戻ってらっしゃい」

「おことわりよ」わたしは木々を支えにして、その声から必死に遠ざかりながらどなりかえした。思うように進めず、カーラから機敏に逃げることはできそうもなかった。待ち伏せて襲いかかることも考えたが、間にあわせの武器のどちらかでカーラを撃退できるかどうか疑問だった。わたしが枝につまずいて倒れた瞬間、カーラが銃をぶっぱなした。銃弾が近くの木にめりこむ音を耳にした。枝をつかんだわたしは、これを武器にできるだろうかと考えた。いや、松葉杖にしてもいい。

この枝にすがって逃げようとするなら、炭酸飲料か懐中電灯のどちらかを置いていくしかない。息を止め、ゆっくり吐きだしてから、身体を起こし、渾身《こんしん》の力でカーラに向かって缶を投げつけた。

少なくとも一メートルは的からはずれていた。

さらに悪いことに、こちらの居場所を知られてしまった。

ほどなく、カーラがわたしにのしかかるように立っていた。わたしはまだ森の奥まで逃げこんでいなくて、ゆがんだヘッドライトの片方がいまもこちらを照らしていた。

「あの弾丸が命中しなくてよかった」カーラは銃口をこちらに向けながら言った。わたしは片手で枝を、反対の手で懐中電灯をつかんだまま、かろうじて身を起こしていた。「話しておきたいことがあるの」

「何を？　あなたはレスターを殺し、それをジョージに嗅ぎつけられて、彼まで殺そうとした」

「じゃ、やっぱり意識が戻ってあなたに話したのね？　どこまで頑強な男かしら。わたしの車に轢かれたときに死んで当然だったのに。ジョージを殺すのがどんなにむずかしいかわかってれば、バックして、完全に息の根を止めておいたのに。あなたを始末したら、そっちのやり残しも片づけておかなきゃ」

「ジョージには手出ししないで。何も記憶してないんだから」自分の命を救うのは無理でも、せめてジョージの命だけは助けたいと思い、わたしは言った。

「たとえその言葉を信じるとしても、あとで記憶が戻らないという保証はないわ」

「ジョージを殺そうとするなんて、いったい彼に何を知られたの？」

「あの人、ラジオ局のわたしのオフィスを調べてまわり、わたしがうっかり置き忘れてた百ドル札二枚を見つけたの。そのことで質問をよこしたけど、わたしの説明では納得できなかったみたい。だって、またあらためて話を聞きたいって言ったから。通りを渡って車に戻ろうとする彼を見て、わたしは自分の車まで走り、向こうが車に乗りこむ前に撥ね飛ばしたの」カーラの顔を渋い表情がよぎるのが見えた。「わたしと話をしたことをジョージから聞いてないのなら、レスターを殺したのはわたしだってどうしてわかったの？」

「手がかりはいろいろあったわ」時間稼ぎをするために、わたしは言った。きっと誰かが通りかかって、わたしたちの車に気づき、助けに駆けつけてくれるだろう。それが南部の田舎暮らしでわたしが気に入っている点のひとつだ。カーラの車のヘッドライトが煌々とついていることはたしかだし、わたしもジープのライトをつけっぱなしにしてきた。時間稼ぎができれば、この対決から無事に生還できるかもしれない。

「たとえば？」ふたたびわたしに銃を向けて、カーラは言った。

わたしが答えようとしないのを見て、くじいた足首をカーラが小突いたので、わたしは痛みに絶叫した。カーラは笑っただけだった。

「さっき、足をひきずってるのを見たような気がしたの。返事を待ってるのよ、スザンヌ。答えたほうがいいわ。でないと、もっと痛い思いをすることになるわよ」

「あなたは自分以外の人を片っ端から怪しいと非難したけど、あなたにもレスターの死を望む理由があったわよね」わたしは人を殺人に駆り立てる動機について考え、突き詰めれば、セックス、権力、お金のどれかに違いないと思った。レスターとカーラが男女関係にあったとは思えないが、あとのふたつなら動機になりうる。「お金と権力がからんでたんでしょ」わたしは自信に満ちた声を出そうと必死に努めた。

「よくわかったわね」カーラは言った。

途方もない推測が浮かび、不意に、すべてが収まるべきところにぴたりと収まった。

「あなた、レスターが横領した隠し金を見つけたのね」

カーラは微笑した。「じつはそうなの。へーえ、あなたもけっこう鋭いじゃない。レスターは十万ドルの現金を隠し持ってて、投資家にも警察にもばれずにすんでたけど、わたしのことまで警戒する気はなかったようね。わたし、切手がほしくて彼のデスクの引出しを調べてたときに、偶然、そのお金に気がついたの。それを彼に見られてしまい、ひとことでもしゃべったらクビだと脅された。わたしは、クビにできるわけがない、わたしにここまで知られたからには昇給を約束してもらいたい、と答えた」

「で、レスターはその場に立ちつくし、要求を受け入れたわけ？」

カーラの笑みが広がり、ヘッドライトのなかに邪悪な表情が浮かびあがった。

「ほかにどうしようもないものね。あのときは、わたしのほうが権力をふるう側だった。でも、レスターを信用する気はなかったわ。あいつが私を始末する方法を考えようとしてるのは明らかだったから、先手を打つことにしたの」ふと下に目をやると、わたしが先ほどつまずいた枝の向こう端をカーラが踏んでいるのが見えた。これをわたしに有利な形で使えないだろうか。とにかく、カーラに話を続けさせなくては。

「どうやって首を絞めたの？」

カーラは低く笑った。「あのバカがエイプリル・スプリングズへの別れの挨拶を録音してたときに、わたし、背後に忍び寄ったの。しばらく前に、コーヒーに精神安定剤をこっそり混ぜておいたから、あいつはうつらうつらしてた。椅子にすわった姿は無防備そのもの、驚くほど簡単に始末できたわ」カーラは言葉を切り、犯行の瞬間を思いだしている様子だった。やがて、つけくわえた。「椅子を押してレスターを外まで運び、警察が発見したあの場所に捨ててきたの。あの晩はついてたわ。外には誰もいなかった。午前中に、おたくの商品の詰めあわせをスタジオのマネジャーが持ってきてたから、あなたに罪をなすりつけるのにぴったりだった」

道路に車があらわれたんじゃない？　この場所は道路からかなり離れているから、たしかなことはわからないけど、カーラをどんどんしゃべらせなくては。「だから、レスターの口にエクレアを押しこんだのね」

「あんな口論をしたあとだから、あなたも弁明に苦労するだろうと思って。でも、あなたが必死に訴えた結果、犯人じゃないことを署長が信じたため、今度は容疑者にできそうな連中を署長に提供することにしたの」

「わたしのジープに何か細工をしたんじゃない？」

「ネットで調べれば、車を故障させる方法なんて驚くほど簡単に見つかるわ」

もうひとつ、わたしの心に浮かんだことがあった。

「お子さんたちはどうするの？」レスターの下で働いているのは子供たちを養うためだと、カーラが以前、わたしに話したことがあった。

「こちらが片づいたら、別れた夫から子供たちを奪いかえして、新しい生活を始めるつもりよ。わからない？こんなことまでしたのは、すべて子供たちのためなのよ」

「そこに誰かいるのかい？」不意に男性の声がした。わたしが想像していたより近い場所だった。

カーラがそちらに銃を向けたので、わたしは行動に出るならいまだと判断した。逃げるよう男のほうへ叫ぶと同時に、懐中電灯をカーラに投げつけ、彼女が踏みつけている枝をつかんだ。グイッとひっぱりあげると、カーラはバランスを崩して地面に倒れ、手にした銃が宙に飛んだ。

銃の落下した方向へ二人同時に身を躍らせたが、そのとき、まばゆい光線が森の闇を切り裂き、男の鋭い声がした。「二人ともそこで止まれ」

マーティン署長の声を聞いてこんなにうれしく思ったのは、生まれて初めてだった。

20

「あの女に撃たれたのか」

よろよろ立ちあがろうとするわたしに、マーティン署長が訊いた。すでにカーラに手錠をかけ、銃をとりあげていた。さすがのカーラも沈黙していた。

「ううん、ころんだの」わたしは言った。殺人犯から逃げる途中ではなく、病院を出たところでころんだという事実は伏せておいた。とりあえず、そのほうが勇敢なイメージで、不器用だと思われずにすむ。

「さあ、手を貸そう」ジェイクがそばにきた。

「ちゃんと支えられるか？」わたしに手を差しだすジェイクに、署長が訊いた。

「大丈夫です」ジェイクは言った。

マーティン署長がカーラをパトカーまで連れていき、ジェイクはわたしを腕に包みこんで熱いキスをしてくれた。「きみを失ったかと思った」

「頑丈にできてるから大丈夫よ」このまま倒れてしまいたいという強い衝動と闘いながら、

わたしは言った。

「たしかにそうだな」わたしに片腕をまわして、ジェイクは言った。「そもそも、どうやってあの女にこんなところまで誘いだされたんだ？」

「ジープに何か細工をされたみたい。病院から店に戻る途中で、車が急に走らなくなったの」

「気にするな。どこがこわれたにしろ、修理すればすむことだ。きみが無事でいてくれて、ほんとによかった」

「足を少々ひきずってるだけで、あとは元気そのものよ」

わたしに手を貸して車に乗せながら、ジェイクは訊いた。

「カーラが犯人だと、いつわかったんだい？」

「ジープが故障する三分前。あなたに電話したのよ」わたしは自分を弁護するために言った。

「でも、留守電になってたの」

「署長に協力して、キャム・ハミルトンの自宅を見張ってたんだ」ジェイクは申しわけなさそうに言った。「キャムが逃亡するつもりだと思ったもので。すまない」

「ここにいることがどうしてわかったの？」

「何か変だって気がして、きみを捜しに病院まで行ってみた」ジェイクはUターンをした。

「どこへ行くの？」

「救急救命室。その足首を診てもらわないと」

わたしは彼に真実を話すことに決めた。「カーラに追われる最中にくじいたんじゃなくて、病院を出たとき、歩道の縁で足をすべらせてしまったの」

わたしの告白を聞いて、ジェイクは笑いだした。

「笑いごとじゃないわよ」

「もっとひどい怪我でなくてよかった。心配いらないよ。すぐまたドーナツ作りができるようになる」

わたしは腕時計にちらっと目をやった。もうじき六時。開店前に戻ると、エマに約束したのに。

「電話、貸して」

「お母さんに電話する必要はない。署長に話を聞いてすぐ、ぼくから連絡しておいた。病院で待ってるそうだ」

「エマに電話するの」

「もしもし、ごめんね。遅くなって」電話に出たエマに、わたしは言った。これまでのことを報告し、それから、エマの父親との約束を思いだした。「お父さんに伝言をお願い。三十分後に店にきてくれたら、何もかも話しますって。ついでに、お母さんに手伝いを頼んでね。わたし、今日は戦力になれそうもないから」

「大丈夫？」

「無事よ。犯人はカーラ・ラシターだった。でも、いまはくわしい話をする気になれないの。これから、うんざりするほど何回も話さなきゃいけないだろうから、あなたはわたしがお父さんに説明するのをそばで聞いててね。それでいい？」

「もちろん」

車で救急救命室へ向かうあいだ、ジェイクはわたしに笑顔を向けたままだった。

「その間抜けな笑いを消してちょうだい。わたしなら大丈夫だから」

「さんざんな目にあいながら、きみが最優先するのは〈ドーナツ・ハート〉だってことに、呆然としてるだけさ。スザンヌ、休暇をとるつもりはないのかい？」

「さあ、わからない。説得してみて」

「できるかぎりやってみる」歩道の縁に車を寄せながら、ジェイクは言った。

病院のスタッフが車椅子を用意して出迎えてくれた。そのうしろに母がいないことを知って、わたしは意外に思った。

マーティン署長と話をしている母を見たとたん、その思いは消えた。

「どういうことかしら」ジェイクに訊いた。

「考えたくもないな」

わたしが見守っていると、母が署長を抱きしめた。生涯目にするとは思わなかった光景だ。

母は照れくさそうにこちらを見て、あわててそばにきた。

「ママ、いま署長さんを抱きしめた？」

「あなたの命を救ってくれたんですもの」

「そのご褒美だったの？」ニッと笑って、わたしは訊いた。

「じつは、デートの誘いに応じることにしたの」かすかに頬を赤らめて、母は答えた。

「とりあえず、わたしのことがきっかけになったのなら光栄だわ」

「スザンヌ、傷のほうは？」

「主にプライドが傷ついただけ。足首もくじいたけど」

「それだけですんで運がよかったわ」

わたしは肩に置かれたままのジェイクの手を軽く叩いた。

「あなたまで同じことを言う必要はないのよ」

レントゲン検査の結果、どこも骨折していないことがわかり、医者が足首をテーピングしてくれた。帰宅の許可が出るのを待つあいだ、わたしたちの人生がこれからどんなふうに変わっていくかを考えた。母はついにデートの決心をしたようだし、ジェイクとわたしは日一日と親密さを増している。それはつまり、母とわたしがコテージで築いてきた暮らしが終わりを迎えようとしているということだろうか。そんな日があまり早くこないよう願っている自分に気づいてびっくりした。コテージの暮らしは快適で、もうひとつの人生がいくら魅力的だとしても、母との暮らしを捨ててしまう気にはまだなれない。

愛されるというのはすてきなこと。これがわたしのいちばんの財産だ。

カーラはお金のために人を殺したが、結局、罪を償わなくてはならないし、わが子を永遠に失うことになる。

いくら莫大なお金であろうと、それとひきかえにする価値があるとは思えない。

つぎにジェイクと会ったとき、彼のために計画していたサプライズを披露することにした。

「休暇に関してあなたが言ったこと、本気だった？」と訊いてみた。

「あの申し出なら、いまも有効だよ」

「じゃ、応じることにする」わたしはにこやかな笑みを浮かべた。「二週間も休むのは無理だけど、テネシーでの週末は楽しそうね」

そう言われて、ジェイクは呆然とした。「ほんとにいいの？　ドーナツショップから離れても大丈夫かい？」

「留守のあいだ、エマとお母さんにがんばってもらえばいいわ。わたしね、真剣に考えたの。たまにはドーナツショップから離れたほうがいいんじゃないかって。今回の事件がわたしに何を教えてくれたかというと、幸せになるチャンスを人生がたくさん与えてくれるなら、それをひとつ残らず手にしなきゃいけないってことなの」

「ホテルの予約をしておこう」ジェイクは言った。

彼が電話でホテルの経営者と話をしているあいだ、わたしは、店を空けるのがどんなに簡単なことか、ようやくわかってきたように思った。

ほかにも楽しみなことがあった。

以前、ジェイクからホテルのことを聞いたあとで、そこのウェブサイトをのぞいてみて、朝食にわたしの大好物のひとつが出ることを知ったのだった。

それはホテル特製の揚げたてドーナツ。

【作り方】

1. キャノーラ油を180度に熱し、そのあいだに生地作りをする。
2. 溶き卵に砂糖をゆっくり加え、よく混ぜあわせる。牛乳とキャノーラ油とバニラを加え、しっかりかき混ぜる。
3. 小麦粉、ベーキングパウダー、塩を2にふるい入れる。最後にピーナツバターを加えれば準備オーケイ。
4. ティースプーンで生地をすくい、べつのスプーンを使ってフライヤーの油に入れる。生地がなかなか浮いてこなかったら、油がはねないように注意しながら、トングでそっとつついてみる。
5. 2分たったら揚がり具合をチェックして、ひっくり返し、反対側をさらに1分揚げる。

＊この時間はあくまでも目安で、さまざまな条件により変わってくるので、目を離さないようにすること。

ピーナツバター
ドロップドーナツ

この本の執筆中、突然、ピーナツをベースにした生地を自分では一度も作っていなかったことに気づきました。レシピを工夫するなら、スザンヌと一緒にできるいまが最高のチャンスではありませんか。しばらく試行錯誤が続きましたが、ついに、スザンヌが〈ドーナツ・ハート〉の看板商品にしても大丈夫と言えそうなレシピが完成しました！

【材料】(小さめのドーナツ約18個分)

卵……1個(溶きほぐす)

砂糖……½カップ

ブラウンシュガー……¼カップ

バターミルク……1カップ
(脂肪分2%の牛乳、もしくは、全乳でもいい)

キャノーラ油……大さじ2

バニラ……小さじ½

小麦粉……1カップ

ベーキングパウダー……大さじ1

塩……小さじ¼

ピーナツバター……½カップ
(わたしは粒々タイプが好きですが、
クリーミータイプもオーケイ)

【作り方】

1. キャノーラ油を180度に熱し、そのあいだに生地作りをする。
2. 小麦粉、砂糖、ベーキングパウダー、シナモン、塩をふるいにかけ、つぎに、牛乳と溶き卵を混ぜこむ。そこにリンゴのみじん切りを加える。
3. ティースプーンで生地をすくい、べつのスプーンを使ってフライヤーの油に入れる。生地がなかなか浮いてこなかったら、油がはねないように注意しながら、トングでそっとつついてみる。
4. 2分たったら揚がり具合をチェックして、ひっくり返し、反対側をさらに1分揚げる。

＊この時間はあくまでも目安で、さまざまな条件により変わってくるので、目を離さないようにすること。

アップルフリッター

このフリッターはとってもおいしいです。とくに、少し冷めてから。うちでは粉砂糖をさっとかけて食べますが、アップルバター（アップルソースに砂糖とスパイスを加えて煮詰めたもの）を軽く塗るのが好きな人もいます。おいしさ倍増！

【材料】（小さめのフリッター12個分）

小麦粉……¾カップ
砂糖……¼カップ
ベーキングパウダー……大さじ1
シナモン……大さじ1
牛乳……⅓カップ（脂肪分2%、もしくは、全乳）
塩……小さじ¼
卵……1個（溶きほぐす）
リンゴのみじん切り……½カップ
（酸味の強いもの。わたしはグラニー・スミスを使うのが好き）

【作り方】

1. キャノーラ油を180度に熱し、そのあいだに生地作りをする。
2. 小麦粉、塩、ベーキングパウダー、重曹、ナツメグを合わせてふるい、バターミルク、牛乳、砂糖、バニラ、溶き卵を加える。
3. 材料がよく混ざりあったら、ティースプーンで生地をすくい、べつのスプーンを使ってフライヤーの油に入れる。生地がなかなか浮いてこなかったら、油がはねないよう注意しながら、トングでそっとつついてみる。
4. 2分たったら揚がり具合をチェックして、ひっくり返し、反対側をさらに1分揚げる。

＊この時間はあくまでも目安で、さまざまな条件により変わってくるので、目を離さないようにすること。

ドロップドーナツ

これは基本的なドロップドーナツです。焼きドーナツやイーストドーナツと違って、ドロッパーがないと、伝統的なドーナツの形にするのはむずかしいし、たとえドロッパーを使ったとしても、出来あがりがいびつになりかねません。わたしがこれを作るときはたいてい、スプーン2本という標準的なテクニックを使います(作り方の3参照)。アイシングやグレーズをかけるのが好きな人もいますが、わたしは粉砂糖を少しふりかけるだけ。おいしいですよ！

【材料】(小さめのドーナツ1ダース分)

小麦粉……1½カップ
砂糖……1½カップ
卵……1個(溶きほぐす)
ベーキングパウダー……小さじ½
重曹……小さじ½
ナツメグ……小さじ¼
塩……少々
バニラ……小さじ1
バターミルク……1カップ
(脂肪分2％の牛乳、もしくは、全乳でもいい)
牛乳……½カップ(脂肪分2％の牛乳、もしくは、全乳)

【作り方】

1. キャノーラ油を180度に熱し、そのあいだに生地作りをする。
2. 冷ましたマッシュポテトを用意して、バターを加え、よく混ぜあわせる。つぎに、砂糖、溶き卵、牛乳をゆっくり加える。
3. べつのボウルに、小麦粉とベーキングパウダーをふるい入れる。
4. 3を2にかき混ぜながら加える。
5. 油が適温になったら、ティースプーンで生地をすくい、べつのスプーンを使ってフライヤーに入れる。生地がなかなか浮いてこなかったら、油がはねないように注意しながら、トングでそっとつついてみる。
6. 2分たったら揚がり具合をチェックして、ひっくり返し、反対側をさらに1分揚げる。

*この時間はあくまでも目安で、さまざまな条件により変わってくるので、目を離さないようにすること。

ポテトベースのドーナツ

作っているところを見ないかぎり、このレシピにジャガイモが使われていることは、ぜったいわからないでしょう。できあがったドーナツはカリッとしていて、おいしくて、風味豊かです。祝日に作る人々もいますが、うちでは一年中オーケイです！

【 材料 】(小さめのフリッター12個分)

マッシュポテト……1カップ
(中ぐらいのジャガイモの皮をむき、
茹でてつぶしてから、冷ましておく)
バター……大さじ2
砂糖……1カップ
卵……1個(溶きほぐす)
牛乳……¾カップ(脂肪分2%、もしくは、全乳)
小麦粉……2カップ
ベーキングパウダー……大さじ1

【材料】(小さめのドーナツ約18個分)

卵……1個(溶きほぐす)
グラニュー糖……½カップ
牛乳……½カップ
(脂肪分2%、もしくは、全乳)
キャノーラ油……大さじ2
バニラ……小さじ½
シナモン……小さじ¼
小麦粉……1カップ
ベーキングパウダー……小さじ1
重曹……大さじ½
塩……小さじ¼
オートミール……大さじ2
(昔ながらのタイプ。
インスタントは使わない)
レーズン……大さじ2
ドライ・クランベリー
……大さじ2

【作り方】

1. キャノーラ油を180度に熱し、そのあいだに生地作りをする。
2. 溶き卵に砂糖を少しずつ加えてなじませる。つぎに、牛乳、キャノーラ油、バニラを加え、よく混ぜあわせる。
3. シナモン、小麦粉、ベーキングパウダー、重曹、塩をふるいにかけるが、オートミール、レーズン、クランベリーは残しておいて最後に加える。
4. 3を2に加えてから、生地がなめらかになるまでゆっくり混ぜあわせる。
5. 生地がよくなじんだら、ティースプーンですくい、べつのスプーンを使ってフライヤーの油に入れる。生地がなかなか浮いてこなかったら、油がはねないように注意しながら、トングでそっとつついてみる。
6. 2分たったら揚がり具合をチェックして、ひっくり返し、反対側をさらに1分揚げる。

＊この時間はあくまでも目安で、さまざまな条件により変わってくるので、目を離さないようにすること。

オートミールとレーズンとクランベリーのドーナツ

このレシピは、わたしがどんどん夢中になった結果、できあがったものです。最初はベーシックなドーナツを作り、つぎにオートミールを加えました。おいしいドーナツになりました。オートミール・レーズン・クッキーの好きなわたしは、ひと握りのレーズンも加えてみました。ある日、パントリーの整理をしていたら、ドライ・クランベリーが見つかったので、これも入れてみることにしました。たいていの人はこのレシピにナッツを加えるでしょうが、わたしはナッツ好きではないので省略。ほんとにおいしいドーナツで、見た目も可愛いんですよ！

変わりダネの
むちむちドーナツ

これは友達から教えてもらったレシピです。こういう変わったドーナツを作るのも、たまにはいいものです。しかも、作り方が簡単で、材料もそれほど必要ないという利点つき。わが家では、アップルバター、ストロベリージャム、溶かしたチョコレートといった、おいしいソースに浸して食べるのが好みです。

【材料】(小さめのドーナツ約18個分)

小麦粉……1カップ
ベーキングパウダー……小さじ1
塩……小さじ¼
バターミルク……1カップ
(脂肪分2%の牛乳、もしくは、全乳でもいい。牛乳がなければ水でもいい)

【作り方】

1. キャノーラ油を180度に熱し、そのあいだに生地作りをする。すべての材料がよく混ざったら準備オーケイ!
2. ティースプーンで生地をすくい、べつのスプーンを使ってフライヤーの油に入れる。生地がなかなか浮いてこなかったら、油がはねないように注意しながら、トングでそっとつついてみる。
3. 2分たったら揚がり具合をチェックして、ひっくり返し、反対側をさらに1分揚げる。

*この時間はあくまでも目安で、さまざまな条件により変わってくるので、目を離さないようにすること。

最後の手段のドーナツ

わたしの友達にこのドーナツに夢中の人がいますが、わたし自身はあまり好きではありません。ドーナツが食べたくてたまらないのに、手もとにあまり材料がないときは、作ってみてもいいかもしれませんが、いいですか、わたしだったら、よほど切羽詰まらないかぎり、自分で作ることはないでしょう。唯一の取り柄は、とても簡単に作れること。はい、一応警告しましたよ！

【材料】(小さめのドーナツ約18個分)

ビスケット用の粉……1½カップ
牛乳……1½カップ(牛乳がない場合は水)
砂糖……1大さじ1
シナモン……1小さじ1

【作り方】

1. キャノーラ油を180度に熱し、そのあいだに生地作りをする。
2. すべての材料を合わせ、なめらかになるまで混ぜあわせる。
3. 生地がよくなじんだら、ティースプーンですくい、べつのスプーンを使ってフライヤーの油に入れる。生地がなかなか浮いてこなかったら、油がはねないように注意しながら、トングでそっとつついてみる。
4. 2分たったら揚がり具合をチェックして、ひっくり返し、反対側をさらに1分揚げる。

＊この時間はあくまでも目安で、さまざまな条件により変わってくるので、目を離さないようにすること。

【作り方】

1. キャノーラ油を180度に熱し、そのあいだに生地作りをする。
2. パイナップルを大きめのボウルに入れて、溶き卵と砂糖を加える。
3. 小麦粉、重曹、ベーキングパウダー、ナツメグ、塩をふるい、ゆっくり混ぜあわせる。
4. 2に3を加えてから、生地がなめらかになるまでゆっくり混ぜあわせる。
5. 生地がよくなじんだら、ティースプーンですくい、べつのスプーンを使ってフライヤーに入れる。生地がなかなか浮いてこなかったら、油がはねないように注意しながら、トングでそっとつついてみる。
6. 2分たったら揚がり具合をチェックして、ひっくり返し、反対側をさらに1分揚げる。

＊この時間はあくまでも目安で、さまざまな条件により変わってくるので、目を離さないようにすること。

パイナップル・ドロップドーナツ

ある日、キッチンを片づけていたら、クラッシュパインの缶詰が出てきました。ドーナツに入れてみてもいいのでは？　結果に大満足だったので、ドーナツのレシピ集に加えることにしました！

【材料】(小さめのドーナツ約18個分)

卵……1個(溶きほぐす)
クラッシュパイン缶詰……1缶(200g)
小麦粉……1カップ
重曹……小さじ½
ベーキングパウダー……小さじ½
塩……少々
砂糖……大さじ2½
ナツメグ……小さじ¼

【材料】(3〜4人分)

小麦粉……2カップ
塩……小さじ¼
卵……2個
冷水……大さじ1

【作り方】

1. 小麦粉と塩を合わせてふるい、こねやすくするためにボウルに入れる。
2. 火山の火口のようなくぼみを作り、卵を割り入れる。フォークを使って卵を粉に混ぜこみ、すべてがよくなじむまでかき混ぜる。
3. 冷水を加えてから、ふたたび混ぜる。混ぜすぎないこと。生地がべとべとしなくなったら、そこでストップ。
4. めん棒に打ち粉をして、生地を5ミリ〜1センチの厚さに伸ばす。わが家にはパスタマシンがあるので、ローラーに生地を通せば薄く伸ばせるが、もちろん、手でやっても大丈夫。
5. カッターかナイフを使って、パスタをヌードル状にカットする。必要ならば少々打ち粉をする。
6. 塩ひとつまみを加えて沸騰させた湯にヌードルを入れて3分茹で、その後、30秒ごとに茹で具合をチェックする。

手打ちパスタ

自分の手でパスタを作ろうと初めて思いついたときは、おっかなびっくりでしたが、正直なところ、こんな簡単なことはないと言っていいでしょう。ただ、ひとつだけ警告を。湿度の高すぎる日は、作るのをやめましょう。どうがんばっても、思いどおりの仕上がりになりません。手打ちパスタを乾燥させるのが好きな人もいますが、わたしはパスタに包丁を入れる段階で鍋に湯を沸かしはじめます。ソースは不要というのがわたしの持論です。バター、おろしたてのパルメザンチーズ、それと、好みに応じて少量のオレガノがあれば、すてきな食事になります。

訳者あとがき

前作『雪のドーナツと時計台の謎』では、何年ぶりかの大雪に見舞われたエイプリル・スプリングズで、悪天候にめげることなく早朝からドーナツショップをオープンし、揚げたてドーナツや、香り高いコーヒーや、身体の温まるホットチョコレートを町の人々に提供しつづけたスザンヌだったが、雪の季節はようやく終わりを告げ、本書『エクレアと死を呼ぶ噂話』では、四月のエイプリル・スプリングズを舞台にして、物語が展開することとなる。

ドーナツショップを経営するため、寝るのは午後七時、起きるのは午前一時という、一般人には想像もつかないような時間帯で生活しているスザンヌ。ある夜、うとうとと眠りかけたときに、ラジオから自分の店の名前が聞こえてきた。思わず耳をそばだてると、なんと、地元ラジオ局のニュースキャスターで以前からスザンヌを目の敵にしているレスター・ムアフィールドが、ドーナツは命を縮める食べものだと主張し、ボイコットしようと人々に呼びかけているではないか。

スザンヌは思わずカッとなってラジオ局に押しかけ、駐車場でレスターと大喧嘩。それがもとで、とんでもないトラブルに巻きこまれることになろうとは、夢にも思わずに……。

翌日、レスターが死体となって発見され、その口にスザンヌの店のエクレアが押しこまれていたのだ。警察はスザンヌを容疑者扱い、店のほうは客足が遠のいて赤字続き。このままだと経営に行き詰まってしまう。わが身の潔白を証明して客の信頼をとりもどすためには、自分で犯人を突き止めるしかない！

というわけで、被害者の身辺に探りを入れ、彼を恨んでいた人々を見つけだしていくのだが、レスターは毒舌キャスターとして有名だったため、番組のなかで彼から痛烈な攻撃を受けた者は数知れず、容疑者リストは長くなるいっぽうだ。いつものように、親友のグレースと、もと警官のジョージが犯人捜しに協力してくれるが、今回はそれに加えて、スザンヌのお母さんもかなり協力的。うーん、ママってすごいのね、と言いたくなるような痛快な場面がいくつもあった。

ところで、今回初めて知ったのだが、スザンヌの店ではドーナツのほかにエクレアも売っているらしい。これまでの三作を読みかえしてみても、エクレアやシュークリームのたぐいは出てこないので、今回が初登場。〈ドーナツ・ハート〉の厨房にはフライヤーだけでなく、オーブンも備えつけてあったわけだ。今度はぜひ、お店にエクレアが並んでいるシーンを読んでみたい。

著者ジェシカ・ベックはあいかわらず精力的な執筆活動を続けていて、ドーナツ事件簿のシリーズは現在、十二作目のSweet Suspectsまで刊行されている。シリーズが進んでいくなかで、スザンヌの亡くなったお父さんの話が出てきたり、お母さんが町長選挙に立候補したり、グレースの友人が殺されたり、マックスの女性関係に意外な進展があったり、あれこれ興味深い展開を見せるので、これからも飽きることなく楽しんでいただけると思う。

最後にシリーズ五作目『Tragic Toppings』のお知らせを。『エクレアと死を呼ぶ噂話』から半年たったある秋の日、町に住む女性の一人が急に姿を消す。失踪直前にスザンヌの店に寄ってドーナツを買っていったため、スザンヌは最後の目撃者として、警察から根掘り葉掘り質問を受けることになる。またもや受難のスザンヌだが、さてさて、このあとに何が待ち受けているのだろう？　どうぞお楽しみに！

コージーブックス

ドーナツ事件簿《じけんぼ》④
エクレアと死《し》を呼《よ》ぶ噂話《うわさばなし》

著者　ジェシカ・ベック
訳者　山本《やまもと》やよい

2014年　4月20日　初版第1刷発行

発行人　成瀬雅人
発行所　株式会社　原書房
〒160-0022 東京都新宿区新宿1-25-13
電話・代表　03-3354-0685
振替・00150-6-151594
http://www.harashobo.co.jp
ブックデザイン　川村哲司(atmosphere ltd.)
印刷所　中央精版印刷株式会社

落丁・乱丁本はお取り替えいたします。
定価は、カバーに表示してあります。
 ISBN978-4-562-06026-9 Printed in Japan